Johanna Pilz
Eine Frau ganz ohne Bedeutung

Das Titelfoto zeigt Hanna Pilz mit ihren Kinder auf ihrem Messestand im Ring-Messehaus der Leipziger Herbst-Messe 1948. Im Schaukasten rechts ihre patentierte Erfindung, die Baby-Tragtasche. Das kleine Foto zeigt das Wasserbauamt in Hoya/Weser, von 1923 bis zur Eheschließung ihr Zuhause. Das Foto von Ehemann Werner Pilz entstand auf der Hochzeitsreise 1931.

Johanna Pilz

Eine Frau ganz ohne Bedeutung

Erinnerungen 1908 - 2001

Meinem lieben Mann und unseren Kindern

Dank allen, die mir uneigennützig die Möglichkeit
gaben, das Buch zu veröffentlichen.

Herstellung: Books on Demand GmbH, Norderstedt

ISBN 3-8330-1098-3

INHALT

Kapitel 1

Geburt - Kindheit - Erster Weltkrieg

Früh dunkel und bitterkalt war es an diesem 3. Dezember im Jahre 1908 in Hoya an der Weser. Die werdende Mutter ging in der Wohnung auf und ab, immer wieder unterbrochen von den schon einsetzenden Wehen. Vater warf unerlässlich Holz in den Kanonenofen. Wenigstens warm sollte es sein für seine geliebte Frau, die er so liebte und die es in diesen Stunden so schwer hatte. In Abständen schaute die Hebamme herein, tröstete: »Ja, ja, gut Ding will Weile haben.« Sie war über 70. Schon sehr betagt in dieser Zeit, in der Menschen lange nicht so alt wurden wie heute. Erfahrung besaß sie ohne Zweifel. Nicht weniger aber auch Altersstarrsinn und eine gewisse Sturheit trotz der Einwände des Vaters darauf zu bestehen, das Kind ohne ärztlichen Beistand zu holen. Sie verdiente auf diese Weise mehr. Der Gedanke an die jungen Leute, die so unerfahren und unaufgeklärt waren, stand ihr ins Gesicht geschrieben. Die Fruchtblase war bereits gesprungen, als die Kirchturmuhr jenseits des Flusses zum wiederholten Male schlug. Schon die siebte Stunde, heute wäre es die neunzehnte.

Plötzlich konnte der junge Mann die Qual nicht mehr länger ertragen. Hebamme hin und her, er holte einen Doktor. Ein Blick und dieser hatte die Lage gleich erfasst. »Alles fertig machen«, wies er an. »Es wird eine Zangengeburt.« So kam ich auf die Welt. Per Zange, halb vertrocknet, ohne einen Laut zu geben, mit Gewalt ans Licht gezerrt. Für tot erklärt, in eine Windel gewickelt und auf der Wickelkommode abgelegt. Die Aufmerksamkeit des Arztes war auf die Mutter gerichtet. »Wir müssen versuchen, wenigstens ihr Leben zu retten.« Während sich alles auf das Bett konzentrierte, rief plötzlich einer von den Dreien: »Mein Gott, die Windel, sie bewegt sich!« Rasch packte man mich aus, ein paar Klapse auf mein Gesäß und mit einem dünnen Schrei meldete ich mich in der Welt an. Mein erstes Überlebenstraining war bestanden. Nachdem die Gesundheit von Mutter und Kind gesichert war, kuschelten dann drei zusammen, jeder auf seine Art völlig erschöpft. Bis 1919 sollte das Erlebnis so nachhaltig sein, dass es erst einmal keine weiteren Geschwister gab. Das war 1908. Heute plädiert man nostalgisch für Hausgeburten. Ich kann mir dies nur damit erklären, dass Krankenkassen und Versicherungen – bedingt durch hohe Kosten gehobener Ansprüche – verklärende Romantik propagieren. Meine Mutter hätte dies sicherlich bestätigt.

Einige Zeit nach meiner Geburt kam Mutters Bruder zu Besuch. »Aber warum weinst du denn, Willi?«, fragte meine Mutter, als sie gemeinsam in die Wiege schauten. »Ach, armes Schwesterchen«, seufzte er und schlang den Arm um sie, »dat Klein kriegst du ja nicht groß.« Aber Mamá stillte voller Zuversicht, noch nicht verunsichert von Baby-Fertignahrungsherstellern, welche die Muttermilch aus Geschäftsinteresse verteufeln. Jedenfalls, auf einem Foto im Taufkleidchen sehe ich eigentlich aus wie ein ganz normales Baby.

Diese dramatischen Ereignisse der jungen Kleinfamilie hatte 1907 ein Telegramm ausgelöst. Von Berlin nach Köln mit den Worten: »Examen bestanden. Wann Hochzeit Friedrich Odenkirchen?« Dieses Telegramm war es, das meinen Großvater, Carl Düvell, den Vater meiner Mutter, dann doch bewog, sein Ja-Wort zu dieser Verbindung zwischen Mathilde Düvell und dem frisch gebackenen Diplomingenieur Friedrich Odenkirchen zu geben.

Meine Mutter war 14, mein Vater 18, als die Mütter der beiden gemeinsam mit ihren Kindern in der Flora in Köln lustwandelten. Es war ihre erste Begegnung. Als er ihr bei späterem Wiedersehen eine geklaute Kamelie überreichte, erntete er einen Tritt vors Schienbein. So war sie, die damalige Moral. Da gab es keine Disco, keine Wohngemeinschaft oder kein »Bei mir oder bei Dir?«. Nach dem Abitur ging Fritz nach Berlin zum Studium der Ingenieurwissenschaften und Mamá wurde von Ihren Eltern ins Sacre Coeur, einem Mädchen-Gymnasium der Ursulinerinnen eingeschult. Das war sicherer als jede Pille, die noch in den Reagenzgläsern der Labore schlummerte.

Die Hochzeit meiner Eltern fand im Februar 1908 statt. Friedrich, genannt Fritz, trat kurze Zeit später mit seiner jungen Ehefrau in Hoya seine erste Beamtenstellung als Bauführer beim Wasserbauamt Hoya in der obersten Behörde der Wasserstraßendirektion Hannover an. Alle Flussregionen waren aufgeteilt in Wasserstraßendirektionen, die wiederum in Wasserbauämter unterteilt waren. Alle hatten die Aufgabe, die Flüsse und Flüsschen zu überwachen und zu warten. Es gab bei großen Flüssen wie der Weser noch in kleineren Abständen Streckenwärter; oberhalb von Hoya in Nienburg, unterhalb in Dörverden. Die benachbarten Bauämter befanden sich in Minden weseraufwärts und Verden an der Aller, welche in die Weser mündet.

Etwas beklommen war meinen Eltern schon dabei, aus dem fröhlichen Rheinland in das sssstocksssteife Niedersachsen zu ziehen. Aber sie waren jung, sie waren glücklich und sie hatten ein Ziel.

Kaum in Hoya hatten meine Eltern, wie damals üblich, ihre offiziellen Besuche mit Zylinder des Sonntags in der Mittagsstunde zwischen 12 und 1 Uhr angetreten. Daraufhin wurde mein Vater zum Herrenabend der Honoratioren des Städtchens eingeladen und Mamá nach und nach bei den dazugehörenden Ehefrauen zum Nachmittagskränzchen. Die Honoratioren waren eine feste Größe. Es gab DEN Apotheker und DEN Arzt und DEN Herrn Ingenieur ohne die Anonymität heutiger Zeiten. Und vor allem, es gab sie immer nur einmal an jedem Ort. Man kannte einander.

Die ersten fünf Jahre meines Lebens verliefen so ruhig und unbehelligt als Tochter des Herrn Bauführers und seiner Gattin. Dann, im Jahre 1914, wurde Vater zum Regierungsbaumeister befördert und nach Hannover versetzt.

Dort hatte ich ein unvergessliches Erlebnis. Kaiser Wilhelm II. ritt umjubelt von den Massen stolz mit seinen Ulanen durch die Straßen jovial nach allen Seiten grüßend. »Er hat mir gewinkt, er hat mir gewinkt!«, schrie ich ganz aufgeregt. Und Papi hat mich sehr festhalten müssen, damit ich nicht von der Balkonbrüstung purzelte.

Wir hatten kaum unsere neue Wohnung in Hannover bezogen, die letzten unausgepackten Kisten standen noch im Fremdenzimmer (heute nennt man es Gästezimmer), da kam ein Einberufungsbefehl aus Elsenborn. Dieser Ort war der Truppenübungsplatz für Reservisten und mein Vater war Reserveoffizier. Alle Militärs mussten sich von Zeit zu Zeit dort mit den fortschreitenden Errungenschaften der Kriegsführung vertraut machen. Dabei erinnere ich mich noch gut an ein Lied, welches die Soldaten im abfahrenden Zug anstimmten. Es hatte den Refrain:

»Oh Elsenborn, oh Elsenborn,
dich schuf der Herr in seinem Zorn!«

Ganz schön kess. Die Sorgen der Erwachsenenwelt hatten mich natürlich noch nicht erreicht und dass hinter dieser Einberufung mehr stecken konnte, war mir in keiner Weise bewusst.

Aufbruch

»Ja«, schlug mein Vater vor, »Mathilde, da fährst Du am besten für die paar Wochen mit dem Kindchen zu Deinen Eltern nach Köln.« Das Kindchen war ich, Johanna, gerufen Hannele. Klein, schmächtig, zart blieb ich bis zur Einschulung sächlich.

Noch keine Woche waren wir in Köln bei den Großeltern, da erhielt Mutter ein Telegramm aus Elsenborn. »Bitte sofort kommen. Ich werde übermorgen Richtung Frankreich verlegt, Fritz.« Der erste Weltkrieg war ausgebrochen – ich war fünf Jahre alt. Mutter weinte, Kind weinte, Großpapa grollte. Meine hübsche, zierliche Großmama band behutsam die Schleife ihres Kapotthütchens, nahm mich fürsorglich an die Hand und sagte: »Chum da anne, Hannerli, mir gange in de Stadtwald, Rehe füttern.« Sie war gebürtige Schweizerin und konnte ihr Schwyzerdütsch nie ganz ablegen. So wurde ich Rheinländerin mit schweizerischem und rheinischem Umgangston. Sie war ohne viel Aufhebens für vier Jahre meine Hauptbezugsperson.

Extrablätter verkündeten auf der Straße die neuesten Nachrichten. Sie wurden damals noch ausgerufen. »Siegreich wollen wir Frankreich schlagen.« Mit diesem Lied fing es an.

Vati schrieb täglich. Aber wehe, wenn der Briefträger mit leeren Händen da stand. Man konnte seine Post deutlich unterscheiden, denn es gab extra Feldpostpapier. Ich drückte mich dann stets etwas ratlos in eine Ecke und wartete, bis die Großmama die Mutti getröstet hatte. Die beiden hingen sehr aneinander. Obwohl sie sechs Kinder geboren hatte, gab es nur noch Mutter und ihren Bruder. Viele Frauen bekamen ein Kind nach dem anderen. Aber Fehlgeburten und eine hohe Kindersterblichkeit waren in dieser Zeit noch an der Tagesordnung. Man nahm es hin. Großmutter brachte mir das Stricken bei. Es war witzig mit ihr zu stricken. Es waren kleine, dünne Nadeln, die sie sich gerne beim Wechsel in ihren Dutt steckte. Und wenn wir sie wieder brauchten, haben wir sie dann gesucht, dabei waren sie die ganze Zeit in ihrem Haar.

In der Heimat spürte man das Kriegsgeschehen kaum. Natürlich gab es Anzeichen. Ein Aufruf hieß: »Gebt Gold für Eisen!« Lebensmittel wurden eingeteilt und Marken gedruckt. Machthungrige lassen seit ewigen Zeiten das Volk bezahlen und sie haben Helfer. Im ersten Weltkrieg hießen sie Kriegsgewinnler, im zweiten Schwarzmarktschieber und heute sind es die Mafia, Bin Laden oder andere große Waffenhändler.

Telegramme spielten in unserer Familie weiter ihre schicksalsträchtige Rolle. Denn eines Tages schlug der Blitz in eben dieser Form ein zweites mal ein. Ein Telegramm aus St. Quentin, Frankreich. »Schicke bitte Kerzen. Ich habe Wahnvorstellungen.« Vater lag schwer an Typhus erkrankt in einem aus einer Schule umfunktionierten Lazarett.

Einige Tage später hörte ich erhitztes Palaver aus dem Wohnzimmer. Als ich eintrat war Mutter weg. »Ist Mutti jetzt auch in den Krieg gezogen? Kann sie denn überhaupt schießen?«, fragte ich. Betretenes Schweigen. Die Großeltern waren plötzlich so verändert. Tatsache war, dass ein Freund meines Onkels zu einer Beerdigung Heimaturlaub hatte. Auf die dringlichen Bitten meiner Mutter hin, nahm er sie dann im eigenen Wagen über Laon an die Front mit. Zwei Tage später konnte sie ihren Mann unter vielen Anschuldigungen wegen Leichtsinn und Unvernunft in der Lindenburg, einem Militärkrankenhaus in Köln abliefern. Die erste Rettungsaktion war geschafft, nun galt es zu warten. Mutter musste total desinfiziert werden und hatte Besuchsverbot. Papá lag auf der Isolierstation. Großmutter, Mutter und Kind hatten gelegentlich verweinte Augen und Opa polterte ab und an über dies und das. Auch er musste ja seine Sorgen los werden. Dann kam der Tag mit der Nachricht: »Patient ist ansprechbar und darf kurz besucht werden.« Es war als schien die Sonne plötzlich heller! Nachdem sein Erinnerungsvermögen immer mehr zurückkehrte, fragte er meine Mami: »Haben wir nicht auch ein Kind? Ein kleines Mädchen?« Ich durfte mit ins Krankenhaus. »Das soll mein Papi sein?« Ein eingefallenes, graues Gesicht mit Bart erwartete mich und ich empfand Furcht. Da der Kranke nur still guckte, aber kaum Notiz von mir nahm, brauchte ich ihm auch nicht das sogenannte schöne Händchen, das Rechte, zu reichen und ihm gar einen Kuss geben. Ich klammerte meine Füße um die Stuhlbeine und hielt mich an meinem himmelblauen Strickzeug fest. Einmal schickte meine Mutter sich an, seinen Koffer zu öffnen. »Lass das!«, schrie er sie an. Ja, wir waren ihm fremd geworden.

Kurz nach seiner Entlassung erhielt er die Order zu einem Genesungsurlaub nach Honnef am Rhein im Siebengebirge. Allmählich verheilten nicht nur die körperlichen sondern auch die seelischen Wunden immer mehr. Wir Drei lernten wieder das Lachen.

Mein größtes Glück war der Esel, auf dem ich reiten durfte. Nie vergesse ich auch den Schreck, als der beeindruckend festliche gekleidete Nikolaus von Knecht Ruprecht begleitet wurde. Dieser hatte einen prallen Sack, aus dem ein paar Kinderbeine mit gestrickten Strümpfen und schwarzen Stiefeln, wie auch ich sie trug, herausbaumelten. Da wird man natürlich aus lauter Angst brav.

Auch dieser wunderschöne Urlaub in Honnef ging einmal zu Ende. Man schrieb das Jahr 1916 und Papá wurde als noch DU (dienstuntauglich) in die Etappe des Ersatzbataillons in Hagenau im Elsass versetzt. Die Bevölkerung hatte es dort nicht leicht. Bis vor kurzem gehörten sie zu Frankreich und waren jetzt wieder von Deutschland erobert. Meine Mutter und ich begleiteten ihn dorthin. Wir drei bewohnten zwei möblierte Zimmer bei einer Familie Schulte. Wie gut das menschliche Verhältnis war, beweist die Tatsache, dass ich Sonntags nach dem Essen bei Ihnen in der Küche beim Herdfeuer saß und mit ihnen den Rosenkranz betete. Wie paradox zum gleichen Gott mit gegensätzlichen Wünschen zu bitten. Ich durfte die Katze, den getigerten Purzel halten und einen schwarzen Stallhasen, und Vater hob mir einen Schützengraben im Garten aus. Damals gab es für uns Kinder, aufgenäht auf Pappe, Uniformen, mit denen wir spielen konnten, z.B. als Schaffner oder Briefträger. Ich bekam eine Husarenuniform, auf die ich sehr stolz war. So neu also sind Mädchen beim Militär nun auch wieder nicht. Es war eine besondere Zeit für die Eltern und mich. Vater machte früh einen Ausritt und ich durfte aufsitzen, wenn der Bursche das Pferd wieder zur Kaserne führte. Überhaupt besaß der Exerzierplatz eine große Anziehungskraft. Sobald ein Gespann eintraf, stand ich daneben und durfte dann in den Stall reiten. Kurzes, aber großes Kinderglück. Als ein Fohlen geboren war, hatte der Sattlermeister in seine Decke ein großes H gestickt und ich durfte es manchmal die Stallgasse auf und ab führen. Sonntags machten wir in einem Kremser, einem von zwei Pferden gezogenen, offenen Wagen, Ausflüge in die Umgebung. Da gab es den Cafégarten »Zur dicken Eiche«, in dessen Mitte ein alter ausgehöhlter Eichbaum stand. Nach dem Kaffee rutschte ich dann möglichst unbemerkt von meinem Platz und schlängelte mich zu den beim Bier sitzenden Kutschern hin. Einer fand sich immer, der sich dazu überreden ließ, mich ein paar Runden reiten zu lassen.

Auch für meine Eltern war es bestimmt eine schöne Zeit des Atemholens. Noch im Alter von 60 Jahren dachte ich gelegentlich an die Großeltern, die für eine Weile in ihrem gewohnten Rhythmus leben konnten, ohne ihren Dauerbesuch.

Ostern rückte heran. Das hieß für mich – Schulanfang. Ich kam in eine Klosterschule mit dem Namen St. Philomen. Doch das Unterrichtsjahr hatte dort bereits im Herbst begonnen. Da Mutter die Frage, ob ich ein intelligentes Kind sei, mit nein beantwortete, kam ich zuerst in den Kindergarten. Sie hatte sich wohl dazu entschieden, meine Intelligenz in Frage zu stellen seit sie sich in vergeblichen und frustrierenden Versuchen bemüht hatte, mir den Buchstaben »i« beizubringen. Keine drei Tage später baute ich mich stolz vor meiner Mami auf und bestellte ihr von Schwester Oberin Grüße: »Ich bin gar nicht so dumm, wie 'ste meinst, hat 'se gesagt.« Alsdann ging es mit Tafel, Griffel und Schwamm in die erste Klasse. Natürlich wurde auch schon im ersten Schuljahr Französisch gelehrt. Einen Satz habe ich noch im Gedächtnis. »Lä zeries song dong le Schardäng!«, was soviel hieß wie »Les cerises sont dans le jardin – die Kirschen sind im Garten.« Das Essen wurde uns mittags vom Kasino geliefert. So hatte Mutter viel Zeit und nähte ganz süße Babywäsche, alles mit der Hand, für ein zwanzig Zentimeter großes Zelluloidpüppchen. Psychologen würden heute sicherlich sagen, dass sie damit den Wunsch nach einem zweiten Kind abreagierte. In der Zwischenzeit wurde Vater dann doch wieder KV (kriegsverwendungsfähig) und erhielt einen Versetzungsbefehl nach Mazedonien. Mutter und ich gingen wieder zurück nach Köln.

Auch wenn der Krieg nicht so spürbar war, er zeigte allmählich auch hier sein Gesicht. Die Zeit hatte die Verhältnisse nicht besser werden lassen. Einmal am Tag kam ein Wagen, gezogen von einem müden Gaul (ich entschied, dass er wohl nicht mehr KV war), und verteilte Wassersuppe. Es war meine Aufgabe mich anzustellen. Kurz bevor mein Topf gefüllt wurde, kam Mami gerannt, um ihn herein zu tragen. Das war im sogenannten Steckrübenwinter. Wo heute der Bahnhof der Vorgebirgsbahn steht, war damals der Barbarossaplatz mit Springbrunnen, Ende des Salierrings, wo die Großeltern ihr Haus hatten und Anfang des Hohenstaufenrings. Als Haltestelle des Bähnles diente ein einfacher Puffer und dort konnte man gegen Abend die Hamsterer beobachten, wie sie aus der Bahn stiegen und gebückt ihre Säcke nach Hause buckelten. Der Krieg kam immer näher, auch zu Hause. Dann war da plötzlich Flakschießen. Erst erschien es wie ein Gewitterdonner aus der Ferne. Man sah ein Flugzeug, nicht größer als heute die kleinen Cessnas, mit denen man einen

Rundflug über eine Stadt macht. Und viel schneller war es auch nicht.

Wenn damit auch Erschrecken und Ängste verbunden waren, auch an Flakschießen kann man sich gewöhnen, wenn weiter nichts passiert. Es gehörte irgendwie zum Alltag. Eines Tages aber erschütterte ein Riesenkrach alles, was sich in der Nähe des Blaubachs befand. Wir schreckten zusammen. In eine Weinhandlung in der Nähe war die erste Bombe gefallen. Zwar hatte sie das Dach auf die Straße geschleudert, war aber im Verpackungsstroh liegen geblieben. Es war die Sensation von Köln.

Mein Vater, der kurz nach diesem Ereignis auf Urlaub kam, war ganz entsetzt in dem Gedanken, dass Frauen und Kinder in der Heimat dem Krieg so nahe gerückt waren. Zum Hunger gesellte sich Angst. Ich selbst kämpfte mit meinem Schulwechsel an die Drammer-Schule am Hohenstaufenring. Kinder können ja so roh und gefühllos sein! Es ist, als sei man ein Huhn in einem fremden Hühnerhof. Alle picken sie auf dem Neuling herum. Der Unterricht unterschied sich vom Kloster in Hagenau, und so ergaben sich Wissenslöcher, die mir den Vorwurf einbrachten, nichts zu können. Schnell hatte ich aber heraus, dass ich schamlos mit meinen im Elsass erworbenen Französischkenntnissen angeben konnte. Denn das konnten die Kinder in Köln nicht. Meine »Zeries song dong le schardäng« beeindruckten, und bald war ich integriert. Wir strickten fleißig Pulswärmer und packten Päckchen für die Soldaten. Aufführungen wurden gemacht in Gestalt lebender Bilder und wir sangen Lieder wie »Heil Dir im Siegerkranz«. Heute heißen unsere Bemühungen »Life-Show zu Gunsten Hilfsbedürftiger«. Kaiser Wilhelm hatte in diesen Zeiten einen Spruch verteilt. Darin hieß es: »Zufrieden sein mit dem Tag, wie er kommt, nicht wünschen was unerreichbar.« So sehr ich vielleicht heute die Person Kaiser Wilhelm und seine Handlungen hinterfrage, dieser Spruch hat mich immer begleitet und ich finde ihn bis zum heutigen Tag gültig und sehr weise. Ich war jetzt soweit, dass ich lesen konnte, und nun bekam auch ich vom Vater ganz eigene Postkarten, nur für mich. Es waren sehr hübsche Ansichten von Mazedonien und ich bewahrte sie auf wie einen kostbaren Schatz. Bei seinem letzten Besuch hatte er kleine Schildkröten mitgebracht und auch sie verbreiteten etwas Trost.

Wie jedes Kind hatte ich natürlich zwei Großeltern. Meine andere Großmutter, genannt Großmutter Odenkirchen war eine Witwe Mathias Bour. Ihr gehörte die erste Billardfabrik von Deutschland in Köln am Rhein, Eigelstein 14, Telefon 303. Eine Verbindung konnte damals nur hergestellt werden durch das Fräulein vom Fernmeldeamt. Großmutter Odenkirchen hatte uns Cousinen und Cousins in ihrer Fabrik Terrarien für die Schildkröten anfertigen lassen. Wir füllten diese mit Sand und kleinen Zweigen, um den Tierchen eine Heimat zu geben. Diese Großmutter war eine außergewöhnlich tüchtige Geschäftsfrau, sehr Respekt einflößend, aber irgendwie nicht so recht zum lieb haben. Sie führte die Fabrik weiter bis zu ihrem Tod mit ihren treuen nicht mehr KV Mitarbeitern.

Die vielen Schwangerschaften waren bei meiner zierlichen Großmutter nicht ohne Spuren zu hinterlassen vorübergegangen, und sie war nicht mehr so stark. So war ich zwar viel alleine, hatte jedoch immer eine Beschäftigung, z.B. die Ballprobe. Da galt es 10 mal den Ball auf verschiedene Art an die Hauswand zu werfen, rechte Hand, linke Hand, von hinten über den Kopf, mit dem Kopf. Wenn ich das so überdenke, war dies der Vorläufer für die heute sportlich anerkannte Bodengymnastik mit Ball. Und dann hatte ich das Glück, in den Ferien nach Bonn und nach Krefeld eingeladen zu werden. Dort waren die Töchter von Peter Josef Tonger, der eine Schwester meiner Großmutter zur Frau genommen hatte, verheiratet. Das Verhältnis meiner Mutter zu ihren Cousinen Heya (so nannte man meine Tante Hedwig) und Hanna war sehr geschwisterlich. Tante Hanna war meine Patentante und sehr sportlich. Sie war mit einem Bergassessor verheiratet, der später Direktor einer Eisengießerei in Dülken wurde und sich im Augenblick an der Front befand. Tante Heya war mit dem Sanitätsrat Dr. Brockhoff verehelicht, der in dieser Zeit in einem Lazarett arbeitete. Peter Josef Tonger gehörte der Tonger Musikverlag, der bereits sein hundertjähriges Bestehen feiern konnte und zu dessen durchschlagenden Erfolgen das Lied mit dem Titel »Seemanns-Los« gehörte. Ich habe es heute noch in meinem Ohr: »Stürmisch das Meer und die See geht hoch.« Das war ein echter Hit, wie man heute sagen würde. Beide Töchter erhielten von ihrem Vater ein Nadelgeld, so nannte man das monatliche Taschengeld, und so lebten beide Haushalte entsprechend großzügig. In Bonn gab es Gretchen als Kinderfräulein, ein molliger Typ. In Krefeld Miss Edge für die beiden Jungen Helmut und Wolfhart. Wenn Miss Edge in Rage geriet, verfiel sie regelmäßig in die englische Sprache, obwohl sie deutsch perfekt beherrschte. Ich musste dann stets grinsen, weil ich sie zwar nicht verstand, aber genau wusste, dass die Standpauke mir in gleichem Maße galt wie den Jungen.

Aber irgendwann enden auch die schönsten Ferien und es ging zurück nach Köln. Wie gesagt, es war Köln, es war nicht nach Hause. Nach Hause konnte ich erst wieder sagen, als wir nach Hannover zurückkehrten. So war ich vier Jahre ein Besuchskind. Die Umstände unserer Heimkehr nach Hannover konnte man durchaus dramatisch nennen.

Flucht vor den Siegermächten

1918 war es, da flüchteten wir Hals über Kopf, denn die Franzosen besetzten das Rheinland. Der Krieg und sein Ergebnis hatten uns hautnah wirklich eingeholt. »Zivilisten raus!« stand auf Schildern geschrieben, die von der Front zurückkehrende Soldaten mit Bindfäden von innen an ihre Zugfenster gebunden hatten. Wie meine Mutter es geschafft hat, sich bis in ein Abteil eines Zuges vorzuarbeiten, weiß ich nicht. Woran ich mich erinnere, ist mein Großvater, der mich fest in seinem Arm hielt und mich in diesem Tumult durch das Fenster in den Zug reichte. Er verteidigte seinen Platz wie ein Zerberus. Er war ein Hüne von einem Mann. Ein greller Pfiff übertönte den Lärm im Bahnhof, es ruckelte, die Lok zog langsam an. Ich schaute in das Gesicht meines Großvaters und erstarrte. Dort sah ich eine Träne, die langsam über seine Backe kullerte. Ich war fassungslos. Mein starker Großvater, der polterte, der wie ein Fels in der Brandung war. Er las so gerne Karl-May Bücher, die seine Sehnsucht nach Ferne ein wenig befriedigten. Er, der immer so stark wirkte – und jetzt diese Träne. Ich weiß es noch, ich dachte voller Überraschung: »Der Opa, der kann ja auch weinen!« In den vier Jahren hatten wir so viel miteinander erlebt. Trennung, Hunger und all die Unwägbarkeiten eines Krieges. Zudem hatte ich auch noch so ziemlich alle Kinderkrankheiten wie Masern, Mittelohrentzündung (bei Kerzenschein hat mich Sanitätsrat Dr. Weidemann auf der Wickelkommode operiert), Diphtherie und Scharlach in den Jahren absolviert. Als Mutter sich dann mit der letzten Krankheit bei mir angesteckt hatte, holte Großvater Schwester Ewarista, eine liebe Nonne, die Mutter in Frankreich wiedergetroffen hatte, zu Hilfe. Wer weiß, ob ohne ihre Unterstützung Vater aus dem Lazarett herausgekommen wäre? Wie das Schicksal so spielt!

Als wir aus Köln flüchteten, hatten die Kieler Matrosen mit dem Aufstand begonnen. In Russland war die Zarenfamilie ausgelöscht. Sankt Petersburg hieß von da an Leningrad. Unser hochverehrter Kaiser Wilhelm II. fand flüchtend in Doorn bei den Holländern Asyl. Peinlich, peinlich. Der Kaiser, der uns so fürs Vaterland begeistert hatte. Der Kaiser, der uns so enttäuschte!

Mein Vater wurde noch 1918 von Mazedonien nach Minsk in Russland zur Baudirektion 10 mit der Ernennung zum Hauptmann abkommandiert. Wie er dort im allgemeinen Chaos des Zusammenbruchs mit seinem Burschen heraus gekommen ist, habe ich nie erfahren. Oft sprachen die Erwachsenen französisch miteinander, damit die Kinder nicht alles mitbekamen.

Mutter und ich waren nach der turbulenten Flucht aus Köln vor dem nachrückenden Feind endlich wieder gut daheim angekommen. Wie eine vier Jahre nicht bewohnte Wohnung aussieht! Ich erinnere mich gut, wie Mami in der kaum beheizten Küche am Waschbottich, der auf zwei Holzstühlen aufgebockt war, mit dem Waschbrett hantierte. Von einer Haushalts-Waschmaschine in Bad oder Keller konnte man nicht einmal träumen. Ich begrüßte freudig in einer Ecke, wo es durch den Laugendunst einigermaßen warm war, jedes Teil meiner Puppenstuben.

So räumten wohl viele Frauen auf, wenn Männer der großen Geschichte ihren Machthunger gestillt und ausreichend Geschirr zerschlagen hatten. Wie das wohl in Zukunft bei der Gleichberechtigung aussieht?

Da kam ganz unverhofft Post von der Insel Rügen aus Binz. Das war der Heimatort von Vaters Burschen. Die Familie betrieb dort einen Andenkenladen und Zimmervermietung. »Kommt beide umgehend her. Ich habe für uns drei Quartier gemacht!« So ein Glück! Das hatte längst nicht jeder. Zwei Tage später standen wir uns gegenüber – stumm zuerst. Papi hatte noch seinen Militärmantel an mit den »von den Revolutionären beschädigten Achselklappen«. Dann zog er Mami und mich in seine Arme, ein Schluchzen verbergend.

Es waren wunderschöne Tage. Ich durfte manchmal im Geschäft mithelfen. Fünf Ansichtskarten kosteten 5 x 5 Pfennig = 25 Pfennige. Was für ein Preis gegen heute!

Als Beamter war Vater seine Anstellung bei der Wasserstraßendirektion Hannover sicher. Eine große Sorge weniger.

Aber für mich hieß die Rückkehr nach Hannover den zweiten Schulwechsel in meine dritte Schule zu bestehen. Sie ssstießen und ssstolperten ssstur um mich herum. Bis auf eine Schülerin waren alle evangelisch und ich war katholisch. Und da war der Unterschied im Stoff des Wissens groß. Diese drei Faktoren, die dritte Schule, meine andere Religion und der Wissensstand, waren für eine Zehnjährige schwer zu verkraften. Ich war gut in Mathematik, aber in Deutsch hatte ich Mängel. Aufsätze waren eine eins und die Rechtschreibung leider eine fünf. Wenn ich morgens die Augen aufschlug, kamen auch schon die ersten Tränen. »Bitte Mutti, lass mich zu Hause bleiben, nicht zu diesen schrecklichen Kindern.« Aber gelobt ist, was hart macht. Ostern wurde ich versetzt, obwohl anfangs nur versuchsweise in die Klasse eingeschult. Ich schtolperte weiter über schpitze Schteine und blieb nicht schtill schtehen. Meine Eltern hatten natürlich überlegt, wie man mir helfen konnte. So meldeten sie mich in einer Gymnastikschule bei Liese Abt an. Es war die Zeit, da die Pawlovna ihre letzten Abende gab und Mary Wigman mit dem

Ausdruckstanz der Labanschule die Bühnen eroberte. Liese ist nicht über weite Grenzen bekannt geworden. Sie heiratete den Prokuristen Weisgerber von Günter Wagner - Pelikan Tinte und Füllfederhalter. Dafür kennt heute jeder die Tochter Antje Weisgerber, z.B. aus der Serie Landarzt im Fernsehen. Einmal im Jahr gab Liese Abt eine Matiné im deutschen Theater in Hannover oder in der Schauburg. In einem getanzten Weihnachtsmärchen hatten wir alle Kostüme aus Krepp-Papier. Es gab noch längst nicht alles wieder zu kaufen. Aber es war aufregend schön als kleine Schneeflocke. Dort fühlte ich mich wohl und schloss auch eine Freundschaft.

Etwas Geheimnisvolles tat sich in der Familie. Zwar glaubte ich nicht mehr unbedingt an den Klapperstorch, aber sicher war ich mir nicht. Es kam wieder ein Dienstmädchen ins Haus und Mutter musste öfters ruhen. Der Haushalt von Herrn Dr. Meister in der Etage unter uns hatte auch ein Dienstmädchen. Es hieß Lena. Dass Gott es so einfach zuließ, dass auch Lena ein Kind erwartete, wo sie doch keinen Mann hatte, empörte mich sehr. Ich haderte mit ihm und fand ihn äußerst ungerecht. Keiner wollte mir auf meine Empörung so recht antworten. Dabei war ich doch zu der Zeit so besonders fromm. Denn ich ging in die Kirche und hatte Kommunionunterricht. Von einer Aufklärung, wie es heute bereits in den Schulen geschieht, war man noch weit entfernt. Vater brachte mir Radfahren bei. Immer um den Lortzingplatz herum. Ich hatte das erste Damenfahrrad von Köln von meiner Großtante Jenny, einer Malerin, geerbt. Sie war eine der Schwestern meiner Großmutter, unverheiratet, liebte Reisen über alles und liegt in Borneo oder Celebes begraben. Als ich zwei Jahre alt war, sagte sie: »Wann i wiederchum, mal i das Hannerli.« Aber sie kam nicht zurück von ihrer letzten Weltreise. Ich habe noch Briefe von vor hundert Jahren, geschrieben aus Tunis, Ägypten etc. Heute ist mein Sohn manchmal geschäftlich in Kairo tätig. Wie die Nornen die Familienfäden so spinnen.

1919 versuchte sich das Leben in den nicht vom Feind besetzten Gebieten zu normalisieren. Am Rhein war der Franzose. Sogar mit schwarzen Soldaten. Man konnte nur mit speziellem

Ausweis dorthin fahren. Mit Kanonen, die noch von Pferden gezogen wurden, konnte man keine Städte dem Erdboden gleich machen, wie es die Luftwaffe erst im zweiten Weltkrieg ermöglichte. Im September 1919 waren die Eltern mit mir im Lipperland und ich durfte am Hermannsdenkmal einen Nagel in den Fuß schlagen. Die Nägel wurden verkauft. Der Erlös war nun nicht mehr für die kämpfenden Soldaten sondern für Kriegsopfer und Hinterbliebene vorgesehen. Wer nicht einen Angehörigen zu beklagen hatte, wand sich wieder dem Alltag zu.

9. Oktober 1919. Die Klassentür sprang mitten in der Stunde auf. »Hanna Odenkirchen, du darfst nach Hause fahren, du hast ein Brüderchen bekommen.« Alle stimmten automatisch in mein »Hurrah!« ein. Und ich, flink wie der Wind, sauste auf meinem Rad heimwärts. Weil ich es viel zu eilig hatte, blieb ich in einer Straßenbahnschiene hängen. Die Unterwäsche, Hemd, Hose, Unterrock – damals musste ein anständiges Kind dies alles immer anhaben –, waren gerissen und hatten den Aufprall gemildert. Schnell saß ich wieder auf dem Sattel. Kaum angekommen, rannte ich die Treppe hinauf, stand dann jedoch ganz andächtig vor der Wiege. Noch nie hatte ich so einen Winzling, erst ein paar Stunden alt, gesehen. Besonders die kleinen Händchen mit den voll ausgebildeten Fingernägeln fielen mir auf. Von Stund an waren Puppen vergessen. Unbändig glücklich waren die Eltern, vor allem Papá. Es war noch die Zeit, da ein Stammhalter als Wunsch der Väter an erster Stelle stand. Ich persönlich habe es erlebt, dass ein Schwiegervater bei Ankunft der dritten Tochter kein Glück mehr wünschte. Mein kleines Brüderchen wurde zum Mittelpunkt der Familie. Die Erziehung erfolgte mit Sorgfalt, wenn auch nicht immer mit dem angestrebten Erfolg, wie diese beiden kleinen Anekdoten, die zeitlich etwas vorgreifen, berichten. »Es wird gegessen, was auf den Tisch kommt!« Wer kennt das nicht. Die Unterhaltung entwickelte sich weiter. »Ich kann die Schokoladensuppe nicht essen.« – »Aber natürlich, Du musst doch groß und stark werden.« Schokoladensuppe war ja sogar etwas besonderes in dieser Nachkriegszeit. »Nein, nein!« – »Doch, doch! Ein Löffelchen für Papá, ein Löffelchen für Mamá

…«, und weiter durch die restliche Verwandt- und Nachbarschaft. Schluchzend legte er sich ins Bett, wurde zugedeckt, Licht aus, Tür zu. Die Eltern und ich setzten uns stumm an den Abendbrottisch. Plötzlich lautes Gebrüll! Wir stürzten fast gleichzeitig ins Schlafzimmer. Da stand er nun in seinem Bett, wie mit braunem Graffiti bespritzt, auch der Fußboden ringsum nicht unbehelligt, der wirkliche Sieger. »Seht Ihr jetzt ein, dass ich keine Schokoladensuppe essen kann?«

Eines Tages fühlte er sich zu unrecht bestraft und wollte der Mami keinen Gute-Nacht-Kuss geben. Mutter redete ihm gut zu. Sie könne ja in der Nacht sterben, ob ihm dies dann nicht leid täte. Kurzes Nachdenken: »Na, komm, krieg'ste einen Kuss. Aber, das sag ich dir, wenn du morgen früh noch lebst, dann bin ich dir wieder bös!«

Da stand ich also am Bettchen des gerade geborenen Mittelpunktes, der sich so wunderbar entwickeln sollte. Als er auf die Welt kam, war der Krieg zwar aus, aber er war nicht zu Ende. Wer war wirklich in der Lage, den verlassenen Staat weiter zu regieren? Namen wie Ebert, Stresemann und Scheidemann wurden genannt. Noske von der SPD war in Hannover Regierungspräsident. 1919 war er an der Niederwerfung des Spartakistenaufstandes beteiligt. Ich kann mich in diesem Zusammenhang noch an die despektierlichen Bezeichnungen der Ehefrauen und Kinder dieser Spartakisten erinnern. Die Frauen waren nämlich die Spartaschachteln und die Kinder die Spartadöschen.

In meiner Schule lebte ich mich mehr und mehr ein. Es war eine zehnklassige höhere Töchterschule, ein Lyzeum mit vielen Fräuleins als Lehrerinnen. Die höchste Klasse, die ich erreichen konnte, war die Untersekunda mit dem Abschluss der Obersekunda-Reife, heute die 11. Klasse eines Gymnasiums. Auch wenn Töchter heirateten und Söhne studierten, war dieses Reifezeugnis im weiteren Lebensweg wichtig. Wir lernten Mathematik, Sprachen wie französisch und englisch (Latein war den Jungen vorbehalten), Lesen, Aufsätze schreiben und Musik. In der sechsten Stunde konnte man freiwillig am sogenannten »Pappkursus« teilnehmen, Kunst mit Packpapier, aus dem Bücherumschläge gefertigt wurden. Zum Abschluss wurde das Werk zum Glanz und zur Haltbarkeit mit Speckschwarten abgerieben. Das fand ich toll. Auch die Zeichenstunde bereitete mir Freude.

Die Inflation, erst schleichend, dann mehr als rasant, suchte das deutsche Volk heim. Beamte bekamen normal ihr Gehalt am ersten des Monats auf ihr Konto überwiesen. Aber plötzlich erhielt Vater es alle paar Tage in bar. Mutter und ich standen schon in Hut und Mantel im Flur. Wir übergaben ihm den Jungen, er uns das Geld und wir sausten los. Erst zum Bäcker, dann zum Fleischer, zum Kolonialwarenhändler und jeder stellte sich dann im jeweils nächsten Laden in die Schlange. Jedenfalls war das Brot schon wieder teurer geworden, wenn wir auf dem Rückweg beim Bäcker ins Schaufenster guckten. Zu dieser Zeit hatte man immer weniger Dienstmädchen, weil man sie einfach nicht ernähren konnte.

Versetzung nach Magdeburg

In der Wasserstraßenbehörde hatte Papá manchen Ärger. Überall wurde alles neu geregelt. Und dann, inzwischen nach einer Beförderung Regierungsbaurat, zeigte er uns eine Versetzung nach Magdeburg vor. »Oh, nein«, war mein erster Gedanke, »schon wieder eine neue Schule!« Aber was half es, so viele aktive Militärs waren in dieser Zeit arbeitslos und mein Vater, als Reserveoffizier, hatte das Glück, seine Beamtenstellung gleich nach der Rückkehr wieder einnehmen zu können. Es blieb uns aber noch ein Lichtblick bei diesem Schock. Unser derzeitiges Dienstmädchen blieb. Mutter wollte mit ihr über die Kündigung reden. Ganz offiziell im Wohnzimmer. Aber sie reckte ihr lustiges, rotes Stupsnäschen, lächelte und sagte: »Wozu? Ich ziehe mit, wenn Sie mich behalten wollen. Ich kann überall leben und arbeiten, wenn ich nur eine gute Herrschaft habe.« Hermine war uns allen eine kräftige Stütze bei diesem unerwünschten Umzug. Und sie sang so gerne. Damals musste man schon selbst für Unterhaltungsmusik sorgen. Ab und an kam wohl ein Orgelmann, dem man dann einen eingewickelten Groschen auf die Straße oder auf den Hof warf. Dabei gab es so herrlich rührselige Lieder. Gassenhauer nannte man sie.

»Meinen Vater kenn' ich nicht.
Meine Mutter mag mich nicht.
Und sterben will ich nicht,
bin noch so jung ...«

Dies Magdeburg ist mir wie ein unverständlicher, unbegreiflicher Schatten in Erinnerung. Bruno Taut malte zu dieser Zeit die Häuser grellbunt an. Wie konnte man das nur schön finden? Bübchen kam in den Kindergarten, ich ins dortige Lyzeum. Aber was war das für ein salopper Betrieb? »Herr Hahnewald, Sie rufen ungerecht auf!« – »Na bitte, Maria, dann übernimm das.« Der Lehrer H. verschränkte gelassen die Arme und lehnte sich an die Wand. Ich war stumm. Maria übernahm den Unterricht. In der sechsten Stunde Diskussion: Wer steht höher, der Mensch oder das Tier? Die Stunde war freiwillig, ich hätte gehen können. Aber ich blieb. Jetzt wollte ich es wissen, was bei dem Durcheinander-Gequassel herauskam. Ich weiß es heute nicht mehr. Ich weiß nur noch, dass es mir zu blöd war.

Die neue Wohnung hatte Vater hübsch ausgesucht. An einem Platz gelegen und mit Anlagen ringsherum. Sonntags spielte eine Musikkapelle. Mein kleiner Bruder wollte gerne runter. Da begegneten uns einige Mädels aus meiner Klasse und fragten mich: »Na? Schicke Mützen da?« Ich zuckte die Achseln und verstand sie nicht. Sie kicherten albern. Nun muss ich dazu erklären, dass die Pennäler, die Schüler, die farbige Kopfbedeckung ihrer jeweiligen Gymnasien trugen – rot, blau, grün. Die Litzen an den sogenannten Tellermützen zeigten an, in welcher Klasse sie waren. Da dämmerte es leicht bei mir. Das waren frühreife Gören, die schon nach Jungens Ausschau hielten. Ich war dagegen wohl mehr eine Spätentwickelte.

Das Heimweh nach Hannover war stark, wo ich mich doch nach den Jahren dort so gut eingelebt hatte. Das Tanzen fehlte mir. Meine Freundin Mechthild von Dinklage und ich hatten Tanznachmittage gegeben für die Kinderheilanstalt und die hungernden Ruhrkinder. Mir fehlten die Schulausflüge auf den Ith und das Schiele-Puppen-Kränzchen, wo wir für diese kleinen Porzellanpuppen Kleidchen nähten.

Als die Weihnachtszeit herannahte, saß ich stundenlang in meinem Zimmer und bastelte Kalender, Nadelkissen, Notizbücher, rahmte Bilder ein mit Glas und Kalikopapier. Waren es nun 25 oder 28 Dinge? Es gab jedenfalls für alle in meiner alten Klasse etwas, ob enger befreundet oder nicht. Mami erwirkte die Erlaubnis eines Besuches der Granier-Schule in Hannover kurz vor den Weihnachtsferien. Papi machte ein wunderbares, langes Gedicht, welches ich dann als Nikolaus, in mein blaues Regencape gewickelt, mit Maske und Bart ausgestattet, vortrug. Totenstille. Nur ab und an ein leises Wispern, wer es wohl sein könnte, dieser Nikolaus. Fräulein Granier hatte eisern dicht gehalten. Eine Strophe ist mir noch im Gedächtnis:

Ärgert nicht die Lehrerin,
die mit ihrer ganzen Kraft
aus dem unbehauenen Holz
gute feste Menschen schafft.

Selbst Fräulein Hemme, eine zwar gerechte, aber ebenso strenge Lehrperson, sah gerührt aus. Dann legte ich die Maske ab und mit lautem Klatschen endete die Veranstaltung in Jubel, Trubel, Heiterkeit. Fräulein Granier stand plötzlich in der Tür und freute sich sichtlich über den gelungenen Spaß und darüber, dass ein kleines Mädchen sich so nach ihrer Schule gesehnt hatte. Es war ein riesiges Trostpflaster für das olle, graue Magdeburg. Wie Eltern Kindern helfen können, wenn sie auf ihre Ideen eingehen!

Heim nach Hoya

Wir ahnten nicht, dass das Aus für uns in dieser Stadt in den behördlichen Akten bereits diskutiert wurde. Da wir noch kein eigenes Telefon hatten, klingelte die freundliche Nachbarin eines Tages an der Tür und bat Mutter an ihr Telefon. »Hier Fritz, ich kann als Chef das Wasserbauamt Hoya bekommen. Hast Du auch Lust, Mathilde?« – »Ich fange sofort wieder mit einpacken an«, war Mutters Antwort. Freudig erregt kam sie zurück und sank auf den erstbesten Stuhl im Flur. »Hermine, wir ziehen wieder um. Gehen Sie mit?« – »Also, wo die Weser fließt, habe ich in der Schule gelernt. Aber wo Hoya liegt, weiß ich nicht. Lerne ich es eben kennen.« Kind und Junge wurden gar nicht gefragt.

Neue Schule – lief es mir den Rücken herunter. Aber schmeißen, das kam mir überhaupt nicht in den Sinn. Mami schwärmte in den höchsten Tönen von ihren ersten Ehejahren. Hermine stimmte das Lied an »Lustig ist das Zigeunerleben, faria, faria ho!« Diesmal konnte ich nicht in den Gesang einfallen. Ich fing an zu überlegen, wie lange ich noch schulpflichtig war und dieses Wechselbad durchhalten musste. Ob nun Mutter nach Hoya geschrieben hatte oder der Wind es bereits herumerzählte, wer der neue Regierungsbaurat würde?

Zwei Tage später erhielten wir eine Einladung vom Rittergut von Behr, wir könnten dort jederzeit eintreffen. Ins Wasserbauamt müssten erst einmal die Handwerker. Meine Eltern schwebten nur so auf Wolken. Was mussten die ersten Jahre dort schön gewesen sein! Von einem einäugigen Kutscher, einem Polen, der sich sogleich ums Handgepäck kümmerte, wurden wir schon in Eystrup in Empfang genommen. Am Bahnhof stand eine zweispännige Kutsche. Normalerweise musste man anschließend mit einem Bummelbähnchen über Hassel an weiten Spargelfeldern vorbei ganz romantisch gen Hoya zuckeln. Heute ist dort weniger romantisch eine schlichte Busverbindung. Freudige Begrüßung im Rittergut. Bübchen und ich wurden gleich abgezweigt und vom Hauslehrer ins Kinderzimmer geführt. Dort war eine Geburtstagsfeier von Georg Werner, dem ältesten von drei Söhnen des Herrn Landschaftsrates Werner Ritter von Behr – ein altes Welfengeschlecht. Die Feier war in vollem Gange. Meine Güte, es waren ca. ein Dutzend Jungens. Mir wurde schwach. Ich hatte doch solche Angst vor ihnen. Im Winter hatte ich schon in Hagenau schlechte Erfahrungen mit Schneeeinreiben und ähnlichen Dingen gemacht. Aber es ging ganz manierlich zu. Wir wurden vorgestellt. »Das ist Fräulein Hanna Odenkirchen und ihr Bruder Friedrich-Karl.« Alle machten einen Diener und wir gaben uns die Hand. Auch wir durften Platz nehmen und das Schmausen ging weiter. Berge von Butterkuchen, köstlich duftend, häuften sich auf dem langen Tisch. Aber, oh Schreck, es gab Kakao. Bübchen warf mir einen flehenden Blick zu. Ich flüsterte leise: »Ich trinke ihn mit aus. Dann fragen wir, wo man sich die Hände waschen kann, dort kannst Du Dir Deinen Durst mit Wasser löschen.« Damals trank man Wasser aus der Leitung, so es überhaupt eine gab. Brunnen waren durchaus noch üblich in ländlichen Gegenden. Getränkegroßhandlungen haben der Wohlstand und die Umweltverschmutzung erst entstehen lassen. Es gab wohl schon Bierkutscher, welche auf hohen Leiterwagen mit kräftigen Kaltblutrössern bespannt, die Fässer zu den Wirtschaften rollten.

Der Abend sank herab. Mutter und Hermine hatten uns zu Bett gebracht. Weil Letztere sich unverzüglich beim großen Abwasch nützlich gemacht hatte, war sie gut beim Gesinde angekommen. Man hatte auch ihr einen Schlafplatz eingeräumt. Plötzlich war es so still geworden in dem großen alten Haus. Geräusche drangen ans Ohr. Das Rasseln einer Kette, ein Hund bellte auf im Traum, ein Rind muhte, ein Pferd schnaubte und stampfte mit dem Huf. Am anderen Morgen war eifriges Gerenne mit Wasserkrügen, kalt und warm, je nach Bedarf. Man wusch sich in großen Porzellanschüsseln, Waschlampetten genannt. Ein Bad gab es zu dieser Zeit auch im Wasserbauamt noch nicht. Neben der Küche befand sich ein karger Raum mit einem Brikettofen und einer Zinkbadewanne. Manchmal kann man heute so ein altes Stück auf Wiesen und Weiden sehen, als Viehtränke genutzt. Sonnabends wurde der Ofen eingeheizt, bis jeder ein schönes Bad genommen hatte.

Nach dem gemeinsamen Frühstück mit den Eltern und Gastgebern ging Papá ins Wasserbauamt, seiner neuen Wirkungsstätte. Mutter zeigte uns das Städtchen. Die Weser floss mitten hindurch. Eine Eisenbahnbrücke und eine separate für den Verkehr spannten sich darüber. Das Landratsamt, Amtsgericht nebst Wohnung des Amtsrichters nebst Gefängnis, Wohnhaus des Landrates, Bauamt, alles mit großen Gärten. Die Kirchstraße mit Kirche und Pfarrhaus. Am Ende dieser Straße wieder ein großes

Gut, Meyer Buschenhof. Ehler Meyers, deren Sandhof mehr oberhalb des Flusses lag, hatten eine Stadtwohnung mit Terrasse gleich am Bürgerpark. Auf der anderen Uferseite zog sich die Deichstraße hin. Gleich vorne an, wenn man vom Brückenkopf herabkam, war der Hutladen der Wenzlaus, ausnahmsweise mal jemand im Ort, der nicht Meyer hieß. Weitere Geschäfte wechselten mit Wohnhäusern und Mami zeigte mir auch das, in dem ich geboren war. Gegenüber etwas weiter lag der Gasthof Lindenhof mit großem Saal und auch einer Bühne, wo ab und an Wandertheater uns mit ihrer Kunst beglückten. Wo heute Parkplätze sind, gab es einen Ausspann mit Tränke für die Pferde, am Ende der Deichstraße ein Kino. Vom Brückenkopf mit kleinem Schwenk geradeaus zog sich die Langestraße. An deren Ende lagen das Krankenhaus, Siechenhaus und der Friedhof. Außerdem eine Drogerie, eine Dünger- und Samenhandlung, ein Gemischtwaren-Geschäft als Tante Emma Laden. Herr Arlich war so zuvorkommend, dass er zuhause zurückfragte, was ich zu besorgen hätte. Ich war Wilhelm begegnet und hatte es glatt vergessen. Wilhelm hatte nämlich ein Motorrad und kam gerade vorbei und nahm mich mit auf dem Rad. Meine Angst vor Jungens war inzwischen gemildert. (Dies passierte natürlich viel später.) In der Eisenwarenhandlung, wo es von der Sense bis zur Stecknadel alles gab, war eine Kneipe angeschlossen, wo die Bauern gelegentlich ihren Handel mit Handschlag abschlossen und darauf einen »lütten Köm« tranken. So eine kleine Stadt muss man lieb gewinnen. Gegenüber der Apotheke lag die Volks- und Mittelschule in einem Areal. Nachdem wir von Herrn Apotheker Hermann Mühlenfeld und seiner Frau herzlich begrüßt worden waren, läutete drüben die Schulglocke. »Ach«, meinte Mami, »gehen wir doch eben mal rüber. Jetzt in der Pause hat der Direktor bestimmt Zeit, eine Anmeldung anzunehmen.« Mamá wusste genau, warum ich den ganzen Rundgang still und stumm wie ein Opferlamm hatte über mich ergehen lassen. Der Herr Rektor war bereits genauestens informiert, denn Herr Kappenberg, neben dem meine Eltern 1908 - 1914 gewohnt hatten, lehrte noch. Er hatte mich als Baby schon einmal auf dem Arm gehabt.

Es geht doch nichts über alte Beziehungen. »Ja«, meinte der Rektor, als die Glocke das zweite Mal bedeutend schriller läutete, »dann komm doch mit mir, Hanna. Dann lernst du gleich deine neuen Mitschüler kennen. Ich gebe jetzt Französisch.« – »Oui Monsieur, merci.« Er stutzte, Mutter zuckte leicht zusammen. Das war Magdeburger Art und Galgenhumor. Es ging in eine gemischte Klasse. Rechts die Mädchen, links die Jungen. Das war ein Schlag. Ich setzte mich brav auf meinen mir angewiesenen Platz und faltete die Hände vor mir auf dem zerkratzten alten Pult, ganz so wie es die anderen taten. Es waren etwa ein Dutzend, halb und halb. Das Lehrerkollegium war ausschließlich männlich! Ich ging dann allein zu von Behrs zurück. Es wohnte keiner der Mitschüler »übere Brücke« wie man sagte. Nachmittags führten uns Georg-Werner, Burchard, Hartwig und Fritz Adolf von Möller, ein ernster Knabe, der kürzlich seine Eltern verloren hatte, durch die Stallungen, durch den Geflügelhof und durch den Garten. Mein kleiner Bruder jauchzte vor Vergnügen: »Alle meine Tiere ausm Billerbuch sin hier labendich.« Man ließ damals den Kindern ihre Aussprache. Es war in den siebziger Jahren, da begegnete einem dreijährigen Enkel und mir eine alte Frau mit einem kleinen Mischlingshund. Dieser schnupperte zu dem Jungen hin. »Das ist mein Wauwau«, sagte sie freundlich. Der Bub guckte sie ernst an und bemerkte nur erzieherisch: »Hund!«

Mein größtes Vergnügen war der stattliche Ziegenbock. Er ließ sich einspannen in einen passenden, hölzernen Kutschwagen. So lernte ich sogar mit Jungen zu spielen und die Angst vor ihnen verlor sich gänzlich. Als uns allerdings die Idee kam, auf den Feldern nicht nur Maulwürfe zu fangen, sondern sie bei Priem-August, dem Lumpensammler für ein paar Groschen zu verhökern, erntete das von zwei Vätern große Empörung und »Fahrverbot auf Zeit«.

Nach ca. einer Woche erfolgte dann der Einzug ins Wasserbauamt. Es war ein stattliches Haus. Es hatte zwei Eingänge, vorne Büro, seitlich privat. Links unten waren die Küche und der bereits erwähnte Baderaum, im ersten Stock dann die Dienstwohnung und auf dem Speicher abgetrennt ein Fremdenzimmer. Zusätzlich gab es eine Zweibettenkammer für die Dienstboten und eine Speckkammer – letztere natürlich unter Mutters Verschluss.

Ein wenig unbequem für die Hausfrau war die Küche unten im Parterre, jedoch gab es von der Küche zum Esszimmer einen Speiseaufzug. Aber in den 11 Jahren, da Vater seinen Dienst dort versah, wurde umgebaut. Die Küche kam nach oben und ein weißgekacheltes Badezimmer mit Toilette erhöhte den Komfort deutlich. Doch erst einmal gab es das Plumpsklo – ein Rohr, ein Holz als Sitzrand und ein Holzdeckel. Man musste schon aufpassen, dass einem der Kneifer nicht in die Brille fiel. Heute findet man solche Einrichtungen nicht mal mehr in ländlichen Gaststätten. Wohl aber in den fünfziger Jahren habe ich sie noch erlebt. In der Nähe des Eingangs war eine besonders fest verriegelte Tür, zu der nur die Entleerer des dahinter befindlichen Kübels den Schlüssel hatten. Eine Klingel schepperte selbsttätig an der Haustür, wenn jemand herein- oder herausging. Ob sie je abgeschlossen wurde? Ich erinnere mich nicht mehr daran.

Dann war da der Garten. Ein Drittel Zier, das andere Obstbäume, Sträucher und Gemüse. Es gab eine hübsch gewachsene Laube an einer Seite, auf der anderen eine Schaukel und daneben eine Sandkiste. Zu unserer größten Überraschung, ganz hinten neben der Bleiche (ein freies Stück Rasen zum Bleichen von Wäsche), gab es einen Hühnerstall mit Auslauf. So viel Platz – es war herrlich. Die Hühner haben wir übernommen. In Höhe der Büros war nach hinten hinaus, vom Garten aus begehbar, eine schon etwas baufällige, nicht mehr genutzte Veranda. Da durfte ich nach Herzenslust mit Erde werkeln, in Kistchen säen, pikieren und lernen mit dem Pflanzholz umzugehen. Das hat mir später in den Jahren 1946 - 50 sehr geholfen, als der evangelische Superintendent auch mir, einer Katholikin, 100 m² Feld verpachtet hatte – lebende Ökumene.

Auf der linken Längsseite des Grundstücks grenzte der Landratsgarten. Rechts war eine hohe Mauer am oberen Rand mit Glasstückchen in Zement eingelassen als Schutz. Da war die

Hauptstraße, die dort über die Brücke führte. In der Mauer befand sich am Gartenende ein kleines Eisentörchen. Ein paar Schritte hinauf zum Brückenkopf, erreichte ich den kleinen Pfad, der zwischen Uferrand und der hohen weißen Mauer des Gefängnisses entlang führte. Dort lag das Schwimmbad. Alles aus Holz zusammengebaut, lag eine Plattform mit einem Ein-Meter und Drei-Meter Sprungbett im Fluss und dicke Baumstämme grenzten das Nichtschwimmer-Becken ab. Oben an der Böschung standen einige aus Holzlatten gezimmerte Umkleidekabinen. Dort bekam ich dann auch den außerschulischen Kontakt mit meinen Klassenkameraden. Wir liefen ein Stück stromauf und ließen uns rückwärts treiben. Kam ein Dampfer mit zwei bis drei Weserböcken (so hießen die Lastkähne) stürzten wir uns in die Fluten.

Ein Schulerlebnis zeigte typisch, wie sehr man schon damals mit den diversen Systemen experimentierte. In den zwanziger Jahren wurde die Schrift von Sütterlin auf lateinische Buchstaben umgestellt. In den Fünfzigern kam die Mengenlehre im Rechnen auf. Das war besonders für Eltern kompliziert. Sie konnten nur schwer ihren Kindern bei den Hausaufgaben helfen. Jetzt streiten sich die Gelehrten um die Rechtschreibung. Die englische Sprache wird wenigstens durch den Computer, Rock und Pop sowie Werbung an Große und Kleine gleichzeitig herangetragen.

»Hanna, sag mir den Lehrsatz vom Pythagoras auf.« – »Den kann ich nicht auswendig«, war meine Antwort. »Dann muss ich Dir eine Fünf geben.« Ich war empört. »Das können Sie mit mir nicht machen, Herr Kappenberg.« Unaufgefordert ging ich zur Tafel und machte die Zeichnung dazu. Schnell und fehlerlos. Was nun wohl passieren würde. Ganz perplex starrten mich die Schüler an. Dem Lehrer hing leicht der Unterkiefer herunter. »Ja, so habe ich es in Magdeburg gelernt«, bemerkte ich in die Stille, wischte die Tafel sauber und setzte mich wieder auf meinen Platz. Da erlöste mich die Pausenglocke. Im Lehrerkollegium übersah man meine schlechten Manieren. Das Wissen war glücklicherweise nicht zu bestreiten. Ich lernte von da an alles Verlangte auswendig. Zum Schluss sogar »Die Glocke« zur Prüfung in die Untersekunda. Es hat mir nicht geschadet dieses »Braintraining«, wie man es heute nennt. Bei unserem feinsinnigen Deutschlehrer ließen meine Eltern mir noch einige Stunden in Literatur geben. So war es kein Problem in Hannover in meiner alten Klasse der Granier-Schule meine mittlere Reife zu erlangen. Von Abitur oder Studium war keine Rede. Ein Mädchen, normal begabt, heiratete eben.

Ich vergaß noch zu erwähnen, dass mein Vater keinen Dienstwagen hatte, wohl aber einen Dampfer, zwei Motorboote, einen Bagger nebst Taucher und Schleppfahrzeuge. Der Fluss musste gewartet werden, Ufer und Deiche. In Dörverden, von Hoya aus in Richtung Bremen an der Weser liegend, befand sich ein Stauwehr mit einer Schleusc. Alles stand unter seiner Obhut. Das Schönste war, wir durften ihn begleiten. Kapitän, Matrose, Heizer und Schiffsjunge waren die stolze Besatzung vom »Reiher«. Flach gebaut konnte er im Winter als Eisbrecher eingesetzt werden.

Ein Jahr als Gasttochter

Ostern 1924 musste ich von alldem für ein Jahr erst einmal Abschied nehmen. Die Eltern einer meiner Freundinnen, Christel Ihssen, hatten meinen Eltern angeboten, ich könne dieses Jahr bei ihnen wohnen. Ihre Tochter war Einzelkind. Alle vier Wochen durfte ich sonnabends und natürlich in den Ferien nach Hause fahren. Es gab noch eine zweite Möglichkeit, als sogenannter »Fahrschüler« in Verden an der Aller oder in Nienburg an der Weser auf einem Gymnasium das letzte Jahr zu absolvieren. Aber das war doch nichts für ein Mädchen! Die Umsteigerei in Eystrup und in der Wartezeit auf den Bahnhöfen herumzulungern. Da hätte ich mich ja auch in eine sechste Schule einleben müssen. In Hannover zu Hause, in Hoya daheim. Das war dann doch das kleinere Übel. Als Besuchskind hatte ich ja ausreichende Erfahrung und so ging die Zeit, der Himmel teils wolkig teils heiter, dahin.

Auch bei Geschwistern gibt es ja Reibereien. Wir erhielten Klavierstunde, spielten Tennis im Sommer und gingen in die Tanzstunde im Winter. Wir wurden Backfische. Wenn ich heute jemanden frage, woher dieses Wort kommt, schütteln sie mit dem Kopf. Aus dem Englischen »Back«, d.h. zurück. Die Fischer sortierten den Fang und warfen die kleineren, noch nicht ausgewachsenen Fische, wieder ins Meer. Und so ein unfertiger Backfisch – also Teenager – ist eben in einem dauernden Schwebezustand, von Himmel hoch jauchzend bis zu Tode betrübt. Wenn letzteres mich übermannte, bekam ich Heimweh. Doch Mamá wusste Rat. Sie gab mir ein mit rotem Juchtenleder gebundenes Buch, versehen mit Goldschnitt und einem abschließbaren Schloss. Es hatte die Größe eines Gebetbuches und rechts unten stand mit verschnörkelten goldenen Lettern »Tagebuch«. Links oben war ein vierblättriges Kleeblatt eingelassen, natürlich auch in Gold und mit ein wenig Grün verziert. Heute eine richtige kleine Antiquität. Da konnte ich nun meinen ganzen Frust, ob positiv oder negativ, los werden. Es ist nicht uninteressant, heute nach 75 Jahren darin zu blättern. Man spricht heute so viel von Selbstfindung. Also in so einem Büchlein, da findet man sich garantiert ganz ungeschminkt. Darin habe ich mit 15 Jahren Goethe zitiert, um mich aufzurichten – das war gewiss zu einer Zeit mit Liebeskummer.

> »Allen Gewalten zum Trotz sich erhalten,
> nimmer sich beugen, kräftig sich zeigen,
> rufet die Arme der Götter herbei!«

An einem dieser Sonnabende, da ich heimfahren durfte, holte Mutter mich selbst von der Bahn ab. Ist es wirklich wahr, was die Leute in der Kleinbahn sich erzählt haben? Ganz Hoya schien unter Schock zu stehen. »Ja«, antwortet Mutter, »komm schnell mit nach Hause. Georg Werner von Behr ist nachts im Schlaf in seinem Bett erstochen worden, und man hat den Mörder noch nicht gefunden.« Auch mein kleiner Bruder durfte weder alleine in den Garten, noch bei offenem Fenster schlafen. Später kam dann alles zu Tage. Gegenüber vom Fluss hatte jemand gesehen, dass eine Taschenlampe hin und her leuchtete, um eine an das

Fenster gelehnte Leiter zu finden. Und anschließend hatte man einen Plumps im Wasser gehört. Der Taucher fand dann auch das Tatmesser auf der Sohle der Weser, gehüllt in blutige Lumpen. Es war ein Racheakt von einem Knecht. Als ältester Sohn hatte Georg-Werner wohl den Hoferben herausgespielt. Reiner Übermut! Sein Vater war ein tüchtiger Landwirt und wollte auch nachts gerufen werden, wenn eine Kuh kalbte oder einem Fohlen geholfen werden musste. An sich konnte das auch der ausgebildete Hofmeier, der auf dem Gut wohnte. Den anderen beiden Jungs hat der Mörder nichts getan. Sie schliefen fest. Erst durch ihr lautes Geschrei, als sie ihren toten Bruder morgens fanden, wurden das ganze Haus und der Hof munter. Und die arme Frau von Behr lag im Wochenbett. Der vierte Bub hatte gerade das Licht der bösen Welt erblickt. Nun hatte ich Kummer und Leid das erste Mal hautnah miterlebt und gelernt, dass eigene Ich nicht mehr so wichtig zu nehmen. Das war ein Ereignis, welches mich nachhaltig verfolgt und beeinträchtigt hat.

Aber in Hannover ging das Leben weiter. In der Schule probten wir eifrig für eine Abschiedsvorstellung »Turandot«, lernten aber trotzdem fleißig, um die Mittlere Reife zu erlangen. Abends gab es Hausbälle und den Tanzstunden-Abschiedsball. Wir machten uns alle hübsch, nicht so wie heute in Jeans und Pulli, mit einem Rock- oder Popstar vorne oder hinten eingedruckt. Es war alles nicht so salopp wie heute bei einer Party. Geschminkt wurde nur zur Theatervorstellung – ein wenig sittsamer eben. Doch eins ist gleich geblieben. Wir genossen das Glück, jung zu sein.

Den schönsten Ball gaben meine Eltern. Der Freundeskreis fuhr gleich nach Schulschluss sonnabends mit der Bahn nach Nienburg, das ja auch an der Weser liegt. Dort hatte der Dampfer angelegt und mit Musik und Tanz ging es nach Hoya. Einer hatte ein Koffergrammophon dabei. Na, und für Kaffee und Kuchen hatte Mutter bestens vorgesorgt. Die Herren – Primaner – waren jeweils bei unseren Bekannten zum Übernachten untergebracht. Und ich werde nie vergessen, wie Papá so gegen 24 Uhr ihre Mäntel aufrief und sie freundlichst zur Tür geleitete. Natürlich nach dem aller-, aller-, allerletzten Tanz. Am Sonntag saßen wir beim Frühstück wieder zusammen. Einhundert Brötchen waren weg wie nichts. Es folgte ein Rundgang durch den Ort und ein Mittagessen. Um 16 Uhr rief Mutter beim Bahnhof an. »Bitte Herr Heise, fahren Sie nicht ab, ehe alle 21 jungen Leute im Zug sitzen.« – »Wird gemacht, Frau Baurat.« Damals wurden Ehefrauen stets mit dem Titel ihres Mannes angesprochen. »Ich werde zählen, seien Sie unbesorgt.« Das Ganze war einfach »himmlisch«! Für all die Dinge, die schön waren, galt dieses Wort. Eigentlich ist es ausdrucksvoller als das heutige »affengeil«, oder? Nun war wiederum ein Lebensabschnitt beendet. Ein gut Teil meiner Mitschülerinnen kamen anschließend ins Pensionat nach Wilhelmshöhe bei Kassel. Aber das war Papá zu aufwendig. Ich bedauerte dies keineswegs. Ich war glücklich daheim. Der Garten – täglich schwimmen – und immer war irgend etwas los. Natürlich musste ich mein Zimmer in Ordnung halten, außer Böden und Fenster. Ich war so etwas wie ein drittes Hausmädchen. »Fahr mal rasch übere Brücke und hole dies und jenes.« – eingesetzt wo gerade von Nöten. Man sorgte nicht in dem Maße für Vorräte wie heute, unter anderem gab es ja auch noch keinen Kühlschrank mit Strom betrieben.

Kapitel 2

Jugendzeit - die kleinen Lieben und die große - Berufsausbildung - Heirat 1931

Für Tennis war in Hoya kein Interesse, aber eine Reit- und Fahrschule war erbaut worden. Dort stellten die Landwirte der Umgebung ihre Pferde unter, damit sie zugeritten und eingefahren wurden. Da mehr Pferde eingestellt als Reitschüler kaserniert waren, konnte man auch ohne eigenes Pferd Unterricht nehmen. Bald gab es eine Damenriege. Die angebotenen Zehnerkarten wurden großzügig behandelt. Die Tiere mussten ja bewegt werden. Reitstiefel bewilligte Vater nicht. Aber Wickelgamaschen über Schnürschuhen taten es auch. Von den Bonner Cousinen erbte ich eine Reithose. Aus einem Wintermantel von Großmama fabrizierte der Schneidermeister aus Bücken eine fesche Jacke. Kappe und Gerte waren erschwinglich. Mutter hatte Ideen und wusste stets Rat. Nun war es aber nicht so, dass man das gesattelte Pferd ausgehändigt bekam. Erst hieß es striegeln und die gestriegelten Reihen wurden auf der Stallgasse ausgeklopft und gezählt. Ein altgedienter Kavallerist, Herr Sandvoß, führte strenges Regiment. Letzteres wurde durch einen jungen, stets hilfsbereiten Stallmeister ausgeglichen.

»Herr Müller, Herr Müller, so schallt's durch die Bahn,
die Mädels, ach alle, sie schwärmten ihn an.«

Ein Vers nach Schnaderhüpferl gedichtet, anlässlich eines Reiterballes. Ach man merkte deutlich, wie der Krieg und seine Nachwirkungen immer mehr in Vergessenheit gerieten. Selbst die Generation unserer Eltern hatte noch Lust an Späßen. Das Ehepaar Meyer war zu seiner Silberhochzeit einfach stillschweigend abgereist. Da setzte mein Vater folgende Anzeige ins Hoyaer Wochenblatt:

> »Anna und Ehler, kehret zurück.
> Es ist alles vergeben, aber nicht vergessen!«

Der Hofmeier vom Sandhof war beauftragt für den Tag der Rückkehr des Silberpaares ein Festmahl vorzubereiten und bei Anbruch der Dunkelheit zogen alle Freunde mit Stocklaternen und ausgehöhlten Rüben singend durch den Bürgerpark zur bereits erwähnten Stadtwohnung. An den Leuchten hingen weiße Säckchen mit Zucker und Mehl, Erbsen und Bohnen, etc. Das passende Gedicht, dass wir alle etwas Essbares mitgebracht hätten, stammte natürlich von Vater. So etwas lässt sich nur in einer kleinen Stadt arrangieren.

Eines Tages sprach Mamá von ihren Sorgen, dass der Junge so schlecht essen würde. »Ach«, sagte Frau Ehler Meyer, »bei uns hat es ihm heute aber bestens geschmeckt.« – »Ja«, meinte darauf Frau Rechtsanwalt Meyer, »vor drei Tagen hat er bei uns kräftig zugelangt.« Da kam es heraus. Zuerst fragte er bei einem unserer Mädchen: »Was wird denn heute gekocht?« Dann nahm er sich Löffel, Schieber und Lätzchen heimlich aus der Esszimmerschublade und spazierte zu Ehler Meyers und erkundigte sich, was dort auf der Speisekarte vorgesehen. Zuletzt besuchte er Jutta, das Töchterchen von Rechtsanwalt Meyer, die seine Freundin war. In beiden Familien wurde um 12 Uhr gegessen, bei uns um 13 Uhr. So konnte er problemlos seine Wahl treffen. Frau Meyers Mutter hörte mal, strickend im Kinderzimmer sitzend, folgendes Gespräch: »Jutta, wenn ich groß bin, werde ich Reichspräsident. Dem hat niemand etwas zu sagen und ich heirate Dich. Dann ziehen wir nach Berlin.« – »Und meine Eltern?«, fragte das kleine Mädchen erschrocken. »Denen bauen wir ein kleines Häuschen hinten an.« – »Und meine Omi?« – »Och, die ist bis dahin längst tot.«

Er begann eigene Wege zu gehen und die Worte »Hannele, pass auf den Jungen auf« fielen immer seltener. So können Geschwister wie Einzelkinder aufwachsen. Meine Eltern nahmen mich, inzwischen 16, mit auf die offiziellen Bälle. Hannover: Fest der Technik, Bauball. Bremen: Corps-Studenten Ball. Verden: Ruderball. Andere Städte, andere Tänzer. Ich ver- und entliebte mich pausenlos. Es war himmlisch! Da die Mädels im Durchschnitt zwei bis drei Jahre älter waren, war Mami meine beste Freundin. Ich erzählte ihr alles, jedes Wort, jeden Blick, einen Händedruck. Ein Handkuss dem gnädigen Fräulein. Das war das höchste, was erlaubt war. Wir kannten es nicht anders und waren fröhlich dabei. Mutter genoss das Vertrauen ihrer Tochter sichtlich.

Eines Tages hatten vier Mädels und ich einen Schneiderkurs in Bremen belegt. Etwas dazu lernen ist nie verkehrt. So hatte Vater eingewilligt. Nach dem Unterricht war immer noch Zeit, ein Eis zu essen oder Kaffee zu trinken. Da erklären mir die drei anderen doch plötzlich: »Wir gehen heute ins Malepartus zum Tanztee. Aber da kannst Du nicht mit, Du bist noch nicht 18.« – »Peng, wie gemein«, dachte ich und drehte bei. Heute würde man sicher sagen: »Wow, was für Armgeigen.« Mit blinden Augen betrachtete ich Schaufenster für Schaufenster in der Sögestraße. Ruckartig blieben vier Menschen, die sich aufeinander zu bewegten, stehen. »Ja, Hanna Odenkirchen, was machen Sie denn hier?« Es war Max Eule, der mich zuerst seiner Mutter vorstellte. Dann reichten Werner Pilz und ich uns die Hand.

Den Pfeil, den Amor in dem Augenblick abschoss, konnte später niemand wieder herausziehen. Auch Mutter nicht. Schon gar nicht Frau Mühlenfeld, die Frau vom Apotheker. Es war fast ein Jahr her, dass ich den jungen Herren auf einem Ball begegnet war. Frau Eule und ihr Sohn hatten eine Wohnung und Werner ein möbliertes Zimmer in Bremen. Es waren Corpsbrüder von Vater, Berliner Normannen. Ich hatte besonders viel mit Werner getanzt, und als er mir danach einen netten Brief schrieb, meinte Mamá abweisend: »Ach, dem musst Du nicht antworten. Das ist einer, der an jedem Finger 10 hat.« Mit Zahlen und Geld ging sie gerne großzügig um. Er war schlank, sah gut aus, hatte schwarze Haare und blaue Augen. Sehr viel später hat er, als ihr Schwiegersohn, sie mit dieser Bemerkung oft verulkt. Ehe mich Werner und Max an den Zug brachten, gingen wir noch im Hotel Kolumbus einen Schoppen trinken. Na, und auf dem Bahnsteig, die Gesichter von meinen sogenannten Freundinnen! Von da an war ich stets bei Mutter Eule zum Kaffee eingeladen, um auch mit so zwei bis drei Ausreden mit Werner im Bürgerpark zu spazieren.

Seltsam, wie sich in diesen Jahren die Schrift in meinem Tagebuch verändert hat. Mit Hilfe dieses Tagebuches und den darin angezeigten Daten und alten Fotos versuche ich die Entwicklung eines Mädchens zur modernen Frau zwischen zwei Weltkriegen chronologisch zu ordnen.

Auch ein Schneiderkurs geht einmal zu Ende. Der Kontakt mit Bremen hielt an. Die jungen Leute haben an einem Sonntag offiziellen Besuch gemacht und wurden höflicherweise daraufhin auch eingeladen (einen Brief hatte Mutter verhindern können, aber gute Sitten musste sie respektieren). Im Januar fand das alljährliche Fest vom vaterländischen Frauenverein statt. Frau Wilma Heinz war eine würdige Präsidentin, verlangte aber von der Jugend ein ordentliches Programm. Ein Fräulein Meyer sang das Lied vom Meißner Porzellan, ganz reizend im passenden Kostüm.

> Sehen Sie mich bitte ganz genau mal an.
> Ich bin hergestellt aus Meißner Porzellan.
> Wer mich kaufen will, der muss versteh'n,
> mit so Sachen angemessen umzugeh'n.

Mit einem Dutzend Kindern hatte ich Heinzelmännchens Wachparade eingeübt und fünf großen Schulmädchen einen flotten Foxtrott à la Tillergirls beigebracht. Am Klavier saß der Musiklehrer, der uns in der Schule noch als dick, dumm, faul und gefräßig bezeichnet hatte, mit großer Geduld. Der Organist vom Bücker Dom begleitete mit seiner Geige. Alle Freunde und Verwandten, Onkel und Tanten sparten nicht mit Applaus. Ich tanzte die Puppenfee und Piccicato von Strauß. Ich sehe noch heute die lachend glänzenden Kinderaugen in der ersten Reihe im Rampenlicht vor mir. Dann »Traum einer Sklavin« – dunkles, einfaches Kleid, bloße Füße, lange Haare offen, am Anfang die Handgelenke verschränkt und zum Schluss ebenfalls. Einige Sekunden war es totenstill im Saal, ehe der Beifall kam. In diesem kurzen Augenblick habe ich meinen eigentlichen Berufswunsch laienhaft erlebt und begraben. Es war ein Tango. Musik empfinde ich heute noch als Rhythmus und Bewegung. Dann kam das Theaterstück »Als Verlobte empfehlen sich ...«, eine Kleinstadtgeschichte, Hoya wie auf den Leib geschneidert. Ich spielte eine Lehrerin, schlug die Hände zusammen, rollte die Augen gen Himmel. Mein Text enthielt die Worte: »Oh weh, was werden die Leute dazu sagen, … und Frau Mühlenfeld erst?« Dies rief ich lauthals in den Saal. Mir verschlug es selbst den Atem. Doch jubelnder Beifall auf offener Bühne. Den letzten Satz hatte mir der Teufel souffliert. Eine bodenlose Frechheit. Sie waren so gut zu mir, die Tante Käthe aus Thüringen und ihr Mann. Selbst hatten sie keine Kinder, redeten aber oft in meine Erziehung herein. Onkel Hermann hat zum Schluss dem »Ensemble« im Hinterzimmer des Lindenhofes eine Flasche Sekt spendiert. Er war höchst amüsiert. So eine einzige Apotheke in ziemlich weitem Umkreis war wie ein Nachrichtenbüro. An der Erfindung des Radios wurde ja noch herumgebastelt.

Meine Eltern waren ja beide in Köln geboren und kannten sich daher mit dem Karneval gut aus. Vater durfte sich damals als junger Mann allein im Straßenkarneval vergnügen. Die Stollwerks-Schokoladentöchter luden alle ihre Klassenkameradinnen und damit auch meine Mutter zum Kamellen werfen auf den Zug ein. Tanzen durften sie damals nur in Begleitung der Eltern im Gürzenich oder in der Erholung.

Im Februar wurde im Herrenclub von Hoya ein richtiges Karnevalsfest mit Maskenzwang veranstaltet. Vater hatte ein echtes slowenisches Frauentrachtenkostüm an. Seine Schuhe wurden durch den langen, eng gefältelten schweren Leinenrock verdeckt. Seinen Kopf tarnte eine Perücke. Alle rätselten. Viele kannten sich, aber manche hatten eigene Bekannte mitgebracht. Großes Hallo entstand, als er es nicht mehr aushielt und eine dicke Zigarre anzündete. Herrje, das kann ja nur Herr Odenkirchen sein. Auch für mich hatte Mamá sich eine Überraschung ausgedacht. Erst erschien ich als Knallbonbon in rosa Krepp-Papier eingenäht. Als dies anfing zu reißen, habe ich mich rasch umgezogen und bin als Zigeunerin wieder aufgetaucht. »Ja wo ist denn das Bonbon geblieben?«, so klang es mehrfach. So vergnügten sich zwei Generationen köstlich und harmlos. Mutter hatte ihr weißes Haar gepudert, ganz in schwarz gehüllt, mit einer Mantilla als

Spanierin. Sie wusste am nächsten Morgen besser als ich, mit wem ich am meisten getanzt hatte. »Kind, der junge Mann ist schon 32 und Du 16. Wenn Du 30 bist, ist er 60 Jahre alt«, meinte sie besorgt. »Also nach meiner Rechnung ist er dann 46«, bemerkte Papá lakonisch zu dieser Feststellung. Es war Habu Popinga. Er wurde durch Johnny abgelöst. Der hatte nach einem Fest bei Mühlenfelds ins Gästebuch geschrieben: »Ach, ich hab sie ja nur auf die Schulter geküsst.« Wen wohl? Ich war selig, das zu lesen.

Im nächsten Frühjahr, 1926, durfte ich einer Einladung in die Schweiz folgen. Bis München nahmen Mühlenfelds mich mit und setzten mich da in den richtigen Zug nach St. Gallen. Man trug nicht nur Hut, man war auch behütet. Ich besuchte dort die Tochter einer Schwester meiner Großmutter. Diese lebte dort mit Mann und Bruder. Die Berge und der Bodensee beeindruckten mich sehr. Es waren lustige Wochen bei Dumelins. Auf der Rückreise durfte ich einen Abstecher nach Weimar machen. Dort war ich auf einer Hochzeit eingeladen. Zurück beim Auspacken hatte Mamá plötzlich lauter Stoffröllchen in der Hand. »Was ist das denn?«, guckte sie mich erstaunt an. »Nun, die Abschnitte vom Mantel und diversen Kleidern. Tante Hedi fand auch, dass alles gekürzt werden müsse, ich bliebe ja so im Rocksaum hängen in der bergigen Landschaft!« Wieder so ein kleiner Affront, ein bescheidener Schritt zur Selbständigkeit.

Ostern 1927. Mutter fiel aus allen Wolken. Der Landrat von Verden an der Aller hatte zum Kostümball geladen. So gegen ein Uhr nachts, es war ein rauschendes Fest, schlängelte ich mich zu ihr hin und fragte: »Wann gehen wir denn endlich heim?« – »Bist du krank, was ist los? Ich sehe Dich doch immer tanzen?« – »Schon, ja, aber es ist so langweilig.« Sie wusste nicht, was ich wusste. Werner war in Bremen bei Stinnes zu einem Fest geladen. Ohne ihn machte mir nichts mehr Spaß.

Mein schönstes Osterei 1927 gab mir Vater. Er hatte ein Paddelboot von der Wassersportlichen-Vereinigung, wir waren ja Mitglied, mit dem »Reiher« weseraufwärts nach Nienburg gegeben. Reiher war der Name des staatlichen Regierungs-Dampfers des Wasserbauamtes Hoya/Weser. Es gab einen Kapitän, Matrosen (gleichzeitig Koch), Heizer und Schiffsjungen als Besatzung. Das Schiff war ausgerüstet wie heute eine Yacht, aber mit Kohlefeuerung und Schornstein. Die ersten Jahre gab es noch ein richtiges Steuerrad aus Holz. Später wurde auf Kreiselsteuerung umgerüstet.

Werner und ich fuhren also dann am Feiertag mit dem Zug nach Nienburg und paddelten gemütlich stromabwärts. Damit endet dann auch abrupt mein Tagebuch. Ein getrocknetes Blümchen und ein Kalenderblatt vom 17. April bilden den Abschluss von einem Drittel der Seiten. Kein Wunder, dass Dichter die rasch vergehende Jugendzeit besingen!

Unter einem blühenden Weißdornbusch haben wir gesessen,
Hand in Hand, Aug in Aug und haben die Welt vergessen.
All die Gedanken der Wind vertrieb.
Nur einer noch blieb; wir haben uns lieb.

Nun war ich mit dem Werner Pilz heimlich verlobt. So nannte man es zu dieser Zeit. Prinzipiell hatten meine Eltern nichts dagegen. Er war ein ernster junger Mann, hatte mit 18 seine Mutter durch die Grippe des ersten Weltkriegs und zwei Jahre später seinen Vater verloren. Und ich war noch so jung. Mit 21 war man damals erst volljährig. Er war neun Jahre älter als ich. »Ist Dir das denn wirklich ernst mit dem Werner?«, fragte Vater so beiläufig eines Tages. »Nun«, antwortete ich, »kannst Dich ruhig einmal an den Gedanken gewöhnen.«

Als Haustochter nach Thüringen

Wenig später hatten die Eltern beschlossen, mich zu einem Forstmeisterehepaar Lämmerzahl nach Gehren/Ilmenau in Thüringen in Pension zu geben. Die Adresse stammte von Frau Mühlenfeld. Sie war eine geborene Greiner. In der Nähe lebte zur Zeit gerade frisch aus Afrika zurückgekehrt ein Forstassessor Greiner. Kupplungsversuche gab's auch schon damals. Meine Gasteltern habe ich als Ausrufezeichen in Erinnerung. Sie lang und hager, er klein und rundlich. Hansi, das Dienstmädchen, ein

Dackel und Elsa das Pferd waren der ganze Haushalt. Sattelzeug gab es keines, aber ich durfte kutschieren bei Ausfahrten. Eine zweite Haustochter kam zu gleichen Zeit mit mir an, hörte aber bald wieder auf. Ich weiß nicht einmal mehr ihren Namen, obgleich von uns beiden ein Bild im Album klebt. Man sollte einfach solche Fotos sofort und besser beschriften. Viel gelernt habe ich eigentlich dort nicht, außer den Klößen. Das war wichtig, wenn ich schon einen gebürtigen Vogtländer heiraten wollte. Mutters Speiseplan war bedeutend reichhaltiger. Schweizer, rheinische und norddeutsche Küche. Schöne Erinnerungen sind die Radfahrten in dem noch nicht von der Autobahn durchschnittenen Thüringer Wald.

Unvergesslich waren allerdings auch die vier Wochen bei Schlegelmilchs in Langewiesen, ein minutiös eingerichteter Haushalt eines Porzellanfabrikanten. Eine Köchin, ein Haus-, ein Zweitmädchen, ein Gärtner, zusätzlich Wasch- und Bügelfrau in einer hochherrschaftlichen Villa innerhalb eines hübschen Parks. Um Punkt zwölf, ich stellte mich stets vor die große Standuhr in der Diele, musste ich zum Mittagsmahl den Gong schlagen. Meine Post, wenn ich nicht gerade auf den Boten gelauert hatte, servierte man mir auf silbernem Tablett. Lämmerzahls fuhren zur Kur und Frau Schlegelmilch bot ihrer guten Bekannten an, mich während dieser Zeit bei sich aufzunehmen. Sie wollten bei dieser Gelegenheit wohl mal ausprobieren, wie das so ist mit einer Haustochter. Mich mit Hansi alleine zu lassen, ginge doch nicht gut, war die offizielle Lesart. An sich wäre das ganz ungefährlich gewesen. Otto Greiner hatte zwar offiziell Besuch gemacht im Forsthaus und durfte mich auch zu einem Jägertanzfest ausführen, aber er war eben für mich »nicht elektrisch« – ein Ausdruck meiner Tochter zur Zeit ihrer Tanzstunde. Ich lebte von Werners Briefen. Auch Fräulein Schlegelmilch lebte von Briefen von einem englischen Offizier, der im ersten Weltkrieg dort im Quartier gelegen hatte. Das war nun gut acht Jahre her. Und sie hatte einen Buckel. Vater, Mutter und Kind lebten nun an die zwanzig, dreißig Jahre still geduldig unter dieser Last. Mit sehr viel Geld kann man sehr viel tun für die Gesundheit. Aber frei von Behinderung sein, da hört unter Umständen die Macht des Kontos auf. Dabei waren alle drei herzlich lieb und die beiden reinrassigen Schäferhunde tollten zu gerne mit mir durch den Garten.

Hinwärts hatte Mamá ein junges Ehepaar für einen Ausflug nach Thüringen begeistert und so konnte sie sich persönlich überzeugen, wo ihre Tochter in der Försterei untergebracht war. Rückwärts durfte ich allein fahren, d.h. wir trafen uns in Hannover, um, wie einmal im Monat üblich, Großstadteinkäufe zu tätigen. Bei der Modistin erklärte ich ihr, dass ich jetzt keinen Hut aufprobieren brauchte. »Ich habe die Absicht, mir einen Bubikopf schneiden zu lassen!« – »Kommt ja gar nicht in Frage. Und Werner würde das auch nie erlauben!« Ein Hut wurde gekauft, um später wieder zurückzugehen. Ich fuhr einige Tage danach Richtung Bremen. Bei Mutter Eule war ich stets willkommen. Natürlich traf ich vorher meinen heimlichen Bräutigam im Café. Er malte mir auf einer Zigarettenschachtel auf, wie der Friseur schneiden müsse. »Herrenschnitt, das wird Dir stehen.« Es war gewiss gefühllos, dass ich abends Mami den Zopf in eine Pralinenschachtel gebettet, als Mitbringsel überreichte. Aber wer kennt schon die Gefühle einer Mutter, wenn man selbst noch keine ist. Es gab ein großes Gezeter und ich glaube so recht verziehen hat sie ihrem Schwiegersohn erst, als sie selbst kurze Haare trug. So ganz unterschwellig waren das Anzeichen der Emanzipation. Ehrlich gesagt, wenn mein zukünftiger Mann nicht so großzügig gewesen wäre, mir meine eigene Entscheidung zu überlassen, die Haare wären dran geblieben. Dazu muss man wissen, dass Mädchen mit Bubikopf zu der Zeit als etwas leichtfertig und zu fortschrittlich angesehen waren.

Wir Frauen waren doch noch sehr abhängig! Dazu muss ich noch bemerken, dass er es nicht so ganz passend fand, dass ich beim nächsten vaterländischen Frauenvereinsfest allein auf der Bühne Tänze darbot. Ich gab nach, weil Mutter einen glänzenden Ausweg erdacht hatte. Zigarettenverkäuferin! Weißer Rock und Bluse, rote Weste, Baskenmütze und schwarze Krawatte. So sahen die Reklamemädchen von Reemtsma aus. Ein Lederriemen ums große Küchentablett, fertig war der Bauchladen. Einiges hatte ich gekauft, einiges gestiftet bekommen. So schlenderte ich dann durch den vollen Saal: »Keks, Schokolade, Zigarren, Zigaretten, Kautabak, Ansichtskarten ...!« Genau, wie ich es schon bei echten Verkäuferinnen im Zirkus oder so erlebt hatte. »Fräulein Odenkirchen, darf ich um den nächsten Tanz bitten?«, fragte mich jemand. »Bedaure. Geht heute nicht. Verdienstausfall. Unmöglich!« – »Und wenn ich dafür aufkomme?«, fragte der junge Mann. »Top«, erwiderte ich, »das ist ein Wort.« Flugs trug ich meinen Laden zu Mutter. Die rief mir noch nach: »Kind, das kannst Du doch nicht machen!« Aber das Kind konnte. Es war das Geschäft des Abends für mich. Als ich dem Sparkassendirektor 97 Reichsmark vorlegte, tat er freiwillig noch drei Mark dazu. So stand ich mit dem Erlös für den guten Zweck mit RM 100,- da. Dies war wenigstens eine nützliche Tat.

Was wir jungen Leute sonst so unternahmen: mit zwei defekten Regenschirmen im Paddelboot nach Dörverden segeln im Badeanzug mit Fräulein Spieß, welche ihr Praktikum in der Apotheke absolvierte. Immerhin war sie in einer Berufsausbildung. Schön waren ja die Ausritte im Herbst über die abgeernteten Felder. Ziel war jedesmal eines der umliegenden Güter oder Höfe. Und weil wir ja nun nur Wasser und Dampfer zu bieten hatten, übernahm unsere Hermine, die inzwischen mit ihrem Fiddi eine glückliche Bäuerin geworden war, die Gastrolle. Sie hatte Fiddi – kurz für Friedrich – bereits an unserem ersten Tag in Hoya auf dem Gut bei von Behrs kennen gelernt. Seine Großmutter, die ihm einen Hof vererbte, musste erst durch meine Eltern davon überzeugt werden, dass Hermine kein »Stadtminsch« war, sondern auch vom Lande. Denn immerhin kamen wir ja aus Magdeburg, das gab schon Grund zum Misstrauen. Sonst hätte sie wohl der Hochzeit im Wege gestanden. Jetzt aber war alles gut geworden. Es war überhaupt praktisch für uns, denn bei größeren Festen hatte Mutter stets gut eingearbeitetes Personal um sich herum. Alle Mädchen blieben bis zu ihrer Hochzeit bei uns und sorgten, ehe sie gingen, für eine Nachfolgerin. Ich war also genau genommen entbehrlich, sogar überflüssig. Mein Bruder rebellierte, wenn ich ihm etwas sagte und hat mir einmal sogar

Geld geklaut. Ich stand eines Tages mit leerer Börse am Bahnhof, um zu einem Besuch nach Verden zu fahren. »Oh, bitte keine Panik, Fräulein Odenkirchen. Jetzt gebe ich Ihnen Geld und Sie amüsieren sich schön auf Domäne Rieda und nächste Woche regelt sich das dann schon.« Das Entgegenkommen des Schaffners ist nur in einer kleinen Stadt mit lieben Menschen vorstellbar. Die Eltern waren auch verreist an diesem Wochenende und der Junge musste bei einem der Mädchen alleine bleiben. Da war er acht. »Ich habe gedacht, wenn ihr das Geld fehlt, kann se nich fahren. Der Schein ist in meiner Manteltasche«, kam es dann kleinlaut heraus, bei großer Umfrage. Ich hätte dem Lauser ja gerne eine gelangt. Aber Papá hielt stets die Hand schützend über seinen Stammhalter.

Weihnachten 1927 verbrachte Werner das Fest in Elsterberg im Vogtland bei seinen Verwandten. Einer ledigen und einer verwitweten Tante und dem ältesten Bruder seiner Mutter. Onkel Walter hatte nicht nur die Leitung der Seidenweberei Ruppert nach dem Tode der Eltern übernommen, er war auch das unumschränkte Familienoberhaupt der sechs Geschwister. Sylvester und Neujahr feierte Werner dann mit uns. Obwohl angehender Bräutigam wäre ein Weihnachtsfest mit uns ein doch zu intimer Akt gewesen. Werner schenkte mir im Nachhinein zu Weihnachten eine Pralinenschachtel. »Nun«, dachte ich, »da hat er sich ja nicht gerade übertummelt.« Ich ließ mir aber nichts anmerken. Als Mami mir dann aber allzu nervös immer wieder von »besonderer Sorte« redete, guckte ich genauer hin und entdeckte einen goldenen Ring in einer Nuss-Schale verpackt. Na, die Überraschung war ihm gelungen. Mein Leben war, wie man sieht, wunderschön. Dennoch, es war wie in einem goldenen Käfig. Sicher hatte ich es gut. Aber was ich wirklich wollte, war der eigene Hausstand und mit Werner zusammen sein. »Aber bitte. Mit 19 Jahren! Viel zu jung!«, erklärten die Eltern.

Von zu Hause weg

Doch für eine Ausbildung als Wochen- und Säuglingsschwester in der Hebammenlehranstalt Osnabrück hatte ich gerade das vorgeschriebene Mindestalter. Nach erbitterten Kämpfen, in denen mein Vater mich jedoch mit den Worten »Nun lass das Kind doch!« unterstützte, lieferte mich Mutter wie einen I-Dotz bei der Oberin ab. Selbige war die Schwester vom Medizinalrat des Krankenhauses in Hoya und bestens instruiert. Sie schickte meine besorgte Mamá nach Hause. »Beruhigen Sie sich, liebe Frau Baurat, in spätestens drei Wochen kommt ihr Fräulein Tochter von alleine nach Hause gekrochen.« Dann ging's los – in einem Acht-Betten-Zimmer, Nachttisch, ein Stuhl. Um fünf Uhr wecken, ab sechs Arbeit auf der Station. Es gab nur ein kurzes Frühstück mit Muckefuck und Marmeladenbroten ohne Butter oder Margarine. Um 11 Uhr war Unterricht. Bis 19 Uhr wurde gearbeitet. Dann erschien die Nachtschwester. Zehn Stunden Arbeit täglich waren zu absolvieren, auch wenn man nachts herausgeholt worden war, um den OP zu säubern nach einem Kaiserschnitt. Eine Freistunde ließ sich kaum einschieben.

Am dritten Tag schickte man mich in die Nachtwache. Ich zitterte in den leeren Fluren und zuckte erschreckt zusammen bei jedem Scheppern einer Klingel! Im Untersuchungsraum übte ich die Nummer 13 zu wählen. Für mich war das die erste Bekanntschaft mit einer Wählscheibe. Dies war die Nummer vom Kreißsaal. Da sollte ich sofort anrufen, wenn in Zimmer 5 die Blase springt. Ist man denn nicht tot, wenn das passiert? Und warum müssen Mütter denn unbedingt in einem runden Raum ihre Kinder zur Welt bringen? Na, vielleicht wegen der Übersicht? Meine Gedanken rasten nur so durcheinander. Das im Aufzug köstlich belegte Brote und sogar echter heißer Bohnenkaffee bereit stand, hatte man mir auf Befehl von oben verschwiegen. Was war das für ein unaufgeklärtes Zeitalter und wie nutzte man die Schwestern, besonders die Schülerinnen, schamlos aus. Ich war bereit alles zu ertragen, um nur nicht wieder nach Hause gehen zu müssen.

Mit viel Fröhlichkeit und Mut verrichtete ich mein Tagwerk. Ich verwöhnte meine Patientinnen so sehr, dass mir die Mitschwestern die ohnehin schon knappe Freizeit streichen wollten, weil in meiner Abwesenheit aus den mir anvertrauten Zimmern so viel geklingelt wurde. Da musste ich mir etwas einfallen lassen und erzählte meinen Patienten von dieser Drohung. Von diesem Moment an klingelte es in meinen Freistunden nicht einmal mehr. Auch das war geschafft.

Wie im Märchen durfte ich nach sechs Wochen zu einer netten Göttinger Säuglingsschwester in ein Zweibettzimmer umziehen. Scheinbar hatte ich also alle mir auferlegten Prüfungen bestanden, ohne zu Mutter nach Hause zurück zu kriechen. Der Kontakt zu Mitarbeitern, Patienten und Ärzten war bestens. Es war eine harte, aber schöne Zeit. Drei Monate vor meinem Abschluss bekam ich noch das Kinderzimmer mit im Durchschnitt 20 Babys anvertraut. Dort lernte ich auch, dass jedes Neugeborene schon eine eigene Persönlichkeit ist. Nach insgesamt einem halben Jahr Ausbildung schaffte ich Ende September 1928 mein Examen mit einem Sehr Gut!

Köstlich, wie sich meine »Eins« viele Jahrzehnte später verdient machte. Vier Kinder meiner ältesten Tochter hatten Erbrechen und Durchfall. Die Jüngste, Katrin, lag bereits im Krankenhaus. Zum Wochenende war ich zu Hilfe geeilt. Zur Beruhigung meiner Enkelkinder hatte ich meine Zeugnisse mit, falls eine private Nachtwache von Nöten wäre. Ute musste ich diese zeigen. Sie betrachtete die schon leicht vergilbte Akte kritisch und meinte: »Na, lesen kann ich das ja nicht. Aber Papa kann das kontrollieren, der kennt noch die deutsche Schrift.« Dann sauste sie ins andere Krankenzimmer zu Heike und Eltje und raunzte sie an: »Jetzt hört aber mal auf mit dem Gequengele und tut, was die Omi sagt. Die hat eine Eins, die weiß Bescheid!«.

Anfang Oktober 1928 war ich dann also wieder zu Hause, aber nicht in den Tag hineingelebt, sondern angereichert mit einigen Lebenserfahrungen und einem Ziel. Mein Bräutigam hatte ganz offiziell bei seinem zukünftigen Schwiegervater um dessen Tochter Hand angehalten. Mit Unterlagen von Lebens- und

Krankenversicherungen sowie Einkommen hatte er unter Beweis gestellt, dass er eine Frau standesgemäß ernähren konnte. Ja, so war das in der Zeit der Zwanziger Jahre üblich. Ich werde bis Lebensende der Lebensversicherung nachtrauern. Nach zwei Geldentwertungen wurde sie in den Sechziger Jahren mit 1:10 bewertet. Das war dann gerade mal ein Monatsgehalt meines Mannes.

In meiner Osnabrücker Zeit war im Wasserbauamt umgebaut worden. Ganz reizend war mein Zimmer – ein Traum in lila – Gardinen lila, Unterstoff beim Toilettentisch lila, darüber weißer Voile. Wir hatten ja nun das Badezimmer und so war mein Waschtisch umfunktioniert. Statt des Marmoraufsatzes hatte er jetzt eine Glasplatte, darauf Kristallflakons und meine silbernen Kämme und Bürsten. Die Fußbodenbretter waren grau gestrichen. Meine Liege, nur noch mit der großmütterlichen Sprungfedermatratze und Filzfüßchen versehen, wirkte mit einer Tagesdecke darüber wie ein französisches Bett – super heute, himmlisch damals! Papá hatte sich allerdings einen Scherz erlaubt. Den halben Vorhang vom Toilettentisch hatte er hochgeschlagen. Ein paar Schuhe und Spanner lagen auf dem weißen Ziegenfell davor. In der Schranktür klemmte ein Stoffende, aus der Schublade schlängelten sich Strümpfe. Strumpfhosen gab es noch nicht. Die hätte er bestimmt sehr kunstvoll drapiert. Aber einige andere Dinge taten es auch. »Schau, liebe Tochter, es ist alles genau so, wie Du es verlassen hast!« – »Nein, Fritz, wie konntest Du?«, rief Mutter entsetzt aus. Aber dann mussten wir alle so schrecklich lachen. Bei der Erinnerung treten mir noch heute die Tränen in die Augen. Nach diesen kahlen Klinikwänden genoss ich das so heimelig mit Ideen und Liebe eingerichtete Elternhaus.

Es war ein goldener Oktober, zumal für den zweiten Dezember der Tag der öffentlichen Verlobung festgesetzt war. Mutter war ganz in ihrem Element mit Planen und Organisieren. Vater hatte den Daumen auf der Geldkatze. Ich lauschte im Geheimen, wenn das Telefon klingelte.

Und da ertönte eines Tages, Anfang November, das ersehnte Zeichen. »Schwester Hanna, können Sie eine Wochenpflege in den nächsten Tagen übernehmen?« – »Ja, sehr gerne!« – »Gut,

Erstgeburt, kleines Mädchen, keine Komplikationen. Geben Sie an folgende Adresse Ihre mögliche Zugankunft an. Herr Alm wird Sie abholen und dann in der Hebammenlehranstalt seine Frau mit Kind in Empfang nehmen. Dort werde ich Sie noch kurz sprechen. Können Sie kochen? Es ist nur ein Tagesmädchen vorhanden.« – »Aber natürlich!« – »Lüg doch nicht so!« ruft meine Mutter mich von hinten an. Aber das hat Schwester Oberin, die persönlich am Apparat war, wohl nicht mehr gehört. »Wir verloben uns ohne Dich, wenn Du nicht pünktlich zurück bist«, war Mamá's letzte Drohung dieser unvermeidlichen Auseinandersetzung. Ich war aufgeregt vor Freude, sie litt unter meinem Drang zur Selbständigkeit. Ich nahm sie in den Arm und war besonders artig bis zur Abreise. So an die drei Tage ging dann auch alles nach Plan. Bis die junge Mutter mich fragte: »Wie alt sind Sie eigentlich Schwester Hanna?« Ich, ahnungslos, antwortete: »Neunzehn.« – »Was, sechs Jahre jünger als ich und Sie wollen mir Vorschriften machen?« – »Ja«, sagte ich ganz ruhig, »dafür bin ich ja da. Wenn Sie jetzt in die Stadt laufen und Kleider anprobieren, haben Sie nicht genug Milch für Ihr Baby.« – »Das können Sie doch gar nicht beurteilen.« – »Doch, dafür habe ich schließlich hinreichend gelernt.« Die Unterhaltung eskalierte. Die junge Frau heulte und schmollte und ich ging still hinauf, um meine sieben Sachen zu packen. »Mist!«, dachte ich und biss die Zähne zusammen. Ich erwartete also, dass der Haushaltsvorstand mich umgehend entlassen würde. Mitnichten. Er war außer sich, mich abreisefertig zu sehen. »Was fange ich mit meinen beiden Frauen an, ohne Sie?« Ein kluger Ehemann und frischgebackener Vater. In einer begütigenden Unterhaltung hatte er sein Weibchen überzeugt, dass die einzige wirkliche Untugend, die ich besaß, doch nur die Jugend war. Es wurde eine sehr nette harmonische Zeit, und ein hübsches Kleid bekam die ach schon so alte Mutti auch, nur etwas später. Es war so nett, dass man mich bat, länger zu bleiben. Zwei bis drei Tage bezahlten Urlaub und Reisekosten bot man mir an, wenn es dann so dringend sei. Wie verlockend! Aber nein, dachte ich, man soll im Leben den Bogen nicht überspannen. Ich rückte schließlich damit heraus, dass es sich um meine Verlobung handelte, und es kämen zwei Tanten meines Verlobten aus Sachsen angereist, die sich noch ein wenig umschauen wollten in dem für sie so hohen Norden. Tränenreicher Abschied. Eine recht geschmackvolle Obstschale, die heute noch »in« ist, frischt gelegentlich meine Erinnerungen auf.

Am Samstag, 1.12.1928 fand der Ruderball im Lindenhof statt. Alle Mann hoch ging es hin. Schließlich war Papá der »Admiral«, wie ihn die Hoyaer Jugend liebevoll nannte. Gelegentlich saß er als Steuermann im Vierer. Als ich Jahrzehnte später mal das Bootshaus besuchte, sah ich »Friedrich Odenkirchen« auf einem neuen Vierer stehen. Die Ruderer hatten ihn auf seinen Namen getauft. Er lebte schon gar nicht mehr.

Sonntag war dann Empfang. Mamá strahlte. Ich war noch vor dem Eintreffen des Übernachtungsbesuches zu ihrer Beruhigung zurück gekommen. Früh morgens erschien der Gärtner mit den letzten Alpenveilchen und dem Vorwurf: »Frau Baurat, warum haben Sie mir das nicht vorher gesagt, wann Fräulein Hanna sich verlobt. Ich bin total ausverkauft!« Entzückend sah es aus, auf jeder Treppenstufe stand ein Blümchen. Die Fensterbänke waren alle besetzt. Handy, Fax, motorisierter Lieferwagen zur schnellen Nachbestellung? Nein, mit Pferden wurde damals noch transportiert.

Wenn man neue Leute kennen lernt, dann ist das normalerweise ganz vorbehaltlos. Aber da kamen nun zwei fremde Damen, die man nur vom Erzählen her kannte und mit denen wir in Zukunft verwandt waren. Schwiegereltern bekam ich nicht. Aber Tante Alice und Tante Gretel würden nun mit vier Augen die neue Familie, insbesondere die Nichte, unter die Lupe nehmen. Zwei Sachsen zu Gast bei Rheinländern, die z.Zt. in Norddeutschland lebten. Aber die Spannung löste sich bald. Sie freuten sich sichtlich, dass der Sohn ihrer Schwester in absehbarer Zeit wieder ein Heim haben würde und nicht länger als »Zimmerherr« wohnen müsse. Zu der Zeit gab es noch keine kleinen Appartements. Witwen, die große Wohnungen hatten oder ein Haus, vermieteten an Alleinstehende mit oder ohne Frühstück. Heute bleiben sie lieber für sich. Sie haben Angst vor Ausländern oder Kindern. Bis dann eines Tages bei Krankheit oder zunehmendem Alter das Bett in oder in der Nähe der Küche landet – eine traurige Folge des Strebens von der Gemeinschaft weg zum Single-Dasein.

Der Sonntag verlief dann weiter mit viel Besuch, Geschenken und viel Fröhlichkeit. Da war ja mein 20. Geburtstag. Wir konnten Vater auf seiner Dienstreise mit dem »Reiher« nach Dörverden begleiten, natürlich mit Kaffee und dem traditionellen Butterkuchen – doppeltem bei besonderer Gelegenheit. Überall Wiesen, Felder, flaches Land war für die beiden Tanten ein ganz neuer Ausblick. Nirgends ein Berg, nicht mal ein Hügel! Die Schleuse und das Wehr bestaunten sie interessiert und hörten dem kleinen Bruder zu. Er erklärte alles, war ja damit groß geworden.

Am nächsten Tag zeigten Werner und ich ihnen dann noch Bremen und trennten uns mit einem herzlichen »Auf Wiedersehen in Elsterberg«. In späteren Jahren sollten wir noch sehr oft Gelegenheit haben, uns ans erste Kennenlernen zu erinnern!

1928 wurde dann Werner schon zum Weihnachtsfest eingeladen. Überhaupt kam er meist zum Wochenende. Unser Dackel »Jup« stand pünktlich auf dem einzigen Bahnsteig und schnupperte die Ankömmlinge ab. Sollten wir mal was anderes vorhaben, so fragte sich jener, der bemerkt hatte, dass der Hund sich alleine nach Hause trollte: »Wird doch nich aus sein, dat mit der Deern und ihrem Brögam?« Nicht nur die Menschen kennen sich in so einem kleinen Ort.

Es kam ein sehr passender Schlager (sprich Hit) heraus. »Ja schon am Montag freu' ich mich auf den Sonntag, und halt' die ganze Woche still!« Dass schon am Freitag kaum noch etwas läuft, kam erst viel später. Mutter und ich hatten ein unerschöpfliches Thema: Die Aussteuer! Das musste 1 Dzd, dies 2 Dzd, oder jenes gar 3 Dzd., z.B. diverse Handtücher, sein. Ja, damals gab es alle vier Wochen einen Waschtag mit Waschfrau extra und einen Sonntagsbraten mitten in der Woche. Wer schwer arbeitet, muss gut essen. Die Mami war schon eine sehr erfahrene Hausfrau, besonders, wie man mit Ein- und Umzügen hantierte:

»Hier, säume dir mal den Lumpen!« Sie hatte ihn aus einem verschlissenen Wäschestück herausgerissen. Das erste Mal guckte ich erstaunt! »Ja, was glaubst du, wie oft dich ein Handwerker bei irgend einer Reparatur oder Lieferung fragen wird: »Ham'se nich nen alten Lappen? Und ein neues Küchentuch willst du ihm doch nicht reichen?« Heute gibt es die Küchenrolle »Wisch und weg«.

Dann unterbrach eine Anfrage aus Lüneburg unseren häuslichen Rhythmus. Ich reiste am 11.4.29 zu Familie Enkhausen, wo das dritte Kind angekommen war. Wieder kam die Frage nach meinem Alter. Ich sagte: »Schätzen Sie doch mal.« – »Na, so 23 - 25«, kam zögernd die Antwort. »Stimmt so in etwa«, bemerkte ich und wechselte das Thema. Schließlich war ich ja nun 20. Dort wurde nach Kochkenntnissen nicht gefragt. Es waren zwei freundliche Dienstmädchen im Haushalt, perfekt eingearbeitet. Sie übernahmen freiwillig die Windelwäsche, welche eigentlich zu meinen Aufgaben gehörte. Dafür kümmerte ich mich in der mir noch verbleibenden freien Zeit um die 3- und 5-jährigen Kinder. Der Säugling gedieh, und die Wöchnerin hatte genug Milch, konnte somit stillen und erholte sich bestens. Vor der Abreise führte mich Herr Enkhausen noch durch seine Tapetenfabrik. Eine kleine Radierung von Lüneburg wird mich bis zum Ende meiner Tage an diese zwei Wochen ohne besondere Vorkommnisse erinnern.

Premiere in Elsterberg

Etwas müde, es ist immerhin ein 24 Stunden Job, aber ebenso befriedigt kehrte ich heim. Dort fand ich Mami bereits mit den Vorbereitungen der Reise nach Elsterberg beschäftigt. Wir beide fuhren dann vergnügt mit Werner zum Gegenbesuch südöstlich Richtung Plauen. In Greiz, wo wir hätten umsteigen müssen, 5 km bis Elsterberg, holte uns Onkel Walter mit dem Taxi ab. Gesprochen wurde fast nicht. Bei Höchstgeschwindigkeit von 50 km/h die Straße entlang auf Kopfsteinpflaster war mehr als eine Konversation über Reise und Wetter ohnehin nicht möglich.

Tante Alice und Tante Gretel begrüßten uns herzlich. Eine breite Holztreppe führte zur ersten Etage. Als der Bruder mit seiner unverheirateten Schwester allein blieb, hatte er das Parterre vermietet. Es waren riesige Räume mit entsprechend hohen Kachelöfen. Die Villa lag in einem Areal, wo auch noch ein Gartenhaus Platz hatte. Onkel Bruno war zur Besichtigung aus Chemnitz herübergekommen. Er hatte dort eine Arztpraxis. Und dann war da noch Karl Bode, so in meinem Alter, der Sohn von Tante Alice. Sie war mit ihm, als ihr Mann, ein Stabsarzt, im ersten Weltkrieg verstarb, wieder ins Elternhaus zurück gekehrt. Man setzte sich zum Abendbrot zu Tisch und wünschte sich »Guten Appetit«. Und dann sprach Onkel Walter kein Wort mehr. »Mit vollem Munde spricht man nicht!« Das war wohl hier die Devise?! Und der ehrfurchtsvolle Neffe, mein Werner, unterstützte den Onkel fleißig im Schweigen. Die Tanten redeten gedämpft. »Schmeckt es Ihnen? Bitte, Danke. Nehmen sie doch noch!« Selbst meiner so gewandten Mamá gelang es nicht auf Anhieb gegen diesen Pascha anzukommen. Ein eingefleischter Junggeselle! Das also war die Familie Ruppert. Aber was dann kam, schlug dem Fass den Boden aus. Die Herren verabschiedeten sich nach dem Essen, wünschten den Damen noch einen angenehmen Abend und eine geruhsame Nacht, um dann geschlossen ins »Hotel Grüner Baum« zum Stammtisch zu gehen. Das verschlug mir die Sprache! Die Zurückgebliebenen tranken noch ein Glas Wein miteinander und verhielten sich damenhaft, was mir allerdings äußerst schwer fiel! Mamá verabschiedete sich zu angemessener Zeit, gab Reisemüdigkeit vor.

Oben, in unserm Gästezimmer angekommen, tobte ich dann zornig los. »Hier bleibe ich nicht länger. Am liebsten möchte ich mich in den Wartesaal setzen und den nächste Zug nehmen!« – »Kind«, sagte Mami ganz ruhig, »es wird überall abgeschlossen sein, und um im Freien zu übernachten ist das Mailüfterl zu kühl.« Sie setzte sich aufs Bett. Ich rannte im Zimmer hin und her. »Sieh mal, die Tanten haben diesen Abgang ganz anders beurteilt. Ich möchte mal Mäuschen sein und hören, was der Walter antwortet, wenn seine Stammtischbrüder nach seiner neuen Nichte fragen!«

Dann rekapitulierte Mutter das Verhältnis von Onkel und Neffe. Werner war 20 Jahre alt, als er auch seinen Vater verlor. Da man damals erst mit 21 volljährig wurde, hat Onkel Walter die Vormundschaft übernommen. Er hat ihm auch pünktlich den Wechsel zum Maschinenbaustudium nach Berlin geschickt, da er auch sein Erbe verwaltete. Die rasant steigende Inflation machte ihm aber einen Strich durch die Rechnung. Vom Geld des letzten Wechsels konnte der arme Studiosus gerade noch die Briefmarke für die Erhaltsbestätigung bezahlen. Hinzu ist noch zu berichten, dass zu der Zeit die Kunstfaser auf den Markt drängte. Perlon - Nylon - Dralon. Ein jüngerer Bekannter vom Onkel stellte bereits recht attraktive Hemdhosenröckchen her. Im ersten Weltkrieg war Werner als Gefreiter nur bis Metz gekommen. Dann war der Krieg aus. Das Abitur wurde Zigaretten rauchend in Uniform gemacht. Bei den Kämpfen in Oberschlesien war er dabei. Als wir uns kennen lernten, war er Leutnant bei der Schutzpolizei in Bremen. Mein erster Gedanke, als ich ihn sah, war: Schade, dass diese Augen in Uniform stecken. Das war wohl die Erinnerung an den Krieg, die noch nicht ganz verblasst war.

Als er Vater um meine Hand bat, war er bereits in die Lüftungsfirma Normostat GmbH eingetreten. Er hatte bereits die Möbelfabrik Panhorst in Hemelingen, das Vergnügungslokal Astoria in Bremen und den damals im Bau befindlichen Übersee-Dampfer Europa mit einer Lüftungsanlage mit Normostaten, einem damals neuen Patent, ausgestattet. So war er wieder in seinem eigentlichen Beruf als Ingenieur für lufttechnische Anlagen tätig.

Mutter hatte mir die Verhältnisse, wie sie eben in Elsterberg waren, deutlich vor Augen gestellt. Bei all diesen Vorhaltungen heulte ich mich in den Schlaf. Was war man früher noch in dem Alter für ein Kindskopf!

Der nächste Tag verlief dann plötzlich ganz anders. Ich glaube, ich habe den für mich sturen alten Mann so mit Fragen bestürmt, dass er einfach raus musste aus seiner Reserve. Genau erinnern kann ich mich nur noch, dass ein Grammophon vom Boden geholt wurde und getanzt haben wir sogar! Drei Bilder im Album zeugen von einem gelungenen Ausflug der ganzen Gesellschaft nach Pöllnitz. Und man lese und staune! Werner begleitete Mamá alleine zurück. Ich verlebte noch ein paar glückliche Tage bei den neuen Verwandten. Vetter Karl zeigte mir die umliegenden Hausberge. Dass ich die Gegend kennen lernte war später sehr nützlich, als ich während der Evakuierung längere Ausflüge mit den 3 Kindern immer so machte, dass in nächster Nähe etwas lag, wo wir uns vor Tieffliegern tarnen konnten.

Danach war noch eine Wochenpflege in einem Arzthaushalt in Steinfeld. Wieder kam die Frage nach dem Alter. Aber da hatte ich die passende Antwort ja parat. Das einzige Hindernis war ein gebratenes Hähnchen. »Sie können es doch tranchieren, Schwester Hanna? Das macht sonst meine Frau.« – »Natürlich«, sagte ich überzeugend. Dabei dachte ich insgeheim flugs an die Mami. Sie nahm elegant mit drei Fingern das eine Beinchen in die Hand und säbelte es ab. Wenn einer von den Taufgästen es bemerkt haben sollte, dass ich dies zum ersten Mal machte, so hat er höflich geschwiegen. Und allen hat es geschmeckt. Nach 10 Monaten erhielt ich von Frau Boskamp ein Bildchen von dem kleinen Gerhard zusammen mit dem 4½-jährigen Schwesterchen. Es waren für mich sozusagen meine Lehr- und Wanderjahre. Überall habe ich dazu gelernt.

Vaters Sommerurlaub verlebte die ganze Familie 2 Wochen bei schönstem Wetter in Bad Grömitz/Ostsee. Werner fuhr auch mit, hatte selbstverständlich ein Einzelzimmer! Aber ein eigener Strandkorb für das Brautpaar wurde genehmigt. Den meisten Spaß machte Werner und mir das Wellenreiten, entschieden eine Vorstufe von Wasserski und Surfbrett. Es war nur ein mit Sackleinwand bespanntes schweres Brett mit einem Strick, der von vorne rechts nach links ging. Es dümpelte hinter dem Motorboot her. Wenn selbiges anfuhr, hatte man den Strick in der Mitte in Händen und lag auf dem Brett, um im geeigneten Moment in den Stand zu gelangen. Sobald man sich sicher fühlte, konnte man beidseits herausschwingen.

Der Herbst kam. Alle hatten sich gut erholt, und so konnte er uns mit seinen wilden Stürmen nichts anhaben. Es war Ernte- und Einmachzeit. Die Adventszeit nahte. Es wurde geputzt und gebacken – Tradition, Tradition. Alles lief beschaulich seinen Gang.

Das Weihnachtszimmer war noch verschlossen, im Esszimmer bereits der Tisch fürs Abendbrot gedeckt. Wir vier tranken gemeinsam mit unseren beiden Mädchen in der Küche Kaffee. »Heiliger Abend« – geheimnisvolle Erwartung kurz vor der Bescherung. Plötzlich schrillt das Telefon! Unbarmherzig! Wer telefoniert zu dieser Stunde? – Dörverden: »Herr Baurat, das Wehr ist gebrochen. Die Wassermassen stürzen wild darüber hinweg. Von Minden bis Stolzenau, überall Anrufe. Was ist passiert? Der Pegel sinkt stündlich?« Alle Schiffer konnten nun in der heiligen Nacht nicht mehr ihr geplantes Ziel erreichen und mussten anlegen, wo sie sich gerade befanden. Vater brauchte den Hörer gar nicht mehr aus der Hand zu legen. Wir schwiegen betreten. Mutter ging nach einer Weile still ins Weihnachtszimmer und kam mit den Geschenken für die Mädchen wieder heraus. »Kommt, nehmt dies und fahrt nach Hause. Wer weiß, ob heute bei uns der Christbaum noch angezündet wird?« Sonst blieben sie immer bis nach der Bescherung und durften über Nacht ausbleiben. Als ich zwei Jahre alt war, hatten mir meine Eltern als Baumständer eine Orgel geschenkt. Sie spielte »Kinderlein kommet« und »Stille Nacht«. Dabei drehte sich der Lichterbaum langsam. Das gefiel allen sehr!

Soweit ich mich erinnere, war es weder menschliches Versagen, noch sind Menschen dabei ums Leben gekommen. Säurefraß hatte die Verankerung zerfressen. Als Vater, er hatte sich ein Mietauto kommen lassen, von der Unglücksstelle zurückkam, fand er Mami, Werner und mich tatenlos im Wohnzimmer sitzen. »Wo ist denn der Junge?« Mein kleiner Bruder saß in seinem Zimmer im Dunkeln am Fenster und guckte traurig, wie nach und nach im Umkreis die Lichter der Christbäume angezündet wurden. Er wollte allein sein mit seinen Tränen. »Ein Mann weint nicht«, hieß es früher. Papá sank in seinen Sessel. Wir warteten. Dann holte er sich eine Zigarre und bot Werner Zigaretten an.

Wir warteten weiter ab. Langsam kam die Entspannung. Plötzlich gab er sich einen Ruck, hatte sich wohl auf seine Vaterpflichten besonnen und sagte: »Na, dann woll'n wir mal. Steht der Wassereimer im Salon?« Das war alle Jahre die gleiche Frage! Denn es brannten nur Wachskerzen am Baum. Die elektrischen Glühbirnenkerzen waren, glaube ich, noch gar nicht auf dem Markt. Ohne den kleinen Bruder, der strahlend dastand und verstohlen nach dem Zubehör der Eisenbahn schielte, hätte sich der Lichterbaum an diesem Abend nicht mehr gedreht! Die Stimmung war leicht gedämpft. Auch das Telefon schwieg. An Sonn- und Feiertagen war die Vermittlung nur bis 13 Uhr offen. – Einst, als ich bei Giesekes in Dülken zu Besuch eine akute Blinddarmentzündung bekam, hat Tante Hanna schnell ein Blitzgespräch angemeldet. Der Arzt kam so gegen 11:30 und erklärte, ohne Einwilligung der Eltern könne eine 16-jährige nicht operiert werden. Wenn diese Erlaubnis nicht noch rechtzeitig eingetroffen wäre, hätte man mich doch glatt krepieren lassen. Also Zeiten waren das!

Und dann war da noch ein Ereignis, welches heute lang nicht mehr so ins Gewicht fällt. Da Niedersachsen ja vorwiegend evangelisch ist, lebten wir vier Katholiken in der Diaspora. Betreut wurde diese von der Gemeinde Twistringen. Alle 2-3 Wochen kam Herr Pastor Nütchens herüber. Aus einer umgebauten Scheune ward ein Kirchenraum geschaffen. Der joviale Mann ließ sich Mutters Sonntagsbraten bestens munden, wenn auch Vater nicht mit zur Kirche ging. Mutter und ich gingen. Mein Bruder war mit zur ersten heiligen Kommunion gegangen und wurde auch eine Zeit lang Messdiener. Vater war ohnehin schon exkommuniziert, weil er einer schlagenden Studentenverbindung angehörte. Er konnte deshalb, als er 1941 starb, und nach eigenem Willen verbrannt wurde, nicht christlich beerdigt werden. Das Bestattungsinstitut stellte einen Redner, der eine sehr würdige Ansprache hielt. Vor allem über seinen beruflichen Werdegang. Ja, ja, die Gesetze der katholischen Kirche waren sehr streng! Doch damals bei Tisch unterhielten sich die beiden Herren angeregt. – Aber da stand plötzlich das Fräulein Tochter vor der Ehe mit einem evangelischen Mann! – Herr Pastor bat meine Mamá ganz offiziell um eine Unterhaltung. Er versuchte mit all seiner ihm zur Verfügung stehenden Überredungskunst, sie zu überzeugen, dass sie mich von diesem Heiratswunsch abbringen müsse, zumal es einen passenden Kandidaten, einen Dr. med. dent. Katholisch, am Ort gab. Aber da musste er erfahren, dass meine Mami nicht nur eine gute Köchin war! Und ihre Mutter, meine so geliebte inzwischen verstorbene Großmama, war evangelisch gewesen. Er meldete sich nicht mehr sonntags bei uns an. Doch so rasch gab die Kirche nicht auf.

Eines Tages kommen Mutter und ich vom Einkauf mit lauter Küchengeräten nach Hause. Da stürmt uns Papá rauchend schon in der Diele entgegen. »Na, da seid ihr ja endlich! Macht euch einen fröhlichen Nachmittag, und ich kann mich mit dem fanatischen Vikar herumschlagen!« Das Wohnzimmer voller Qualm, der Weltatlas aufgeschlagen auf dem Tisch. Wir starren unseren selten so aufgebrachten Vater an. Unsere Blicke wandern abwechselnd von ihm zum Bücherschrank oben, wo der Atlas seinen Platz hat, und zum Tisch. »Und wozu war der Atlas gut?«, unterbricht Mami den Redeschwall. »Ach, als ich den Explizier satt hatte, habe ich gesagt: Holen Sie mal das Ding da runter! Dann habe ich die Weltkarte aufgeschlagen und ihm gezeigt, dass überall Menschen wohnen, aber nur da und dort sind es Katholiken. Und die sollen allein in den Himmel kommen? Dat jlauben Sie doch selber nich! Und dann ist er endlich gegangen.« Mamá konnte sich daraufhin nicht mehr halten und fing an zu lachen. »Wisst ihr noch, was ich euch erzählte, als ich mal vom Zahnarzt kam?« Er hatte ihr damals den Mund voller Wattepfropfen gestopft und während der Behandlung erklärt: »Ich möchte Sie so gerne zur Schwiegermutter.« – »Was?«, hatte ich daraufhin erschrocken ausgerufen. »Ausgerechnet der, bei dem nur die Uhr tickt, wo bei anderen das Herz klopft!« Was wäre mir wohl passiert, wären meine Eltern nicht so tolerant gewesen? Dieser Mann ist später wegen irgend welcher Paragraphen im Gefängnis gelandet. Ich konnte mit der Exkommunizierung, die ja inzwischen aufgehoben ist, gut alt werden. So hat wohl die Ökumene überall in der kleinsten Zelle, der Familie, ihren Anfang genommen.

Mein zukünftiger Mann hatte sich Gedanken gemacht nach diesen Attacken der Pfaffen. Er wollte mir entgegenkommen mit dem Vorschlag, die Mädchen katholisch taufen zu lassen und die Buben evangelisch. »Oh je!«, rief ich aus, da fängt wohl möglich der Religionskrieg bei uns schon in der Kinderstube an, so mit Bauklötzen!« Sie wurden alle drei evangelisch getauft.

Dann kam der letzte Einsatz zu einer Wochenpflege mit Hausgeburt nach Laggenbeck in Westfalen. Das Ehepaar mit zwei Kindern empfing mich freundlich. Aber Frau Keller hatte es eilig, mir mein Zimmer zu zeigen. Dort hielt sie mir eine Flasche hin mit den Worten: »Das ist Weihwasser, und ich bitte Sie sehr dringlich, das Kind sofort zu taufen, sobald es auf der Welt ist.« Eine Nottaufe – das hatte ich noch nie gehabt. Ich stand stumm da. »Ja«, sagte sie, »das ist so. Ich gebäre jetzt mein fünftes Kind. Das erste starb, das zweite, der Karl, lebt, das dritte starb. Das vierte, die kleine Sabine, lebt. Nun rechnen wir damit, dass dieses fünfte Kind auch sterben wird.« Von einer starken Wehe wurde sie unterbrochen. Ich atmete tief durch! Da kam ja etwas auf mich zu! »Sie sind doch katholisch?«, fragte sie noch einmal vorsichtshalber. »Dann können wir dem Kindlein wenigstens ein christliches Begräbnis geben. Ich habe mit dem Pfarrer gesprochen!« Dann begleitete ich sie und half ihr beim Auskleiden. Ich versprach ihr, alles genau so zu machen, wie sie es wünschte. Da klingelte auch schon der Arzt. Es ging alles so rasch weiter. Ich hatte kaum Zeit, meinen weißen Kittel anzuziehen. Eine Hebamme würde wohl gar nicht erwartet? Gut, dann half ich eben dem Doktor, so, wie ich es gelernt hatte. Die Arbeit verdrängte meine Angst vor dem Tod. Ich hatte ihn so unmittelbar noch nie erlebt, weder im Krieg noch in der Lehranstalt. In meinem Kopf kreiste dauernd der Bibelsatz: »Lasset die Kindlein zu mir kommen.« Ich konnte einfach an die Erbsünde nicht glauben, behielt aber die Weihwasserflasche im Auge. Eine tapfere kleine Frau, diese Josepha, so hieß Frau Keller. Noch einige Wehen, und der Arzt hielt mir das Neugeborene hin. Die Mutter lag da mit gefalteten Händen. Wir nickten uns nach der Taufe still zu. Dann ruhte sie erschöpft. Die unheimliche Rechnung ging jedoch nicht auf. Ich habe heute noch ein Bildchen von der Irma, meinem Täufling, als rundes Baby mit großen Augen. Und, wenn sie schon damals nicht gestorben ist, lebt sie heute vielleicht noch als glückliche Großmutter von 69 Jahren. Vor der Abreise wurde ich noch durch die Dachziegelfabrik geführt.

Wieder zu Hause schüttelte Mutter nur den Kopf, als ich von dieser Pflege berichtete. Was da hätte passieren können? Und überhaupt, dass ihre Tochter einen richtigen Beruf hatte und bezahlt wurde! Das gefiel ihr ganz und gar nicht! Nun, heute gucke ich manchmal erstaunt drein, wenn es um Kinder, Enkel und Urenkel geht. Das ist der Fortschritt. Und er wird unbeirrt von der kopfschüttelnden älteren Generation fortschreiten, Gutes und Schlechtes gleichermaßen mit sich bringen.

Eigener Hausstand

Es wurde nun geplant, dass vor der Hochzeit die Wohnung in Bremen angemietet und eingerichtet werden sollte. Werners Erbe, Möbel - Wäsche - Silber - Porzellan, welches in Elsterberg gelagert war, kam nach Hoya und wurde für den neuen Hausstand vorbereitet. Papi konnte es nicht lassen, mit dem Zollstock in der Küche zu erscheinen. Ich legte gerade die Servietten sorgfältig zusammen. Er wollte mir dabei behilflich sein. Nun, sollte er mich ruhig necken. Ich war glücklich, für den eigenen Haushalt Sorge zu tragen.

Zwischendurch machten mein Verlobter und ich noch Verwandtenbesuche in Köln und Bonn, verbunden mit einer Rheinfahrt. In Koblenz machte er mit mir eine Stadtrundfahrt in einer Droschke und anschließend aß ich das erste Mal Hummer.

Im August feierten wir in Aachen im Kurhotel eine große Hochzeit eines Corpsbruders mit. Anschließend andern Tages machte die ganze Gesellschaft per Auto einen Katerbummel nach Monschau. So lernte ich die Eifel kennen. Es war eine schöne Brautzeit, an Abwechslung reich.

Als nun alle Vorbereitungen getroffen waren, drei Tage Zuliefertermine vereinbart, fragte ich Mutter ganz arglos: »Wen gibst du mir mit, Trienchen oder Anni?« Allein mit Werner räumen und über Nacht bleiben! Das hätte ja dem guten Ruf der Familie geschadet!

»Na, ich begleite Dich«, sagte Mamá völlig überzeugt. Ich musste kurz auflachen. »Aber Mammilein, Du auf der Leiter und Fenster putzen!« – »Putzen wirst du, und ich will Dir die Schränke einräumen.« Ich holte tief Luft: »Also, Mamá, dass Du den Ohrensessel zum Kauf bestimmt hast, weil Du dann gut Mittagsruhe halten kannst als unser Gast, das lasse ich gelten. Aber meine Schränke, die werde ich selber einräumen.« Wieder ein Riss in der Nabelschnur. Doch die Couchkissen habe ich jahrelang so wieder hingelegt, wie Mamá sie erstmals angeordnet hatte. Die handfesten, freundlichen Packer bekamen von Mutter noch ein deftiges Mittagsmahl serviert, nachdem alles geladen war. Sie schlugen dann vor, die Frauensleut (Trinchen und mich) gleich mitzunehmen. Vater, der weise Richter, hatte alles ins Lot gebracht, und es winkte das halbe Wasserbauamt der lustigen Fuhre nach. Während des Ausladens fielen große, dicke Schneeflocken. Die ersten Hausfrauensorgen. Meine schönen, alten Schränke! Ich konnte ja nicht ahnen, dass sie späterhin noch ganz andere Dinge über sich ergehen lassen mussten. Nach Geschäftsschluss erschien Werner mit einigen neugierigen Freunden. Diese hatten eine Flasche Cognac mit einem entzückenden Gießkorken, einem Vogelkopf mit feuerroten Knopfaugen, dessen Schnabel sich öffnete beim Einschenken, mitgebracht. Es war ein lustiger Einstand, so zwanglos um eine Kiste sitzend. Die Party-Kleidung der Damen bestand aus Kopftuch und Kittelschürze, die damals »in« war. Wir ließen Werner den Mieter, der nun bald kein Untermieter mehr war, pausenlos hochleben!

Es wurde am 26.3.1931 nach der standesamtlichen Zeremonie in der Bürgermeisterwohnung – die Standuhr holte gerade zu zwölf dunklen Schlägen aus – eine sehr feierliche Haustrauung in unserer Veranda mit dem Herrn Superintendenten von Hoya vollzogen. Ein köstliches Menü für 25 Personen mit Reden, Gedichten und Toasten folgte. Um 20:30 nahm uns in Eystrup der Schlafwagen über Basel nach Lugano auf.

Die Hochzeitsreise war natürlich zauberhaft! Werner hatte mich lange in dem Glauben gelassen, wir würden nur in den Harz fahren. Aber dann, beim Einräumen der Wohnung, konnte er mit seiner Überraschung doch nicht länger hinterm Berg bleiben. Beinahe wäre das Mittagessen angebrannt, was die fürsorgliche Mamá uns im Weckglas mitgegeben hatte. So ein Angebot von Schnellimbiss-Buden, wie heute, gab es noch nicht. Dann holte uns in Lugano der Schnee wieder ein. Wir saßen den ersten Abend im Hotel in der Halle. Es war plötzlich so eine Unruhe von Kommen und Gehen. Mein Mann stand auf, um nachzusehen. Er verbeugte sich vor mir, als er wieder erschien und sagte: »Gnädige Frau, es schneit!« – »Aber dafür habe ich doch gar nichts anzuziehen!«, rief ich erschrocken. Doch bei außergewöhnlichen Anlässen pflegen Menschen auf einmal miteinander zu reden. Daraus ergab sich, dass wir mit einem anderen Hochzeitspaar eine Taxe nach Mailand bestellten. Eine unvergessliche Fahrt in Hoteldecken gehüllt durch das winterliche Italien. Palmen im Schnee! Welch bizarrer Anblick! Die Sonne schien warm. Es taute bereits wieder. An den Campo Santo, den Friedhof, kann ich mich besonders gut erinnern. Die vielen Figuren, welche dort die Gräber schmücken, alle mit Schneehäubchen bedeckt, sahen plötzlich so lebendig aus! Besonders die Gestalt der Blumenfrau. Zu Lebzeiten hatte sie stets so da gesessen. Jetzt hatte sie weiße Rosen im Schoß. Als wir abends, müde vom vielen Sehen, nach Lugano zurückkamen, war der ganze Spuk vorbei. Ich habe noch schöne Photos von den Ausflügen nach Como - Castaniola - Mt. Bré und der Ruderpartie über den Luganer See. Man sollte bei einem Brand oder Flucht, so es irgend möglich ist, Bilder auch mit retten. Im Alter sind solche Erinnerungen ein unschätzbarer Wert.

Von dieser einmaligen Reise zurück, zum ersten Mal die eigene Wohnungstür aufschließend, fällt uns ein Telegramm aus der Post entgegen: »Mutter liegt im Sterben – bitte kommen – Emil.« Das war hart! Onkel Emil war der einzige Bruder seines

Vaters und wohnte als Junggeselle immer noch mit seiner Mutter zusammen. Über Werners Gesicht fiel ein Vorhang. »Ja, da will ich mal gleich mit Umpacken anfangen«, schlug ich vor. »Aber nur einen Koffer für mich, ich fahre allein nach Dresden«, entschied mein Mann. Ich widersprach nicht. Das war ein Fehler. »Hast Du Deine Frau nicht mitgebracht?«, war das erste, was der Onkel bei seiner Ankunft fragte. So ein Haushalt, plötzlich in Männerhand, gerät rasch ins Chaos. Wenigstens damals, als noch die Mütter ihre Söhne von jeglicher Hausarbeit befreit hielten. Aber mein Liebster brachte es eben nicht fertig, mich nach den heiteren Wochen in die Düsterkeit des Todes mitzunehmen. Wieder war der Tod nur an mir vorbei geschlichen, wie im Krieg und in Osnabrück. Was hatte er vor? Das habe ich erst viel, viel später erfahren.

So begann dann nach Werners Rückkehr sehr ernst und besinnlich unser Ehealltag. Es bestand reger Verkehr mit Hoya. Erst lockte Mutter mit Rhabarber, dann Erdbeeren usw., mit Gemüse und Obst und auch mal einem Suppenhuhn. Vater kannte die Hühner zu gut und mochte sie nicht auf dem Tisch haben. Nach Büroschluss machte er seinen Garten-Rundgang und fütterte sie mit Körnern.

Werners Freunde wurden zum Abendbrot, einem richtigen Einweihungsessen, geladen. Und da sie alle paar Wochen anriefen und sich nach unserm Befinden erkundigten, sagte Werner: »Die wollen mal wieder einen gemütlichen Herrenabend bei uns verbringen!« Ich kochte mit viel Liebe. Alle schmausten mit Genuss das Hausgemachte. Und, wenn ich ihre Witze nicht mehr verstand, schlich ich unauffällig ins Bett. Mein Mann brauchte keinen »Grünen Baum« wie die Elsterberger! Wir gingen gerne mal abends ins Essighaus oder den Ratskeller auf einen Schoppen. Auch gab es gutes Theater. An die Aufführung »Vor Sonnenuntergang« von Gerhard Hauptmann mit dem berühmten Werner Krauß als angegrauter Kommerzienrat erinnere ich mich noch. Der Dichter war mit seiner Frau persönlich anwesend. Das Thema war das kalte Unverständnis, welches die erwachsenen

Kinder ihren alten Eltern gegebenenfalls entgegenbringen. Diese Erinnerung war mir sehr hilfreich, als ich in die Jahre kam.

Schön war es auch, die Umgebung von Bremen mit dem Rad zu erwandern, z.B. nach Worpswede. Auf der Wümme konnte man auch paddeln. Eins der eindrucksvollsten Erlebnisse war der Rundflug über Bremen mit dem Kunstflieger Achgelis, der übrigens als erster den Looping von oben her begann. Wir standen so zwanglos auf dem Rollfeld des Flughafens. Einer der Freunde wollte sich zur Schulung anmelden. Fragt doch plötzlich jemand: »Frau Pilz, haben sie nicht Lust, mal in die Luft zu gehen?« – »Na, und ob!« Schon hatte ich eine Lederhaube fest über den Ohren. Mein Mann wurde veranlasst mir sein Jackett überzuziehen. Da oben sei es kalt. Ein offener Flieger, zwei Sitze hintereinander angeordnet. Vor jedem Platz lediglich eine Plexiglasscheibe. Da Werner seine Brieftasche aus der Jacke genommen hatte, starteten wir unter lautem Gelächter! »Na also, da oben kann sie ja bestimmt nichts ausgeben!« Natürlich gab es keinen Sturzflug, aber ein bisschen wurden wir vom Wind geschüttelt. Das war wirklich himmlisch! Ich hatte vorher nur einen Rundflug in einer viersitzigen Maschine anlässlich eines Flugtages in Hoya erlebt.

Kapitel 3

1. Kind - Weltwirtschaftskrise - Umzug nach Leipzig - Patent - 2. Kind

Inzwischen hatten sich die Wolken der Weltwirtschaftskrise über uns gesammelt. Die Hansestädte lebten ja vorwiegend vom Im- und Export, Schiffsbau und Fischerei. Alle Küstenstädte sind stets geprägt vom Blick aufs Meer, aufs Ausland. Persönlich interessierte mich Politik überhaupt nicht, wie andere Frauen meist auch nicht, obwohl es ja bereits große Politikerinnen kraft ihrer Geburt gegeben hatte. Maria-Theresia, Kaiserin von Österreich – Königin Viktoria von England – Katharina, die Zarin von Russland.

Eine dröhnende Stimme durchs Radio – 1924 war es erstmals auf den Markt gekommen – sammelte die arbeitslosen Massen. Namen, wie v. Papen und v. Hindenburg deckten Hitler. Seinerzeit habe ich den Fackelzug für den Generalfeldmarschall in der Seelhorststrasse in Hannover miterlebt. Meine Schulfreundin, Tine Narjes, wohnte gegenüber. Kerzengerade stand der alte Herr auf seinem Balkon. So was vergisst man nicht! Arbeitsdienst für die Jungen, Pflichtjahr für die Mädchen, Autobahnbau – alles keine schlechten Ideen. Aber dass all dies Vorbereitungen für den Krieg waren, wurde erst mal weitgehendst vertuscht. Das erste Weihnachtsfest 1931 hatten wir im eigenen Heim gefeiert. Und beinahe wäre es in Brand geraten vor lauter Kerzenlicht unter dem Motto: »Wer keine Arbeit hat, der macht sich welche.«

1932 fuhren wir bereits vor dem Fest zu den Eltern. Man hatte so das Gefühl, man müsse sich enger zusammenschließen. Vater und Werner politisierten sehr viel. Mutter und ich hatten nur ein Thema: Unser erstes Kind, das erste Enkelchen! Nun hatte ich bereits so zahllose Babys gewickelt, gefüttert, betreut, dass ich's gar nicht so eilig damit hatte. Ich wusste ja zu genau, was da auf uns zukam! Doch ein Ehepaar ist eben noch keine Familie. Es lag ein Angebot vor, nach Glasgow zu gehen. Ich muss sehr unglücklich ausgesehen haben, als mein Mann es mir vorlegte! Ich beteuerte aber: »Werner, mit Dir gehe ich überall hin!« Wir gingen nicht. Das Büro der Normostat GmbH wurde erst mal in das Souterrain unter unserer Wohnung verlegt. Auf der britischen Insel hätte man uns bei Ausbruch des Krieges sicher interniert? Leichter erinnert man sich an gute Zeiten. Aber wie ich eines Tages in dieser Ungewissheit, wie es weitergehen wird, mit dem Ausklopfer (Teppichklopfer) in der Hand – ich machte gerade Großreine im Schlafzimmer – auf der Bettkante saß und hemmungslos vor mich hinschluchzte, ist mir noch voll bewusst! »Alles aus!«, war mein einziger Gedanke.

Aber mitnichten. Irgendwie geht das Leben immer weiter! Nach drei Monaten Schwangerschaft ging es mir bestens. Erst wollte ich gar nicht kommen. Doch dann habe ich die Silberhochzeit der Eltern fröhlich mitgefeiert, sogar getanzt, aber erst nach 12 Uhr. Damals wurden nicht pausenlos Untersuchungen gemacht. Ultraschall war noch unbekannt. Kinder kriegen ist ja keine Krankheit. Am 15.5.1933 erschien dann ein wonniges Töchterlein im Willehardt Haus zu Bremen. Mit Hitler an die Macht. Vater hisste zur gleichen Stunde die dritte Flagge in seiner Amtszeit am Wasserbauamt. Schwarz - weiß - rot, schwarz - rot - gold, und nun das Hakenkreuz auf blutrotem Grund. So rasch wechselnd können Regierungen sein!

Irgendwoher kam ein Bilderbuch ins Haus. »König ist unser Kind!« Und so war es denn auch. Mami war natürlich zuerst im Zimmer. Dann stand der frisch gebackene Papá staunend vor dem Klinikbettchen. Er hatte noch nie im Leben so ein kleines, nur ein paar Stunden altes Menschlein zu sehen bekommen! Der neue Großvater, der die Ruhe über alles liebte, war sichtlich erleichtert, dass es soweit gut gegangen war. Nun kam mir das in Osnabrück Erlernte bei der Pflege des eigenen Säuglings zu Gute. Sie gedieh prächtig! Sie trank gut und ich konnte stillen. Die Menge wurde mit Malzbier reguliert. Und das Baby durfte auch ruhig mal schreien! – Es hat doch sonst keine Möglichkeit, sich zu bewegen oder sich zu äußern. Schnuller waren zu der Zeit verpönt. Und die für meine Begriffe grässlichen Teeflaschen, die heute den Kleinen den ganzen Tag zur Verfügung stehen, gab es einfach noch nicht. Wir feierten, die in der Kirche »Unser lieben Frauen« stattgefundene Taufe von Margret-Johanna im Fleet in der Böttcherstraße. Bei der Zeremonie konnte sie schon auf meinem Schoß sitzen. Bei den Worten »Lasset die Kindlein zu mir ...« fiel plötzlich ein Sonnenstrahl durchs Fenster direkt auf sie. Und sie streckte aufjauchzend die Ärmchen aus. Dieses Jauchzen erlebten wir lange Zeit, wenn ich vor dem Einschlafen »Guten Abend, gute Nacht« sang. Und der Papi hatte immer wieder sein Staunen und seine Freude, wie der Geist so allmählich erwachte.

Da kam wieder ein Wermutstropfen. Unsere kleine Margret bekam Keuchhusten! Nun musste ich dauernd das Körbchen hinter mir herziehend durch die Wohnung, Tag und Nacht. Sie konnte sich bei den Erstickungsanfällen nicht allein aufrichten. Es ist schrecklich mit anzusehen, wie so ein kleines Wesen vom Husten geschüttelt wird! Da kommt der Opa mal wieder vorbei, anlässlich einer Dienstreise. »Du siehst ja erschreckend aus!«, war seine Begrüßung, »und Temperatur hast Du auch!« Es war so ein Erschöpfungsfieber bei 37°. »Und morgens etwa noch stillen? Pack dein Kind und deine Sachen zusammen. Du kommst mit, und ich werde dem Lütten die Flasche geben.« So kannte ich meinen Vater gar nicht, dass er sich in Frauensleut-Angelegenheit einmischte. Großvater werden bedeutet wohl auch noch ein Wachsen.

Mein kurzer Einwand: »Ohne Weiteres wird das Kind die Flasche nicht annehmen«, wurde überhört. Ich fühlte mich kraftlos. Ich packte. In Hoya angekommen, verschwand er kurz und erschien dann mit einer Milchflasche und Sauger. Ich sehe ihn in Gedanken noch vor mir, wie er das Kommando übernahm. »Alles auskochen, mit der glühenden Nadel erst ein kleines Loch in den Sauger. Hol mir mal einer den Korbsessel in die Küche! Und dann wollen wir sehen, ob dein Opa deinen Hunger nicht stillen kann, ehe mein eigen Döchting ganz malad wird!« Wir standen alle erwartungsvoll um ihn herum. Sehr behände legte er sein Enkelchen in den linken Arm. Ihre großen Augen waren ernst auf sein Gesicht gerichtet. Er nahm das Fläschchen, kitzelte damit leicht über ihre Lippen, sie schnappte zu und trank – so, als hätte es nie etwas anderes gegeben. – Ich war tief enttäuscht. Hatte ich doch meine Notwendigkeit reichlich überschätzt! Für ca. drei Tage kam eine Nachtwache. Ich wurde ins Bett gesteckt und schlief mich gesund. Husten und Spucken der Kleinen ebbte zusehends ab. Selbst die geringe Luftveränderung, Entfernung etwa 50 km. wirkte heilsam. Mein Drang zur Selbständigkeit war sehr gemildert. Glücklich war ich, noch mal im Elternhaus unterkriechen zu können. Der Papi holte uns zum Wochenende wieder ab. Omi strahlte über die geschlossene Tischrunde.

»SA marschiert!« Aus Hoya habe ich da keine Erinnerungen, eher aus Bremen. Vom Rundfunk fuhren Wagen mit Lautsprechern herum, welche Parolen von einem Herrn Göbbels, dem Propagandaminister verkündeten. Mich kümmerte das wenig. Mein Mann las ja die Zeitung. Ich flickte, stopfte (z.B. Strümpfe), strickte oder machte sonst eine hübsche Handarbeit. Zwischendurch las ich das Blatt der Hausfrau vom Ullstein-Verlag. Mutter gab es an mich weiter. Man unterhielt sich oder legte eine Platte aufs Grammophon. Trautes Heim – Zufriedenheit. Man wartete ab.

Nach den wohl schönsten Dienstjahren meines Vaters kam für ihn erneut die Versetzung zurück nach Hannover, wieder zur Wasserstraßendirektion. Damit verbunden war die Beförderung zum Regierungs- und Baurat. Das »und« bedeutete eine Gehaltserhöhung von DM 20,-. Bloß mal so, um die Gehälter von heute zu vergleichen.

Neuanfang in Leipzig

Nun, der Traum vom geliebten Hoya war ausgeträumt. Aber mein Mann war nicht müßig gewesen, in dem Versuch, sich den wirtschaftlichen Möglichkeiten anzupassen. Die Verhandlungen mit einem Herrn Curt Friedel, Inhaber der Bösdorfer Maschinenfabrik und Kaufmann, machten Werner zum technischen Leiter dieses Werkes. Beide Herren waren sehr wortkarg, verstanden sich jedoch bestens. Es war uns beiden nie vergönnt gewesen, tiefe Wurzeln zu schlagen. Dafür waren wir beweglich geblieben und lebten uns in Leipzig-Knauthain gut ein. Wir mieteten eine moderne 4 Zi.-Kü.-Bad Wohnung mit Vorgarten-Ecke. Dort war Platz zum Sitzen, für Sandkiste und Küchenkräuter. Der Eingang lag an einer Stichstraße, so dass alle Kinder gefahrlos dort spielen konnten. Knauthain war Endstation der Straßenbahn und gleich am Bahnhof gelegen; zwei Stationen bis Bösdorf. Und wir konnten auch gut die Innenstadt erreichen. Dort lebte noch eine der Rupperts Töchter mit Felix Friedrich verheiratet. Das war so der erste Anschluss für uns. Sie lieh mir im Anfang die Putzfrau. Da passierte folgendes: Die gute Frau hatte einen kleinen Teppich nicht genau wieder hingelegt wie sonst. Meine inzwischen dreijährige Tochter reißt die Küchentür auf und brüllt: »Das sage ich Ihnen. Wenn ich groß bin, dann haben wir eine Sie, wie Sie eine sind, nicht mehr nötig. Dann helfe ich meiner Mami!« – Mir blieb fast das Herz stehen. Mir schwante Böses. Nach einer kleinen Weile ging ich in die Küche. Was nun wohl passieren würde? Aber da stand Frau Bart freundlich lächelnd, waschend am Spülstein und meinte: »Ach, die Bremsche Sproche sei doch zu scheen. Mer versteht se bloß nich!« Mir fiel ein Stein von der Seele.

In Knauthain gab es noch Höfe und ein bewirtschaftetes Rittergut vom alten Grafen. Das Schloss in einem großen Park war zur Volksschule umgebaut. Schlachter-, Bäcker- und Lebensmittel-Laden waren gut geführt, das Haushaltswarengeschäft mit dazugehöriger Auto-Reparaturwerkstatt bestens sortiert. »Wie in Hoya!« Die Milch holte ich in einer Henkelkanne von einem Bauernhof und Eier gab's da auch. Zwei Grundstücke weiter fing dann schon die Landstraße zum nächsten Dorf Rehbach an. Landluft und Stadtnähe pur! Die Thomaskirche, Auerbachs Keller, das Gewandhaus – wir haben noch Furtwängler erlebt –, die Messehäuser, die Leipzig zur Weltstadt machten, waren nicht weit. Auch die Oper konnte sich neben Berlin und München durchaus sehen lassen.

Nach Margrets Geburt hatte ich aus einem Badecape eine Tasche verfertigt mit Rundumträgern schön austariert, weil der

Kopf eines Säuglings schwerer wiegt, dann zur Versteifung mit einer Pappeinlage und Puppenbett-Matratze ausgerüstet. Ich legte das Kind gleich nach dem Bad hinein. Und es schlief in der Straßenbahn, in der Eisenbahn, auf dem Dampfer und im von Mutter ausgeliehenen Kinderwagen bis zur nächsten Mahlzeit. Der Anstoß dazu kam von der Familie, als sich das erste Baby bemerkbar machte: Nun sei es bald aus mit dem Wasservergnügen. Nun müsst ihr »deuen« und sie ahmten die Bewegung des Kinderwagenschiebens nach. Damals wurde ja auch samstags gearbeitet. Werner legte seine Geschäftsreisen nach Delmenhorst bei Bremen passend. Vater war so gegen 13 Uhr in Dörverden fertig. Da sind wir als junges Ehepaar dann oft zusammen zum Wochenende den Rest der Hoya-Reise mit dem Dampfer gefahren – mit Bratkartoffeln und Spiegelei! Hmmm! Da die Unterweser für Pontons zum Anlegen nicht breit genug war, wurde einfach ein Brett, einer Hühnerleiter gleich, ans Ufer geworfen. Matrose und Schiffsjunge hielten eine Stange als Geländer. Über diese Montage einen Kinderwagen zu schieben, wäre zu risikoreich gewesen! So fing ich damals an zu grübeln – und zu grübeln. Ein Behälter musste her, der von einer Person mit einer Hand zu tragen war. Beim Ein- und Aussteigen in die öffentlichen Verkehrsmittel musste man sich ja mit der anderen festhalten können. Durch die Ausbildung in Osnabrück war ich eben darauf gedrillt, an solche Dinge zu denken. Ein Säugling braucht zwischen den Mahlzeiten unbedingt Ruhe. Heute werden sie, sobald ein Schrei ertönt, nach Belieben herumgeschleppt. Und spätestens im Kindergartenalter landet so manche Mutter mit ihrem Sprössling beim Psychologen.

Als ich nun das erste Mal mit dieser »Baby-Tragtasche« an der Dampfer-Anlegestelle in Dörverden erschien, rief mein kleiner Bruder: »Mensch, Schwesterherz, das ist ja direkt ein PATENT!« Da war zum ersten Mal das Wort Patent gefallen. Als wir dann in Leipzig eines Tages über die Erfindermesse bummelten, staunten wir, was da alles patentiert war! »Da ist doch meine Babytasche etwas echt Praktisches!« – »Ja«, pflichtete mir mein Mann bei, »ist sie auch. Suche mal einen Patent-Anwalt auf und zeige sie ihm!« Gesagt – Getan. Dieser war auch gleich interessiert und übernahm die Antragstellung auf Patenterteilung. Daraufhin begann ein langes Suchen und Forschen rund um den Erdball, ob nicht dergleichen schon irgendwo auf dem Markt sich befand. Zeichnungen und Beschreibungen mussten eingeschickt werden. Dabei kann man Geduld haben lernen! Aber am 2.3.1937 hielt ich mein Deutsches Reichspatent Nr. 663 - 618 in Händen, ein Erfolg, der aber noch lange nichts einbrachte. Mein Mann, etwas auch meine Mutter, hatten das Ganze finanziert. Als verheiratete Frau und Mutter noch meinem Beruf nachzugehen, eventuell als Tagesmutter, wäre ein Unding gewesen. Dabei waren Bäcker-, Metzger- und Kolonialwarenhändlerfrauen etc. immer schon berufstätig, aber eben als unbezahltes, mithelfendes Familienmitglied.

Der erste Versuch auf der Frühjahrsmesse 1937 einen Lizenznehmer zu finden, schlug fehl. Der Herr, ein Lederfabrikant, der Interesse gezeigt hatte, verunglückte auf der Rückreise tödlich. Das ist höhere Gewalt. Das kann man nur mit Bedauern hinnehmen. Misserfolgen darf man nicht zu lange nachtrauern. Wir lebten uns immer besser ein. Wie in der Böttcherstraße in Bremen, hatte ich auch in Leipzig eine Kindergymnastik entdeckt. Unserem Mädelchen machte das viel Spaß. Und abends turnte sie ihrem Vati vor. Der musste nachmachen und begnügte sich in seinem Anzug mit einem Liegestütz. »Nein, Papi, so ist das nix! Du musst richtig runter auf die Erde, so mit dem Rücken auf'n Bauch.« Plumps, vor Lachen lag er da, der Länge nach. Ab und an besuchten wir Tante Gertrud und Onkel Felix, mit und ohne Papá. Na, und die Elsterberger hatten uns einen Urlaub geradezu fürstlich bereitet! – Das Frühstück wurde uns auf dem Balkon serviert. Anschließend gingen wir drei ins Waldschwimmbad. Die Tanten hatten ja solche Freude an ihrer einzigen Großnichte! Dass im Geheimen in der Maschinenfabrik Kriegsvorbereitungen getroffen wurden, bekam ich überhaupt nicht mit. Ich erinnere mich dunkel, dass meines Mannes Geschäftsreisen auch nach Kattowitz gingen, aber ich las ja kaum die Zeitung. Der Haushalt, das Kind, Besuche von Eltern, Bruder und Tanten füllten mich aus. Es war ja auch – gegen heute – alles viel umständlicher! Der Gasherd und der Kohleofen für die Etagenheizung in der Küche. Das war ja schon Luxus! Hektik, Stress oder gar Depression? Vielleicht hatte ich mal eine?

Die zweite Tochter

Werner und ich wollten Weihnachtseinkäufe machen. Ich war zur Straßenbahn gerannt. So was tut man ja auch nicht – im dritten Monat schwanger. Ich lag da, in Tränen aufgelöst und erwartete eine Fehlgeburt. Steht doch plötzlich meine Große vor mir. Guckt, geht zum Kleiderschrank und holt ein großes Taschentuch ihres Vaters heraus, schüttelt es und legt es mir übers Gesicht: »Nun schnaub' erst mal!« Ich gehorche. Darauf rubbelt sie mich trocken, und erklärt dann ganz ernsthaft: »Hör' auf zu heulen! Wenn du krank bist, kriege ich eben das Kind, ich bin ja gesund!« – Herrlich, diese Logik! Es beruhigte sich alles, und am 26.6.37 erblickte unser zweites Töchterchen Alice das Licht der für uns noch so heilen Welt. Für 14 Tage kam Schwester Elsbeth ins Haus. Stillen ist ja eine echte Arbeit. Nun hatten wir ein Braunauge mit gewelltem dunklem Haar und einen Lockenkopf mit hellblauen Augen.

Die Fahnen hoch! S.A. marschiert. Das spielte sich mehr im Zentrum der Städte ab. Radio hatte man schon. Das wurde aber nicht vom Ersten, der morgens aufstand, automatisch angestellt und plärrte den ganzen Tag vor sich hin, wie das heute so ist! – In der Klinik gab es für Mutter und Kind sowieso keines. Da hatten die Babys das Wort! Tante Alice hatte Margret nach Elsterberg geholt. Der Kontakt zu Werners Familie war nun durch geringere Entfernung stärker geworden. Nun waren wir zu viert. Wer denkt da nicht an Eigenheim? Es stand auch eins zum Verkauf. Der spätere Schulweg war günstig, nicht mehr über den beschrankten Bahnübergang. Da war aber auch das VW-Angebot. Hitler ließ geschickt mit dem Spargeld der Interessenten Autos bauen. Sie waren zu günstigsten Konditionen zu erwerben. Wir beratschlagten.

Doch da begann vorerst die Herbstmesse 1937. Ich versuchte dieses Mal mit meinem Baby in der Tasche einen Lizenznehmer zu finden. Alice war wohl die jüngste Besucherin und dazu ohne Ausweis. Das erregte Interesse! Besonders bei der Firma Flügel und Polter Leipzig, Gummiwaren-Fabrik. Sie fertigten Badetaschen und Badekappen, Gummibälle etc. an. Es begann eine lebhafte Zeit. Schnittmuster wurden hergestellt. Die Mitarbeiter erweiterten die Tasche mit Regenschutz und einem wasserdichten Beutel aus Igelit am Fußende, um nasse Windeln aufzunehmen. Pampers waren noch nicht auf dem Markt. Ich konnte Stoffe und Traggurte mit aussuchen und auf ihre Tauglichkeit prüfen. Zwei Mustertaschen in verschiedenen Preislagen wurden angefertigt und Prospekte gedruckt. 1938 hat es mir Freude gemacht, zeitweise auf dem Stand der Firma mitzuarbeiten. Die interessierten Vertreter bestellten durchweg zwei verschiedene Taschen. Es lief so hoffnungsvoll an.

Weihnachten verlebten wir bei meinen Eltern nun in Hannover, und hatten uns viel zu erzählen. Von den Großeltern bekam Margret den Schulranzen. Dann erreichte uns die zweite Enttäuschung betreffs des Patentes. Die Firma schickte mir, wenn auch unter größtem Bedauern, die Kündigung des Lizenzvertrages. Sie war von höherer Stelle verpflichtet, ihre Produktion lediglich auf Gasschutzanzüge, Handschuhe und Masken umzustellen. Nun konnte mein Mann offen mit mir über Kriegsvorbereitungen reden. Den Gedanken an Haus oder Auto ließen wir fallen. Im Urlaub 1939 fuhren wir an die Ostsee. Dort war es seinerzeit mit den Eltern und Bruder so schön gewesen. Etwas für die Gesundheit der ganzen Familie angesichts dieser bewölkten Zukunft zu tun, war das einzig Richtige und hat uns auch nie gereut. Mami hatte genäht, unsere geschickte Reia hatte genäht. So waren wir mit hübscher Badekleidung gut ausgerüstet. Man wäre nie mit nackten Beinen zu Tisch gegangen. Auch die Kinder spazierten abends in Sommerkleidern mit uns über die Strandpromenade. Werner hatte den ersten Buntfilm eingelegt. Man musste sie zu Anfang zur Agfa einschicken zum Entwickeln. Später habe ich mit den Enkeln noch oft Freude gehabt, »Papa und Mama klein zu begucken«. Liebe Strandkorbnachbarn fuhren mit im Boot und hielten die Mädels fest, wenn wir mal Wasserwellen-Reiten machten. Mit einiger Beklemmung besichtigten wir zwei Kriegsschiffe, die für kurze Zeit angelegt hatten. Aber die Sonne wischte alle ängstlichen Gedanken beiseite. Gut erholt kehrte die Familie heim.

Da Werner sich das Motorrad angeschafft hatte, eine Fichtel & Sachs 95 Hub, war er in kurzer Zeit zu Hause und so konnten wir gemeinsam zu Mittag essen. So erlebte er seine Kinder nicht nur am Abend, wenn sie schon müde und bettreif waren.

Kapitel 4

Zweiter Weltkrieg - Geburt des Jungen 1940 - Evakuierung Elsterberg 1943

Man schrieb den 1. September 1939. Werner und ich orientierten uns auf der Herbstmesse bei den Spielwarenherstellern über Neuigkeiten. Nach den ersten Weihnachtseinkäufen saßen wir bei einem Glas Bier und überdachten den Nachmittag. Spielsachen sind in dieser Jahreszeit besonders reichlich und günstig im Angebot. Zwei Messebesuche im Jahr waren bei uns bereits fest eingeplant. Natürlich hatten wir auf der letzten Messe schon interessante Neuheiten, besonders diejenigen, welche zur Kreativität anregten, ins Auge gefasst. Plötzlich dröhnt das Radio im Raum ganz laut: »Mobilmachung!«

Wir schrecken aus unseren Überlegungen auf. Werner sieht mich aus unendlich traurigen Augen an, und sein Mund wird schmal. Nun, wir wussten beide zur Genüge, was das Wort bedeutete. Erst schwiegen wir. – Dann konnte ich es nicht länger für mich behalten. Ich nahm mein Glas und sagte: »Jetzt können wir nur noch hoffen, dass der Krieg vorbei ist, ehe der Junge auf der Welt ist.« Ungläubig schaut er mich an. »Bist Du Dir da ganz sicher?« – »Ja«, sagte ich, »dachte nur, es genügt ja, wenn einer von uns sich evtl. unnütz Sorgen macht. Aber jetzt bin ich froh, dass ich nicht mehr damit alleine bin!« Schweigsam fuhren wir nach Hause.

Die Kinder empfingen uns so fröhlich und erwartungsvoll! Da muss man die düsteren Gedanken einfach erst mal zurück drängen. Wie sie dann so selig schlafend in ihren Betten lagen, wurde uns das Herz wieder schwer. Aber an eine Schwangerschaftsunterbrechung auch nur zu denken, kam uns einfach nicht in den Sinn. Wenn ich das mit heute vergleiche?

Es galt Vorrat anzulegen, mehr Kartoffeln einkellern als üblich, ebenso Heizmaterial, Zucker, Öl, Hülsenfrüchte, festes Schuhwerk, warme Kleidung, soweit man es noch bekommen konnte. Lebensmittelmarken und Kleiderkarten wurden kurzfristig verteilt. Werner packte einen handlichen Koffer mit den wichtigsten Papieren. Es fanden Vorträge über Luftschutz statt. Es war Pflicht, sie zu besuchen. Luftschutzwarte wurden ausersehen. Der Patentanwalt hatte angefragt, ob ich nicht meine Baby-Tragtasche umfunktionieren wolle zum Gasschutzbett. »Oh, nein, dann wäre ich ja am Krieg interessiert«, gab ich ihm zur Antwort. Diese Reaktion sollte mir noch mal sehr zum Vorteil gereichen, aber erst 1945/46. Die Firma Dräger-Gasmasken hat das dann nach meinen Maßen getan. Ich konnte es nachmessen an so einem Vortragsabend. Erst wurde nur geübt: Alarm – Entwarnung. Später wurde es ernst mit dem Luftkrieg. Nachts war es besonders schlimm, die Kinder aus dem Schlaf zu holen. »Heil Dir, im Siegerkranz!«, rief das Volk im ersten Weltkrieg, »Sieg Heil!« und »Heil Hitler!« im zweiten. Ans eventuelle Verlieren denken wohl Heerführer überhaupt nicht. Oder ist Krieg technisch entwickelter Kannibalismus? – Geht ohne Krieg die Welt an Überbevölkerung zu Grunde?

Der Tagesrhythmus wurde von der Luftflotte reguliert. Bei Alarm standen per se alle städtischen Verkehrsmittel, und alle flüchteten in die öffentlichen Luftschutzbunker. Ich selbst litt am meisten unter dem fehlenden Bohnenkaffee. Am hellen Vormittag übermannte mich der Schlaf, so wie man heute beim Fernsehen unbemerkt einnickt. Ich schloss mich dann rasch mit meinen Kleinen ins Kinderzimmer ein, damit kein Gas oder Zündelfeuer entstehen konnte. Und schon war ich unter ihrem leisen Geflüster weggetreten. Aber es gab einen Vorteil für Schwangere: Sonderzuteilung und nicht anstehen. Die Milch holten wir meistens zur Melkzeit. Dann war sie gerade durch ein Seihtuch gegossen. Da konnte man beim Kochen ruhig noch mit Wasser strecken. So hatten alle was davon. Da lernt sich's sogar, Haferflockensuppe zu essen. Ich selbst habe lieber gehungert, wenn ich mir früher den Magen verdorben hatte. Doch wie heißt es so schön: »Der Hunger treibt's hinein!«

Es war Winter geworden. Selbst in der befahrenen Innenstadt lag dicker Schnee. Fisch war aufgerufen. Dafür gab es für uns draußen keine Verteilerstelle. Ein nettes kleines Café hatte ich gefunden, wo ich meine beiden »DAMEN« absetzen konnte, um schnell zum Laden zu eilen, ehe der Fisch alle war. Dann gab es natürlich noch etwas Süßes auf Brotmarken. Die Inhaberin war jedoch großzügig beim Abschneiden! Ja, Not lässt schneller erwachsen werden. Ein andermal, ich hatte meinen Töchtern gerade in die Straßenbahn geholfen, klingelt doch die Schaffnerin, die sich im Wagen mit hoch vereisten Fenstern befand, ab. Ich rufe den Kleinen noch zu: »Reingehen, festhalten, ich komme!«, um dann auf offener Straße »Hilfe, Hilfe!« zu schreien. Ein Passant muss den Fahrer wohl angehalten haben. Die Nr. 4 stand ruckartig. Schnauzt mich doch die Schaffnerin in übelster Weise an. Na, ich konterte nicht schlecht: »Es ist ihre verdammte Pflicht und Schuldigkeit, sich selbst zu überzeugen, dass alle Fahrgäste eingestiegen sind, auch, wenn es Ihnen draußen zu kalt ist.« Dabei hielt ich ihr meinen Schwangeren-Ausweis unter die Nase. »Sie können doch unserm Führer einen Soldaten nicht vorenthalten, ehe er noch geboren ist!« Ich habe sie natürlich nicht angezeigt. Wir waren eben alle nervös. Wie es an den Fronten weiterging, kann ich nicht berichten. Da liest man am besten ein Geschichtsbuch. Der Polenfeldzug war ja siegreich gewesen. Mein Bruder war zuerst im Arbeitsdienst und später bei den Fliegern als Blindfluglehrer. Mein Mann war einerseits wegen seines Alters nicht eingezogen, aber auch, weil in der Maschinenfabrik Waffen hergestellt wurden, im Volksmund Stalinorgeln genannt. Es waren Nebelwerfer.

Ich glaube, dass alle, die sich noch an den ersten Weltkrieg auch nur dunkel erinnern konnten, recht misstrauisch der Massenbegeisterung gegenüberstanden! Aber der Alltag musste bewältigt werden. Und als dann der Herbst mit dem ersten Ährenlesen und Kartoffelstoppeln (d.h. die spärlichen Reste, die nach der Ernte noch auf den Feldern herumlagen, mit den Händen aufklauben) ins Land gegangen war, konnte sich jede Familie, die gesund unterm Christbaum saß, glücklich schätzen. Ich hatte noch echten Stollen nach altem, überliefertem Rezept backen können. Wir hatten sogar zusätzlich einen der bekannten Bäckerei Kreuzkamp - Dresden geschenkt bekommen. Ich glaube von Herrn Friedel, Werners Chef. Das Ehepaar hatte selbst keine Kinder, konnte sich jedoch wohl vorstellen, dass eine Familienmutter ständig, wie die Tiere des Waldes, auf Futtersuche war.

Das Sylvesterfeuerwerk bekamen wir durch die Flak frei Haus geliefert. Noch heute kann ich es nicht gut mit anhören. Januar – Februar, die Kinder tummelten sich im Schnee. Ich fing an, die Babysachen für unseren neuen Erdenbürger vorzubereiten, auch die Tragtasche. März, der erste Duft des Frühlings lag in der Luft. Die Natur folgt ihren Gesetzen und lässt sich durch keinen Krieg beeinflussen. Professor Schröder, der schon Alice geholt hatte, sprach mir soviel Mut zu. Mein lieber Mann, der im Stillen sicher auch so seinen sorgenvollen Gedanken nachhing, sagte so aufmunternd: »Aber Hannafrau, das schaffst Du doch mit links!« Ja, dachte ich dann, weg mit der Angst vor dem Hunger. Er soll auch so ein fröhlicher kleiner Mensch werden wie seine Schwestern. Am 3. Mai 1940 ging dann alles nach Wunsch. Tante Alice hatte ihr Patenkind nach Elsterberg geholt. Margret wohnte so lange bei Frau Reinhardt. Es waren ja noch keine Ferien. Werner brachte mich gegen 22 Uhr in die Universitätsklinik. Er hatte Schweißperlen auf der Oberlippe. Dass die Väter mit in den Kreißsaal durften, war zu der Zeit noch u n m ö g l i c h! Mitternacht – ich lag der Uhr gegenüber. »Licht an, er kommt!«, rief ich. Und alle gerieten in Bewegung. Prof. Schröder stürzte in letzter Minute herbei. »Frau Pilz«, meinte er, »jetzt haben Sie aber den Bogen raus.« – »Nix da, Herr Professor, jetzt wird der Schornstein zugemauert. Ein Kriegskind reicht!« Auf meine Frage, ob der Bub rundum gesund und komplett sei, zählte die Hebamme alles auf. Und 32 Zähne seien auch angelegt. Es war plötzlich so ein befreiendes Lachen im Raum.

Das ist der große Unterschied zwischen einer Operation und einer Geburt. Von der Operation spürt man nichts durch die Betäubung und die Schmerzen kommen später. Die Schmerzen der Wehen zerreißen einen fast. Und wenn das Kind dir im Arm liegt, bist du erlöst, und alles ist wie weggeblasen. Wir schrieben den 4. Mai 1940. Zehn Tage der Ruhe, nur von unseren Mahlzeiten unterbrochen, genoss ich nun in vollem Glück. Werner erschien im schwarzen Anzug! »Oh«, meinte ich, »so feierlich!« – »Na ja, es ist schließlich ein Junge!«, bemerkte er. Und ich hatte keinerlei Enttäuschung wahrgenommen bei der Geburt der zweiten Tochter. Dann fragte er so ganz vorsichtig, ob ich ihn zum Wochenende entbehren könne. Da wolle er kurz nach Elsterberg fahren. Aha, der Stammhalter muss begossen werden! Nicht nur bei der Familie, auch im »Grünen Baum«. Inzwischen war ich zu einer verständnisvollen Ehefrau herangereift! – Aber, was er geschickt vor mir verheimlicht hatte, war die Tatsache, dass unsere Margret die Masern bekommen hatte. Weil er unserer Reia die Verantwortung für ein krankes Kind nicht aufbürden wollte, hatte er sie in die Universitäts-Kinderklinik eingeliefert. Kurz danach kam die Hiobsbotschaft von den Tanten, dass auch bei Alice die Masern ausgebrochen waren. Sie hatte den Onkel Karl angesteckt, der die Krankheit in seiner Kindheit nicht gehabt hatte, und nun um so schlimmer mit 39° Fieber danieder lag. Werner wollte die Tanten entlasten und Alice ins Krankenhaus nach Plauen bringen. Aber sie ließen es sich nicht nehmen, uns unser Mädelchen gesund und munter eines Tages zurückzubringen.

Ja, und wie dann der Tag meiner Entlassung kam, erfuhr ich erst die Wahrheit. Ich habe ihn noch nachträglich bewundert. So ein schauspielerisches Talent! Mein lieber Mann, da könnte ich ja was erleben, wenn er mal Lust auf einen Seitensprung bekam! – Aber da war erst schon wieder ein anderes Problem zu lösen. Die Kinderklinik machte Schwierigkeiten mit der Entlassung von Tochter Margret. Von Bronchien und Lunge war die Rede und das in so geschwollenem Mediziner-Deutsch. »Komm«, sagte ich zu Werner, »lass mich hinfahren und sie besuchen. Da stimmt was nicht.« – Und als frische Wöchnerin kann ich dem Herrn Prof. Kasteel, falls ich Recht habe, ganz anders in die Parade fahren. Und ich hatte Recht. Normalerweise werden Kinder mit Masern nicht ins Krankenhaus eingeliefert. So war es für den Chef ein gefundenes Fressen, sie seinen Studenten im Hörsaal vorzuführen. Dazu war er nicht befugt, ohne Erlaubnis schon gar nicht. Und dabei hatte sie sich gründlich erkältet. Wie ich das herausbekommen habe? Bei meinem Besuch setzte ich mich an ihr Bett. Sie sah traurig aus. »Wann kann ich denn nach Hause?« – »Erzähl erst mal der Reihe nach, wie es dir hier ergangen ist?«, fragte ich eindringlich. »Eines Tages, ja da wurde ich in einen großen Saal gefahren. Da waren viele Männer mit Aktentaschen.« – »Waren es alte oder junge Männer?« – »Nein alte, so wie Papi oder Opa waren es nicht, mehr so wie unser Gemüsemann, der mit dem Kärrchen kommt. Der Professor hat immerzu geredet und an mir rum gezeigt. Die Männer saßen alle so hoch übereinander und es war so kalt.« Na, also! »Warte Kind, ich komm' noch mal zurück.« Ich hatte Glück, erwischte den Prof. Kasteel. Was ich ihm so alles entgegen geschleudert habe, weiß ich im Einzelnen nicht mehr. »Aber liebe, gnädige Frau«, versuchte er vergebens mich zu besänftigen, »denken Sie doch an den Jungen, an ihr Stillgeschäft!« – »Ich tue ja die ganze Zeit nichts anderes, und mein Milchladen geht Sie einen Schmarren an! Jetzt lassen Sie das Mädchen einpacken, eine Taxe bestellen und eine Decke mitgeben. Sonst passiert noch was!« Was passieren sollte, wusste ich selbst nicht recht. Aber wenn einer ein schlechtes Gewissen hat, ist er für Drohungen empfänglich. Ich hatte vorher mit meinem Prof. Schröder den Fall erörtert. Aber es ist ja so, dass unter Kollegen eine Krähe der anderen kein Auge aushackt. Ich wollte ihn auch nur ungern in diese Auseinandersetzung mit hineinziehen. Als Alice dann auch zurück gebracht wurde, war erst mal Pause mit Aufregungen.

Mit Schwester Elsbeths Hilfe hatten wir unseren nunmehr 6-Personenhaushalt trotz aller Kriegsschwierigkeiten gut organisiert. Von Bomben waren wir vorerst noch verschont geblieben. Ein Urlaub würde uns jetzt allen gut tun. Wo wir die Adresse her hatten, weiß ich heut' nicht mehr. Es war ein Bauernhof in Ebnath im Fichtelgebirge, lieblich gelegen an einem Bach, wo sogar, wenn auch ganz primitiv, ein Schwimmbad angelegt war. Mit Brettern abgeleitet ein sprudelndes Bächlein, wo ich auch die Windeln auswaschen und gleich auf die Bleiche ausbreiten konnte. So duftend und ohne zu bügeln waren sie nie mehr. Es war das absolute »Zurück zur Natur«! Der Bub entwickelte so einen Hunger, dass ich abends Grießbrei zufüttern musste. Einer der Gäste rief dann die andern zusammen! »Kommt, das Raubtier wird gefüttert!« Es war eine nette Gemeinschaft und alle genossen diese Frist ganz bewusst. Damit wir aber nicht völlig aus der Übung kamen, überraschte uns an einem der letzen Nächte ein erst fern grollendes, dann aber laut donnerndes Gewitter. Das Echo in den Bergen ist ja viel unheimlicher als in der Ebene. Der Wirt klopfte und bat: »Alle anziehen, hier schlägt es schon öfters mal ein. Und jedes Gebäude ist durch Funkenflug gefährdet. Ich muss mich gegebenenfalls um die Tiere kümmern!« Und dann kam auch der große Krach, der uns erzittern ließ. Am nächsten Tag konnten wir den Baum erblicken, wie er seine gesplitterten Äste hilflos in die Morgendämmerung reckte.

Der Abschied kam unweigerlich. Die Bäuerin hatte noch etwas »Gutes« unten in den Kinderwagen gelegt. Ich verschnürte ihn sorgfältig. Der musste im Gepäckwagen aufgegeben werden. Hinter mir gingen die Mädchen und Vater mit Sohn in der Baby-Tragtasche bildeten den Schluss. Das muss ausgesehen haben, wie eine Illustration zu einem damaligen »Song«

Wenn Kalkulators in die Sommerfrische ziehn!

Weihnachten-Neujahr 1940/41 verliefen in unserem Umkreis noch ruhig. Für den Jungen hatten wir einen Laufstall eingetauscht und bei der Gelegenheit ein gebrauchtes Puppenhaus erstanden. Da haben Werner und ich nächtelang gebastelt. Das Ausgehen haben wir gar nicht so sehr vermisst. »Heiligabend!« Der Baum drehte sich im Kerzenschein und das Häuschen strahlte aus allen Fenstern! Staunend stehen beide da. – Aber, statt eines Jubelschreies: »Licht aus, Licht aus, es ist ja noch nicht verdunkelt!« Das war ein Schlag ins kalte Wasser. Da hatten wir doch in unserem Eifer die Realität der Zeit vergessen! Aber an einen Luftschutzkeller hatten wir gedacht und ihn mit den alten aus Streichholzschachteln mit buntem Stoff überzogenen Sesselchen eingerichtet. Sie haben herrlich damit gespielt, einfach den Kriegsalltag nachempfunden und dabei die Schwere der Zeit verarbeitet.

Auch die Natur ließ sich nicht aufhalten. Es grünte und fing an zu blühen. Als es so richtig angenehmes Reisewetter war, kamen die Eltern und Klaus-Friedrich-Rudolf Pilz wurde getauft. Es war meines Vaters letzter Besuch. Er starb bereits mit 64 Jahren, ein starker Raucher!

Doch hatte meine Mutter eine gute Pension, als Vater im Herbst 1941 starb. Sie war 58 Jahre alt. Nach ihrer Ausbombung in Hannover hatten Freunde sie nach Hoya geholt. Nach anfänglich primitivem Unterkommen, ein teilmöbliertes Zimmer mit Kochgelegenheit unter der Bodentreppe, hatte sie nach einigen Jahren eine nette kleine 2-Zi.-Kü.-Bad Wohnung, Bis zu ihrem 84. Lebensjahr wohnte sie dort, ohne in ein Altersheim zu müssen.

Hitler führte seine sogenannten Blitzkriege derart arrogant weiter, dass es die eroberten Mächte gründlich erboste. Besonders war ihm in Churchill, dem englischen Premier, ein erbitterter Gegner an die Macht gekommen. Anfangs bestand noch ein Nichtangriffspakt mit Russland, der dann später gekündigt wurde. Ebenso verließ ihn sein dicker Freund Mussolini in Italien. Aber er wollte den totalen Krieg. Schöne Städte wie Dresden und Hamburg wurden zerbombt und zerfielen in Schutt und Asche. Am 4.12.1943 donnerten die Flieger die ganze Nacht über uns und legten einen Bombenteppich über Leipzig. Beim Anflug setzten sie wie Tannenbäume geformte, farbige Kugeln in den Himmel, um die Ziele besser erkennen zu können. Die rote Glut war im Morgengrauen weithin sichtbar. Da packte ich den Rucksack. Die Kinder zogen Hemden, Höschen, Kleider und Jacken an und steckten alles darunter, was nur eben ging. Zum Schluss verschwanden die Socken unter den blauen Trainingsanzugjacken.

In den sicheren Hafen nach Elsterberg

Mit dem nächsten Zug nach Elsterberg – so war es mit den Tanten verabredet. Werner blieb natürlich zurück, und wir nannten es »Abschied«. Doch konnte er uns zwischendurch immer mal besuchen. Das kalte Grauen war im Zug zusammen gedrängt. Manche trugen Taschen, Koffer und Bündel. Andere, zerschunden, hatten nur das nackte Leben gerettet. Einige hielten ein zerknittertes Bild in Händen. War es der Mann, war es der Sohn? Der Zug fuhr – der Zug hielt. Wenn es über uns brummte, ging das Licht ganz aus. In Gera mussten wir umsteigen. Festhalten, das war jetzt das Wichtigste – ganz festhalten, damit uns keiner trennt. Hinten den Rucksack, vorne den Klaus, und Margret und Alice an die Hände. Keiner weinte, keiner schrie. Wir unterhielten uns nur mit den Augen. Geschafft! – Noch zwei Stationen bis Elsterberg. Greizerstr. 1. Da standen wir nun vor der schönen großen Villa, ließen uns los und atmeten tief durch. Schon ging die Haustür auf. Die Tanten hatten vom Fenster gesehen, wie wir erschöpft die kleine Anhöhe heran kraxelten. Nach der rührenden Begrüßung sank jeder auf einen Stuhl.

Noch gut kann ich mich an die erstaunten Augen erinnern, als die Kinder sich auszogen, um alles, was sie unterm Trainingsanzug verborgen hatten, auf den Esszimmertisch von Tante Gretel zu legen. Dieser Raum mit dem Riesen-Kachelofen würde jetzt für unabsehbare Zeit unser Obdach sein. Was hatten wir es noch gut! – Meine Gedanken gingen kurz an unsere Mitreisenden. Oben war das Tochterzimmer meiner verstorbenen Schwiegermutter als Schlafraum vorbereitet. In der Küche hatten sie ein altes Blumengestell aufgestellt, worauf vier Teller, Tassen, etc. standen, eben so das Nötigste, was man zu einer eigenen Haushaltsführung brauchte. Tante Alice und Tante Gretel kochten jeder für sich. Natürlich verläuft so ein Zusammenrücken nicht ohne Pannen. Selbst die alten Damen redeten gelegentlich Tage kein Wort miteinander. Aber, als wir im tiefen Winter heimkamen mit dem mit Holz voll beladenen Schlitten, saßen sie bereits am Fenster – Ausschau haltend. Der große Küchenherd wollte ja gefüttert werden. Bügeln tat ich z.B. nachts. Die Vokabeln »Pflegeleicht« und »Bügelfrei« existierten noch gar nicht. Man darf nicht vergessen, dass Flüchtlinge bzw. Evakuierte mit besonderen Augen betrachtet werden. Dabei hatten wir noch einen guten

Stand. Wir gehörten mit zu einer ansässigen Familie! 1934 hatten wir im Rosental einen Familientag von 60 Personen mitgemacht.

Die beiden Mädels lebten sich rasch in der Schule ein. Der Bub war Liebling der alten Milchfrau. Er sei ganz die Großmama mit seinen braunen Augen. So war es möglich, den Tanten auch mal still ein Kännchen hinzustellen. Richtig Angst hatten sie um uns, als am Tage plötzlich Tiefflieger heranbrausten. Ich hatte mit Verpflegung einen längeren Ausflug geplant. Als sie kamen, haben wir uns einzeln der Länge nach in die Schneisen gedrückt. Wir hatten das vorsichtshalber schon mal geübt. Unsere Drei waren in diesen Dingen einfach fabelhaft. Tante Gretel hatte ihre Skier und Schlittschuhe auf dem Boden hervor gekramt. Der Waldsee war auch hilfreich im Winter. So konnte stets für einige Stunden Ruhe herrschen im Haus. Es war streng verboten, ausländische Sender zu hören. Ich selbst besaß kein eigenes Radio. Heutzutage haben Erwachsene und Kinder oft ihr eigenes Fernsehen! – Radio ist selbstverständlich. Und unsere Gastgeber konnte ich doch nicht in Verlegenheit bringen. Bei schlechtem Wetter machten wir Spiele. So stellten wir z.B. aus Max und Moritz von Wilhelm Busch die Streiche nach. Ein wenig Phantasie musste man schon aufbringen, aber in den Tanten hatten wir ein dankbares Publikum. Einmal in der Woche lief ein Film. Es kursierte ein makaberer Spruch: »Genießet den Krieg, Ihr wisst nicht, was Euch der Friede bringt!« – Wie wahr das für manchen sein konnte, erlebten wir 1945.

Kapitel 5

Zurück nach Leipzig - Allein mit den Kindern - Heimarbeiterbetrieb aufgrund des Patentes - Erster Messestand 1946

Als so um 1944 die Flugzeuge massiv von allen Seiten anflogen und in Elsterberg die erste Bombe krachte, packte ich kurz entschlossen. Wir hatten bei dem Einschlag noch auf der dunklen Treppe gestanden. Das ganze Haus hat gebebt. Im Geist sah ich uns bereits in die Tiefe stürzen. Aus dem Osten flüchtende Mengen besetzten jetzt einfach nicht voll belegte Wohnungen. Bis Gera konnten wir zusammensitzen. Aber dann fuhr der voll besetzte Zug aus Plauen Richtung Leipzig ein. Da gab es kein langes Überlegen. Ich riss die nächste Abteiltür auf. »Besetzt!«, schallte es mir entgegen. »Der kleine Junge passt da bestimmt noch rein.« Ich schaute die am Fenster sitzende Person bittend an. Sie nahm ihn auf den Schoß. »Mami kommt ganz gewiss mit. In Knauthain aussteigen!« Dann kam Alice ins nächste Abteil und Margret ins dritte. Ich fand tatsächlich auch noch einen Platz. – Plötzlich Tiefflieger! Einige Leute drückten sich an den Bahndamm, andere rannten. Ich sammelte die Kinder und wir versteckten uns so gut das ging vom Fenster weg im Zug. Überleben oder nicht, das war jetzt Schicksal. Gemeinsam in ein Abteil würden wir ohnehin nicht kommen. Und, wenn der Zug nicht weiterfuhr, so weit bis nach Hause war es nicht mehr. – Doch als das Chaos abebbte, zog die Maschine an.

Mit schlotternden Knien gingen wir die Treppe herauf, wo Vater sein erschöpftes Häuflein glücklich empfing. Inzwischen waren in der Bösdorfer Maschinenfabrik, die mein Mann leitete, russische Kriegsgefangene eingesetzt. Werner brachte Flöhe mit nach Hause. Außerdem wurde er zum neu gebildeten »Volkssturm« eingezogen. Männer von 16 - 60 Jahren sollten nun helfen, den Feind aufzuhalten, nachdem auch die Amerikaner sich in den Krieg eingeschaltet hatten.

Klaus und Alice bekamen den Keuchhusten. Kopfschüttelnd fällt mir die Situation ein, wie der Junge sich mitten im Flur übergeben musste. Alarm! »Mensch Klaus! Du kannst doch jetzt hier nicht rumspucken, wir müssen in den Keller!« Margret, mit Scharlach erkrankt, lag so gut es ging isoliert im Esszimmer. Schule fiel ohnehin aus. Alles geriet in so ein Durcheinander, dass ich mich nicht mehr erinnern kann, wie wir 1944/45 Weihnachten gefeiert oder das neue Jahr begrüßt haben. Wahrscheinlich mit den feindlichen, bunten Christbäumen am Himmel? Mal gab's kein Gas, mal keinen Strom.

Eines Tages polterten ganz überraschend Kaugummi kauende Amerikaner die Treppe herauf. Sie grinsten und durchsuchten die Wohnung. Dass oben im Sandsack auf dem Boden ein deutsches Seitengewehr versteckt war, habe ich selbst erst später entdeckt. Sicher hatte es die deutsche Wehrmacht dort deponiert. Auf ihrem siegreichen Rückzug hatten sie wohl in unserer Wohnung Quartier genommen. Wir verzogen uns in den Keller, und das Bad wurde besetzt. Sie hatten sich scheinbar tagelang nicht gewaschen. Aus Richtung Rehbach hörte man Geschützfeuer. Ich schlug dem jungen Offizier vor, zwei Mann zum Kartoffeln schälen abzustellen. Sie hätten gewiss noch einige Büchsen Wurst oder Fleisch? Es hätte durchaus unser aller Henkersmahlzeit sein können, aber geschmeckt hat es! Es war gefährlich gemütlich oder gemütlich gefährlich? Ein Paradox! Schokolade gab es auch noch. Dann plötzlicher Abmarsch. Oben hatten sie die Fensterläden geschlossen, Teppiche aufgerollt und die Bilder abgehängt. Ich solle besser mit den Kindern noch im Keller bleiben. Eigentlich wäre Krieg so schlimm auch wieder nicht, war die einheitliche Meinung meiner drei Getreuen. Sie hatten den Ernst der Lage nicht erkannt.

Doch das sollte sich in kurzer Zeit ändern. Wir waren der russischen Zone zugeteilt, ehe uns das recht bewusst wurde. Die Fabrik wurde geschlossen. Das hieß für meinen Mann »arbeitslos«. Er fuhr erst mal nach Zwätzen zu Tante Peters. Sie war nach dem Tod seiner Mutter bei seinem Vater Wirtschafterin gewesen. Mit reichlich Gemüse und Obst kehrte er zurück. Sie hatte in eine große Gärtnerei eingeheiratet. Dann ging das Gerücht, Künstler und Erfinder hätten Sonderrechte. Klar, dass die Sieger nun auch entsprechend feiern wollten. Dazu brauchte man Künstler. Erfinder erhielten die Erlaubnis, ihr Patent selber herzustellen, so sie dazu in der Lage waren. Halt, ging es mir durch den Kopf, die Baby-Tragtasche. Wir überlegten und beschlossen, dass ich zuerst zu den Fabrikanten nach Elsterberg fahren müsse. Das war ja fast alles Verwandtschaft. Es war anzunehmen, dass sie noch Restbestände von Wehrmachtslieferungen hatten. – Sie hatten. Ich versprach ihnen Bezugscheine nachzuliefern. Ungläubig schaute mich einer wie der andere an. Aber sie hielten später ihr Versprechen, lieferten und bekamen auch die notwendigen Scheine. Sie schüttelten die Köpfe. »Wir machen zu, und Du machst auf.« – »Ja«, meinte ich voll Zuversicht, »das Alte stirbt und neues Leben blüht aus den Ruinen!« Mit einem Hoffnungsschimmer im Herzen verabschiedete ich mich von den Tanten. Es waren nach unserer Abreise noch fremde Flüchtlinge ins Haus gekommen. Ein alter Mann bedrohte sie stets mit einer Waffe, damit seine Familie zuerst in den Luftschutzraum gehen konnte. Die arme ängstliche Tante Gretel! Wie war das alles so traurig.

In russische Gefangenschaft

Als ich zu Hause ankomme, ist die Wohnung unordentlich und leer. Ich klingele bei der Hauswirtin. »Ja!«, kommt es stotternd heraus, »Die Kinder sind mit dem Auto mitgelaufen bis zu Brückners Laden. Russen haben ihren Mann abgeholt, Richtung Zentrum.« Ich starrte sie stumm vor Schreck an und rannte los, um sie abzuholen und evtl. Näheres zu erfahren. – Nichts, gar nichts. Auf einem Lastwagen habe der Papi gestanden mit noch anderen Männern. Drei verweinte Gesichter sahen mich an und die geschenkten Plätzchen zerkrümelten in ihren Händen. Schluchzend gingen wir heim und heulten dann alle vier von Herzen los. In meiner Jugend hatte Mutter manch liebes Mal zu mir gesagt: »Kind, spar' die Tränen für ernstere Fälle auf!« Aber dies war ja wohl ein ernster, ein tiefer Fall.

Wie lange wir verschockt herum gesessen haben, weiß ich nicht mehr. Ich nahm allen Mut zusammen und fuhr zum Gefängnis. Ihn vielleicht wenigstens noch einmal zu sehen, etwas in Erfahrung zu bringen, war meine Hoffnung. Aber ehe ich noch ganz dort war, stellte sich mir ein Militär entgegen. »Du Kinder?« Ich nickte nur. »Dann Tempo, Tempo ab, sonst ...« Dann hielt er seine gespreizte Hand vor sein Gesicht. »Du auch!« Ich war schneller weg, als ich gekommen war. Diese Geste war unmissverständlich. Dann hieß es eben abwarten. Gut, dass wir nicht ahnten, wie lange dieses Hoffen und Bangen dauern sollte. Ich zählte das vorhandene Geld, welches im Hause war. Doch, wo nichts in die Kasse dazu kommt, ist es schnell verbraucht. Meine Drei guckten mich tröstend an. »Mami, dir fällt bestimmt was ein!«

Richtig! – Osnabrück. Ich suchte meine Zeugnisse zusammen und fuhr zur Universitätsfrauenklinik, um mich als private Aufsicht zu bewerben. Heute gibt es Intensiv-Stationen, wo eine rund um die Uhr die Bewachung von frisch Operierten gewährleistet ist. Damals engagierten Privat-Patienten so für zwei bis drei Tage eine eigene Nachtschwester ins Einzelzimmer. Ich suchte meine weißen Kittel und die Hauben raus.

Nach kurzer Zeit kam die erste Anforderung. »Und immer kommt von irgendwo ein Lichtlein her!« Ein Glücksfall, dass Schwester Hanna, die bei beiden Entbindungen meine Pflegerin war, mich auf Station einwies. Wir erkannten uns sofort und sie fragte natürlich wieso und warum. Sie führte mich gleich zum Telefon, damit ich den Kindern noch mal »Gute Nacht« wünschen und mich vergewissern konnte, dass alles seine Ordnung hatte. Ja, wir konnten uns aufeinander verlassen. RM 10,- verdiente ich in der Nacht. Aber das Beste daran war – ich erhielt in der Früh dort noch Kaffee mit Brot, Margarine und Marmelade bestrichen und für jedes Kind noch eins als Mitbringsel. Eines Tages bei der Rückkehr, erblicke ich doch tatsächlich meine drei Fleißigen unter den Ährenlesern auf dem Nachbarfeld. Na, ich habe gleich mitgemacht. Und dann haben wir richtig wie Landleute gevespert. Muckefuck mit Krankenhausbroten; d.h. natürlich für die Drei.

Hilfreich waren auch die Schaffner der Linie Nr. 4. Kurz vor der Endstation tippten sie mir auf die Schulter. »Aufwachen, Frau Pilz, mer sinn gleich da!« So hatte ich schon mal eine Portion Schlaf weg. Die Schwesternhaube war auch sehr nützlich. Sie kennzeichnete mich als arbeitende Bürgerin, und so durfte ich mit Zustimmung der Warteschlange vorrangig bedient werden. Eigentlich hatte ich sie nur schon zu Hause aufgesetzt, um sie unterwegs nicht zu zerknittern und damit die Haare ordentlich drunter waren. So mit Pferdeschwanz durch die Flure zu sausen war noch nicht üblich! Wenn Professor Schröder die erste Visite abnahm, und ich an der anderen Seite des Bettes stand, nickten wir uns offiziell zu. Durch Schwester Hanna wusste er Bescheid. Die Stelle war mir erst mal sicher. Aber nicht oft genug wurde jemand gebraucht.

Also Schwarzmarkt. Ich wollte blauen Kleiderstoff eintauschen. Was brauchte ich schon was Neues? Was zu essen musste her. Aus irgendeiner Eingebung legte ich noch Nähseide und Modeheft in die Tasche. Ich musste mich wohl recht ungeschickt bewegt haben. Schon hatte mich ein Russe mit aufgepflanztem Seitengewehr am Arm gepackt, und im Nu bildete sich eine Menschenmenge um uns. »Die hat Stoff, die hat Stoff!«, flüsterten sie laut. So abgrundtief gemein kann der Pöbel sein. – Aber ich streckte mich, lächelte den Soldaten freundlich an. »Schau«, sagte ich, »ich will zur Schneiderin, habe gleich auch die Nähseide mitgebracht. Und dies Kleid habe ich ausgesucht. Mein'ste nicht auch, dass mir das gut stehen würde?« Die Fragen haben ihn aus dem Konzept gebracht. Er stieß mich von sich. Ich bin gleich in die nächste Straßenbahn gestiegen, dann noch ein paar Mal umgestiegen, weil ich mich verfolgt fühlte. Nein, dachte ich erschöpft von der ausgestandenen Angst. Also in dem Umfeld kann'ste nichts werden.

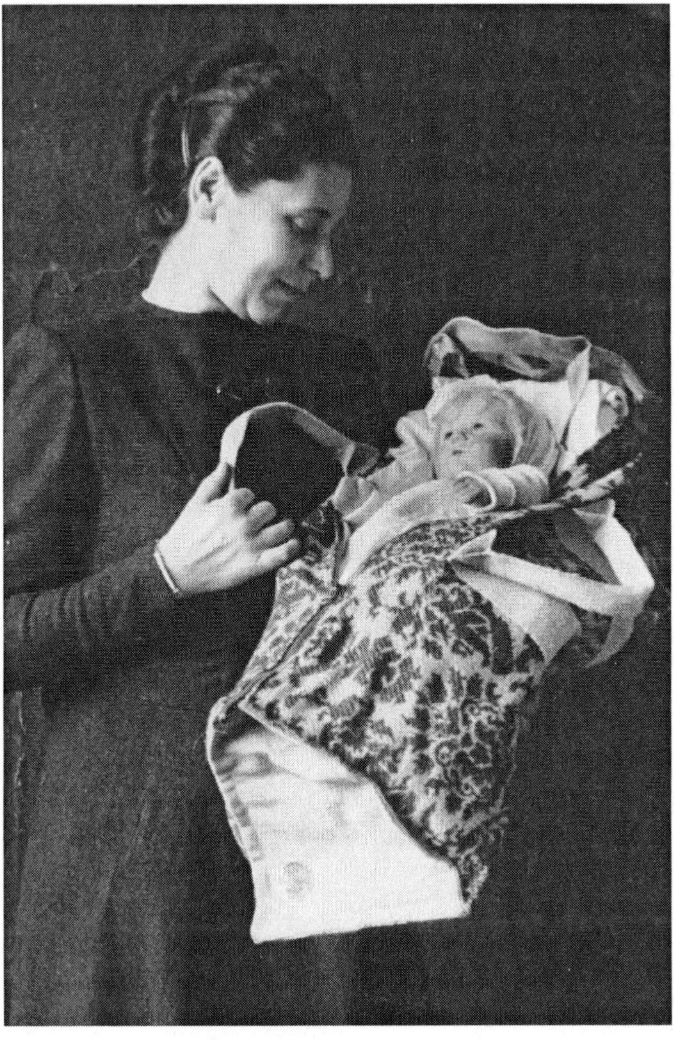

Hanna Pilz mit einer Käthe-Kruse-Puppe in ihrer Baby-Tragtasche 1946

Hanna Pilz (3. v. r.) mit ihren Heimarbeiterinnen 1947

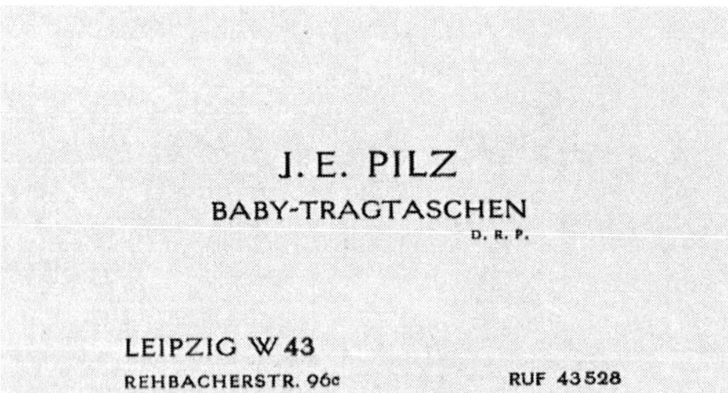

J. E. PILZ

BABY-TRAGTASCHEN

D. R. P.

LEIPZIG W 43

REHBACHERSTR. 96c

RUF 43528

Visitenkarte aus dem Jahr 1946

Hanna Pilz als Geschäftsfrau 1946

Hochzeit Werner Pilz und Hanna Odenkirchen 1931

Ehepaar Pilz 1954

Patentvermarktung

Da machte unsere gute Reia den Vorschlag, aus dem leinenartigen Stoff, den man mir in Elsterberg mitgegeben hatte, doch schon eine Tasche anzufertigen, auch ohne Herrn Pilz. »Ja«, sagte ich, »hast Recht«, und kramte die Schnittmuster von Flügel & Polter nebst den Prospekten heraus. Irgend etwas mussten die Geschäfte ja haben, um in ihren Schaufenstern um Kunden zu werben. Ich besuchte erst mal so 3 - 4 mir bekannte Ladeninhaber und erklärte ihnen meinen Artikel. Und, als dann die ersten Aufträge herein waren, ging ich auch in mir fremde Geschäfte. Schließlich war jeder bemüht wieder aufzubauen. So kam die Produktion langsam, aber sicher in Gang.

Da fragt mich einer so nebenbei: »Warum stellen Sie nicht auf der Leipziger Messe aus. Die öffnet ihre Tore doch wieder.« Das war ein Wink – warum nicht? Ich informierte mich.

Vor meinem ersten Messe-Auftritt war noch ein ganz großes Hindernis zu überwinden. – Man verlangte einen Gewerbeschein. Beim ersten Anlauf, diesen zu beantragen, kam ich über die Damen des Vorzimmers nicht hinaus. Ich hatte aber soviel festgestellt, dass im Direktionsbüro zwei Herren saßen. Das war der ehemalige, ein Nazi, der jedoch seinen Beruf verstand, und der Nachfolger, ein Kommunist. Bei den recht schnippigen Mädchen war es gewiss ebenso? »Na wartet, euch werde ich kriegen«, dachte ich. Ich bereitete zwei Anträge mit meinem Anliegen vor. Als letzten Satz: »Einer Mutter von drei Kindern, die bereit ist, dieselben allein zu ernähren, einen Gewerbeschein vorzuenthalten, sei doch wohl nicht im Sinne des Wiederaufbaues!«

Ich bin also wieder hin – diesmal im eleganten Kostüm mit Hut und Schleier –, klopfe hart an die erste Tür, stürme hinein, klopfe an die zweite, blicke freundlich zu den verdutzten Damen und grüße mit den Worten: »Ich werde erwartet.« – »Guten Morgen die Herren«, wünschte ich und reichte jedem einen meiner Briefe hin. Sie möchten doch bitte lesen, ich könne mich nicht so gut ausdrücken. Sie gucken erst mich an, dann gucken sie sich an. Ich warte höflich, innerlich zitternd. Aber ich dachte eben: Zeiten des Umbruchs erfordern außergewöhnliche Maßnahmen. Es entstand noch eine liebenswürdige Unterhaltung. Mit Interesse betrachteten die beiden den Prospekt der Baby-Tragtasche. Mit dem Gewerbeschein in der Hand verließ ich das Amt.

Zu Hause angekommen, trösteten mich meine Lieben. »Das sei doch kein Grund zum Weinen!« Sie konnten ja nicht ahnen, was das für eine Nervenanspannung gewesen war. Der Schein hatte zur Folge, dass ich einem Wirtschaftsamt zugeteilt wurde, und zwar dem Tapezier- und Sattlerhandwerk. Nun hatte ich Aussicht, von den noch vorhandenen Wehrmachtsbeständen auch etwas abzubekommen. z.B. boten sie mir so durchsichtigen Gitterstoff an. In gelb und rot hatten Flugzeuge denselben meterlang hinter sich hergezogen, um Zielfernschießen damit zu üben. Ich stutzte, überlegte. Also für Babys unbrauchbar! Aber warum nicht Puppentragtaschen herstellen? Es war das Weihnachtsgeschäft!

So hatte ich trotz aller Widrigkeiten bei Eröffnung der ersten Nachkriegsausstellung der Leipziger Messe mit mehr Mut als Können einen 3 m Messestand dekoriert. Scheußlich war er im Grunde. Ich erkannte, dass man zu solchen Unternehmungen mindestens Dekorateur sein musste. Jedoch erregte ich Interesse und stand andern Tages in der Zeitung mit Len Felsberg und Käthe Kruse unter der Überschrift:

FRAUEN - TROTZDEM

Das war ein Schritt nach vorn. Frau Kruse war persönlich bei mir auf dem Messestand zu Besuch! – Schon immer hatte ich mir heimlich eine Puppe von ihr gewünscht. Die war jedoch viel zu teuer für ein armes Beamtenput. Und jetzt nach Jahren bekam ich freiwillig eine von ihr persönlich angeboten, selbstverständlich im Tausch gegen Stoff. Es war eine richtige Baby-Puppe, ein passendes Ausstellungsstück. Die Tragtaschen wären echt gut und es würde noch welche geben, wenn ich längst nicht mehr lebte, war ihre Meinung. Sie kann Recht behalten. Die Kinderwagenhersteller haben inzwischen einen Unterbau entwickelt, wo man die Taschen hinein legen kann. Und, wenn einer schon mehr als 90 Jahre hinter sich hat, kann so viel nicht mehr kommen.

Diesen ersten Stand hatte man mir im Petershof zugeteilt. Bei späteren Messen mietete ich 7 qm im Ring-Messehaus und beauftragte einen Standgestalter.

An einem der Messetage kam ein besonders wichtiger Mann auf meinen Stand. Er hielt mir seine Karte hin, um sich vorzustellen. Es war ein Vertreter aus Mühlberg/Elbe. »Entschuldigen Sie, ich muss mich einen Augenblick setzen.« – »Sie auch?«, fragte er nur. Er wusste sofort, was los war. »Noch habe ich keine genaue Nachricht!« In Mühlberg befand sich ein russisches Gefangenenlager. »Sie können als Geschäftsfrau ohne Gefahr die Busses, die führen den Laden dort, besuchen. Dort lassen sich Puppen gegen Rohzucker tauschen. Auch ist eine Übernachtung möglich. Morgens sind die Bewacher gelegentlich ganz zugänglich und erteilen Auskunft. Dann haben sie noch nicht so viel Alkohol getrunken.« Mir schwirrte der Kopf. Welche Aussicht! Doch da drängte ein Photograf dazwischen. Er kam aus Nürnberg. Rosine Speicher, »Frauenwelt«. Er machte nicht nur hübsche Aufnahmen am Stand und auf der Straße. Er fuhr auf meine Bitte auch raus in die Wohnung und machte Bilder von den Kindern.

Als die anstrengende Messe-Woche vorbei war – nachts musste ich ja zuschneiden –, rüstete ich für Mühlberg. Busses nahmen mich sehr freundlich auf. Ich lernte dort Tabak schneiden und Pfeife rauchen. Ihr Bruder, Kapitän eines Elbdampfers nahm mich noch ein Stück auf der Elbe mit. Ein Genuss! Ich schwelgte in Erinnerungen an Hoya. Vorher wurden natürlich die leeren Blechdosen hoch mit Rohzucker gefüllt. »Haben Sie einen Sack mit, ich könnte Ihnen noch Weizenkörner geben?« – »Leider nein«, sagte ich bedauernd, »ich war jetzt ganz auf Blechdosen eingestellt.« Ich Idiot! Doch halt. Ich besaß ja die Schlafanzughose. Rasch auf links gedreht, die Beinlängen fest verknotet hielt ich sie Herrn Busse hin. Alle lachten und mit den Worten: »Da wollen wir die Bux mal ordentlich voll machen«, schaufelte er in den Ersatzsack.

Ich wanderte den erklärten Weg entlang und erblickte das Lager in der Ferne – Herzklopfen. Noch andere Frauen waren unterwegs. Wir schlossen uns zusammen. Plötzlich Schüsse. – Wir werfen uns der Länge nach auf den leicht überschneiten, gefrorenen Acker. Ich vergrabe die mitgegebenen Kassiber, so gut es eben ging, darin. Zwei Russen nähern sich. Wir stehen in einer Reihe. Der eine, ein baumlanger Kerl, baut sich vor uns auf und schlägt mit seinem Revolverknauf zwei Frauen zu meiner Linken in den Nacken. Ich starre nur und sehe in dem Moment die aufgerissenen Augen meiner Kinder am Himmel. In höchster Verzweiflung brülle ich ihn an: »Du immer machen bum-bum. Von oben bum-bum, von rechts bum-bum, von links bum-bum, mach doch mal von unten bum-bum!«, stets mein lautes Geschrei mit den entsprechenden Gesten begleitend. Der Bursche stutzte. Er hat sicher gedacht, die ist meschugge, wie es die Juden nennen, und fängt dann lauthals an zu lachen. Er konnte sich gar nicht einkriegen vor Lachen und klatschte sich mit beiden Händen, in der rechten lässig die Pistole haltend, auf seine langen Oberschenkel. Der bog sich förmlich vor Lachen. Alles andere hätte ich erwartet.

Aber das Spiel war noch nicht aus. Er nickte seinem Nebenmann zu. Der nahm sein Fahrrad in seine Linke und legte seinen rechten Arm um meine Schulter. Wir gingen ein Stück. Da erscheint mir die Flickenschild, die Schauspielerin, mit ihrem herausfordernden Blick am Himmel. Ich stupse ihn mit meinem Ellenbogen leicht in die Seite, gucke ihn herausfordernd an und frage: »Und was machen wir beide jetzt?« – Ruckartig zieht er seinen Arm von meiner Schulter. Da fielen mir meine Freundschaftsringe, eine Art Armreifen ein. Ich hatte sie kurz vor der Abreise übergestreift, um sie evtl. für Essbares zu tauschen. Seine Augen leuchteten auf und er meinte: »Du mir einen?« – »Ach«, sagte ich, »du kannst sie alle haben. Lass mich nur laufen und gib meinem Mann dies Päckchen, wenn er bei Euch ist!« Darauf erklärte er mir noch den Weg zum nächsten Ort. Mit weichen Knien schleppte ich mich davon. Kaum in dem Dorf angekommen, gerade um eine Ecke biegend, sehe ich da vor mir sechs bis acht Russen auf einem Brunnenrand sitzen. »Das ist das Ende«, dachte ich, »jetzt fällt Dir nichts mehr ein.« Aber sie nahmen gar keine Notiz von mir, standen wohl unter einem anderen Kommando!

Haben sich die Kinder amüsiert über die zweckentfremdete Hose! Brot wurde in die Teller gebrockt, mit ordentlich braunem Rohzucker überstreut und mit warmem Muckefuck übergossen. Das war wie ein Festessen.

Nachdem die Sektorengrenzen festgelegt waren, hatten die Russen ja erst mal wahllos geplündert. Ganze Fabriken wurden ausgeräumt, Maschinen, Büromöbel, die Telefone mit der Mistgabel geschaufelt, die Wasserhähne herausgebrochen, d.h. Wasser lief aus der Wand. Und die Toiletten! »Wasser mit Scheiße, Scheiße mit Wasser!« Angeblich haben sie sich in den Kloschüsseln gewaschen. Selbst vor den Eisenbahnschienen machten sie nicht halt. Post und Bahn waren plötzlich lahmgelegt. In dieser Zeit standen mal zwei deutsche Soldaten vor unserer Tür und fragten an, ob sie sich nicht mal die Füße waschen dürften. Als der ganze Krieg sich in Torgau/Elbe auflöste, hatten sie es bis Leipzig zu Fuß geschafft. Natürlich bat ich sie herein. Während sie sich erfrischten, tat ich einige Tropfen Öl in eine Untertasse, tunkte eine halbe Zwiebel hinein und rieb damit durch die Pfanne, um dann Kartoffeln dazu zu schnippeln. Ja, ja, so machte man damals Bratkartoffeln! Diät-Probleme waren nahezu unbekannt. Sie futterten sichtlich mit Behagen, indessen schrieb ich rasch einen Brief an meine Mutter. Und der ist auch tatsächlich bei ihr angekommen.

Wachsender Heimarbeiterbetrieb, neue Probleme

Als ganz dramatisches Problem erwies sich plötzlich der Zahlungsverkehr. Im Anfang, da es sich nur so um ein bis zwei Taschen handelte, zahlten die Geschäfte es mir aus der Ladenkasse. Aber eine Lieferung von zehn Stück und mehr konnte mir ein Kaufhaus wie z.B. C & A Brenninkmeyer nicht aus der Portokasse bezahlen. – Mit den vorhandenen Unterlagen begab ich mich zur Dresdner Bank. »Ja«, erklärt mir der Herr freundlich, »da fehlt nur noch die Genehmigung Ihres Gatten. Ohne diese kann eine Ehefrau kein eigenes Bankkonto eröffnen.« – »Empörend!«, dachte ich, erklärte ihm aber vorerst ganz ruhig meine Lage, dass er bei den Russen in Gefangenschaft sei, und ich keinerlei Kontakt zu ihm hätte. Höfliches Bedauern, es sei nun mal Bankgesetz. Da stieg mir die Zornesröte ins Gesicht. Ich trommelte mit beiden Fäusten auf den marmornen Banktresen. Noch heute fühle ich in der Erinnerung wie hart er war. »Zum Steineklopfen, da sind wir Frauen gut genug, da brauchen wir keine Erlaubnis von Euch Männern. Arbeiten ja, doch nur keine Rechte erhalten unter den veränderten Umständen!« – »Aber bitte, gnädige Frau, machen Sie doch keinen solchen Lärm.« – »Ich mache so viel Radau, wie es mir passt!« Es kamen mehrere Herren zusammen und verhandelten. Es gäbe da noch eine Möglichkeit. Ich sollte meinen Mann für tot erklären lassen. – Das verschlug mir die Worte. Ich guckte sie der Reihe nach an und sagte nur: »Dass ihr euch nicht schämt!« Mir wurde schwindelig. Ich bat um ein Glas Wasser und einen Stuhl. Ich setzte mich mit der Bemerkung: »Ich habe Zeit!« – »Wenn Sie bitte hier unterschreiben wollen?« Na, und ob ich wollte. – Sächsische Landesbank Leipzig Nr. 282 34 mein Konto!

Gottlob gab es zum Ausgleich zu diesen Kämpfen auch freudige Ereignisse. Kommt Margret mit einem Formular des Rundfunks aus der Schule und bittet um meine Erlaubnis. In der Musikstunde sei ein Stimmenprüfer gewesen und sie sei mit ausgewählt zum Vorsingen. Damit war sie im Kinderfunk tätig, später dann auch im Schulfunk beschäftigt als freie Mitarbeiterin sogar mit einer Gage RM 8,- pro Sendung. Es wurde nach Geschwistern gefragt. Alice hat die Aufnahmeprüfung bestanden, doch Klaus war noch zu schüchtern.

Einmal kam meine Lütte ganz aufgeregt nach Hause. Zu gewissen Zeiten durften nur Berufstätige die Straßenbahn benutzen und man hatte sie zwingen wollen, auszusteigen. »Na, denen habe ich vielleicht Bescheid gesagt und erklärt, dass ich bei der

Kultur arbeite!« Da war sie noch keine zehn Jahre alt. Abgesehen von Lieder singen und Geschichten erzählen, kamen Berichte aus dem Leipziger Zoo. Dort betrieb Professor Schneider eine weit bekannte Löwenzucht. Wir saßen dann gespannt zur angegebenen Zeit am Gerät.

Unter der Post von 1946 an meine Mutter (sie hat viel davon aufgehoben, leider ist nicht alles mit Datum versehen), findet sich verwischt und vergilbt eine Postkarte aus Frohburg. Dort hatte der Schulfunk des Reichssenders Leipzig eine Sendung über Töpferkunst aufgenommen. Es sei alles frei gewesen, sogar eine warme Verpflegung. Die gut erhaltene Briefmarke über RM 0,12 ist vom 3.8.1946. Durch den Kontakt mit dem Rundfunk habe ich auch mal Werbung für mein Patent machen lassen, aber für nur zweimal hatte das gar keinen Sinn. So etwas muss über Wochen laufen.

Nur ungern erinnere ich mich an Weihnachten 1945. Es war das erste ohne unseren Vater. Ich wusste nicht einmal, wo sich mein Mann befand. Geschenke hatte ich für die Kinder, aber keinen Baum. Ging ich an einem Christbaumstand vorbei, dachte ich ganz beiläufig: Hat ja noch Zeit! – Heilig Abend. Es dämmert bereits. Ich höre Geräusche im Treppenhaus und sehe nach. Kommt da meine Große mit einem riesigen Tannenzweig heraufgeschleppt. »Kind!«, sage ich, »was machst Du da im frischgeputzten Treppenhaus?« Ich helfe ihr noch die letzten Stufen herauf. Da steht sie ganz ernst vor mir mit den Worten: »Wenn Du den Kleinen keinen Tannenbaum schmückst, dann mache ich das eben.« Selten habe ich mich wieder so geschämt wie in diesem Augenblick, dass mein eigener Kummer überhand genommen hatte. Es war angekündigt, dass Grüße aus Gefangenenlagern durchgegeben würden durchs Radio. Mein einziger Gedanke war, diese nicht zu verpassen. So ein Egoismus! Ich raffte mich jedoch schnell zusammen und half, den Zweig am Drahtgestell des Klappbettes zu befestigen. So wurde aus dem Kinderzimmer noch ein schönes Weihnachtszimmer. Nur die Orgel spielte schneller. Es fehlte ihr der Baum. Es hat aber nie wieder geweihnachtet ohne Christbaum!

Auch bei Schmalhans-Küchenmeister wachsen Kinder heran, und die Sommerkleidung musste gerichtet werden. Die aber war noch in Elsterberg. Dass der viel propagierte »Wiederaufbau« ohne Eisenbahn nicht voran kam, hatten weder die neue Regierung noch die Besatzungsmacht begriffen. Mir blieb das Fahrrad. Reia war entsetzt. »Das können Sie doch nicht machen!« Und ob ich konnte! Wickelschürze an, Kopftuch um, Sonnenbrille, den Seesack auf den Träger. Eine ganz unauffällige Person strampelte ins nächste Dorf. Die inzwischen von mir eingestellte »Handlungsgehilfin« war auch bereit, auf die Kinder mit aufzupassen. Das Wetter war schön und eine ziemliche Strecke hat ein Mann mit einem motorisierten Dreirad mich mitgenommen. Die Tanten mussten zweimal hingucken. Sie waren rührend und halfen packen. Ich berichtete ihnen, dass ich in Grimmitschau wahrscheinlich die ersten russischen Offiziere gesehen hätte. Alle waren so im Unklaren! Doch unvergesslich ist mir, mein Nachthemd ums angeheizte Bügeleisen gewickelt im Bett vorzufinden. Tante Gretel war besorgt um die Rückreise. Da müsse ich besonders gut schlafen vorher. In aller Frühe bin ich aufgebrochen. Ich gebe es zu. Nach so vielen Jahren spüre ich noch die Angst, die mich überfiel, als lange Convoys amerikanischen Militärs an mir vorbei donnerten – und das im Wald. Es wackelte gewaltig. Unterwegs hatte ich mich im Schwimmbad bei Schulz & Donner in Reichenbach erfrischt. Fritz war ein Schul- und Studienfreund von Werner und Irm hatte ich ja bei ihrer Hochzeit in Aachen kennen gelernt. Die Bohnenbüchsen, die ich dort in einem Keller fand, eingemacht noch im Krieg, waren gut erhalten und wieder was zum Essen! – Dem aufgesetzten Holunderlikör in einer Bierflasche war die lange Lagerung besonders gut bekommen!

Nach kurzer Freude ging es wieder in den Kampf. Man verweigerte meinen Heimarbeiterinnen die Lebensmittelkartenzulage mit der Begründung, dies sei keine richtige Arbeit! Nun, wenn einer im Leben Erfolg hat, hat er Neider und Freunde. Ein altes Sprichwort sagt: »Nur die, die neidlos ein Glück Dir gönnen, die kannst Du wahrlich Freunde nennen.« Nach einer Auseinandersetzung mit dem zuständigen Bezirksbürgermeister schaffte ich mir ein Lohnbuchhaltungsheft an. Die Verabschiedung war wesentlich freundlicher als die Begrüßung.

Und dann waren da ja noch die Kaninchen. Man hatte mal Glück damit und mal Pech. Einmal hatte eine Häsin sieben Stück geworfen. Sie kümmerte sich sehr um ihren Nachwuchs. Als ich mir eines abends die Zeit genommen hatte, den Klaus ordentlich zu waschen, auch Haare und Nägel schneiden, meinte er, ich sei auch ein so fürsorgliches Kanin. So eine Bemerkung konnte einen richtig stärken! Die sieben Stück sind aber alle nacheinander eingegangen, noch ehe sie schlachtreif waren. Warum? – Nun, zwangsläufig betrieb ich die Dinge laienhaft. So bin ich auch eines Tages mit einem schönen, langhaarigen Schwarzen zum Decken gefahren aufs Rittergut. Kommt der Knecht wieder auf den Hof zurück und hält mir das Tier hin. Beim zweiten Hinsehen begriff ich dann. Es war ein Rammler. Ich lernte ständig dazu und lachte einfach mit. Er hatte nur noch ein Ohr. Er war übrig geblieben von der grauen Häsin, die knurren konnte wie ein Hund. Darum nannten wir sie auch so. Kommt ein Kind eines Tages die Treppe raufgerannt. »Mami, Mami, schnell, schnell, der Hund frisst seine Jungen auf!« Ich renne, reiße an der Stalltür, erblicke die drei Kadaver, gebe ihr mit der linken einen Schubs und reiße ihr mit der rechten Hand das vierte Junge aus den Zähnen. Ein Ohr war, wie gesagt, schon weg. Es ist groß geworden und wurde der Festbraten zu Margrets Konfirmation. Es ist abschreckend, wie ich das heute beschreibe. Aber so hart machte einen der Hunger.

Material und Lebensmittel herbeischaffen – das waren die vordringlichsten Ziele. Also, auf zu Reia. Wir waren zum Rübensaftkochen verabredet. Gerade hatte ich die Garage abgeschlossen und schob mein Fahrrad zum Gartentörchen, da schlendert der Mechaniker von der Werkstatt mit zwei russischen Soldaten heran. Ich recke mich und atme tief durch. »Tach, Frau Pilz, was ich fragen wollte, haben Sie das Motorrad Ihres Mannes eigentlich noch?« Ich überlege blitzschnell, was wohl jetzt kommt. »Ach«, sage ich ganz lässig, »das Motorrad, das habe ich schon lange vertauscht.« – Mir brodelte es im Hirn. Erst meinen Werner mir nehmen und jetzt noch so ein dreckiger Russenar'... auf seinem Sattel, das geht zu weit! Damals war der Gedanke unanständig, aber doch in meiner Lage verständlich? Heute überhört man ihn mindestens zweimal in jedem Fernsehstück. Ich fühlte nach dem Garagenschlüssel in meiner Schürzentasche. Ich hatte ihn nicht stecken lassen. »Ja, also die Herren wollten es ihnen evtl. abkaufen.« Davon hatte ich bereits gehört. Einfach beschlagnahmen war nicht erlaubt, nur benutzen ohne besondere Genehmigung durfte der Besitzer eines Autos oder dergleichen es nicht. Ich gucke allen dreien nacheinander mitten in die Augen und frage noch: »Was hätte ich denn dafür bekommen?« – »Na, so an die 1000,- RM sicher.« – »Mei!«, rufe ich aus und hau mir mit der freien Hand auf die Backe, »wie gut hätte ich die jetzt gebrauchen können!« Mit bedauerndem Achselzucken schwinge ich mich aufs Rad. Nur auf dem Motorrad bin ich später rascher zu Reia gefahren.

»Nun setzen Sie sich erst mal!«, begrüßte sie mich. »Was ist denn jetzt wieder passiert?« Ich erzählte wortgetreu. »Und wenn die Ihnen drauf kommen?« – »Das werden die erst, wenn ich drauf sitze.« Gleich am nächsten Tag fuhr ich zur Anmeldestelle, anschließend musste ich Benzinzuteilung beantragen. Ich habe auch alles erhalten, wusste ja langsam, mich bei Behörden zu benehmen. Das Gestänge, Werner hatte es gut eingeölt dort verwahrt, wurde herausgesucht aus dem Bücherschank und dann ging es zur Werkstatt. Das dumme Gesicht von dem Mann! – »Ja, Sie haben mich da wirklich auf eine gute Idee gebracht, wo ich neuerdings so viel hin und her transportieren muss. Den Tausch konnte ich glücklicherweise rückgängig machen!« Von allein hätte ich gar nicht den Mut gehabt zu diesem Unternehmen ohne den inneren Zorn. Weil man dauernd unterwegs kontrolliert wurde, nähte Reia mir eine Weste mit zwei großen Taschen. Eine für persönliche Papiere und die andere für die Fahrzeugausweise. Beinah wär's mal schief ausgegangen. Als ich einmal angehalten wurde, fragte ich nach dem »Bitte Ihren Ausweis!« in meinem Übermut: »Rechts oder links?«, und deutete auf die Taschen. Dabei wussten die genau, wer ich war. In ganz Leipzig fuhr nur eine Hebamme so eine leichte Maschine. Es gibt eben auch humorlose Menschen! – Jedenfalls freuten wir uns alle über die motorisierte Firma! Und es erwies sich als große Erleichterung.

So im Herbst bat Reia mich für einen Tag um Urlaub. Sie wolle mit zwei anderen Frauen nach Mockrena, einem Dorf zwischen Leipzig und Torgau, in die Heidelbeeren. Ich überlegte schnell und fragte, ob sie mich nicht mitnehmen würden. Vitamine ohne Gegentausch – wie verlockend! Es gab also wieder Bahnverbindungen. Aber, wenn ich mich recht erinnere, nur eingleisig. Um 4 Uhr in der Früh ging's los. Ein Bauer erlaubte uns, im Pferdestall im Stroh zu übernachten. Frische Luft den ganzen Tag ließ uns auch bald zur Ruhe kommen. Doch da ging es plötzlich gegen Mitternacht »trap - trap - trab«. Wir horchten. – Ein ausgewachsenes Fohlen spazierte neugierig die Stallgasse auf und ab. Mir fiel die Reit- und Fahrschule ein, und es gelang mir, das Tier wieder an seinen Platz zu bringen. Das hat dem Bauer so viel Spaß gemacht, dass ich von nun an alle paar Wochen zum Hamstern hinfahren konnte. Über Tag habe ich dann gearbeitet wie eine Magd, Schweinefutter gekocht und aufgepasst, wenn die Sau ferkelte, Jauche gefahren und nach dem ersten Frost Rosenkohl gepflückt. Lausig kalt ! – Ich habe alles gemacht, was eben gerade anfiel. Wie sich der Kontakt mit Hanna Winkler in Gräfendorf ergeben hat, ist mir entfallen. Aber wie die Hühner mit Gackern zum Misthaufen von der Hanna geflattert kamen, als ich dort die gute Mittagssuppe von Mockrena wieder hergeben musste, mich schuddert's heute noch. Beim Essen hatte ich die Fleischstückchen in den Schoß fallen lassen, doch die Bäuerin hat's gemerkt und mich ermuntert: »Nu essen se ma ordentlich Frau Pilz, für zu Hause gebe ich ihnen ein Karnickel mit.« Ihre Mütterlichkeit tat mir echt gut. Aber, es gut meinen und das Richtige tun ist zweierlei.

Die Heimfahrt mit nur Kamillentee im Magen war fürchterlich. Ich dachte dauernd, nur nicht umfallen. Da fragt mich ein Mann auf dem Bahnsteig, ob er mir helfen solle. In meiner Angst, dass er meinen schlechten Zustand nutzen würde, um mich zu bestehlen, fragte ich ihn nach seinen Papieren – Schkeuditzer Straße 1. Dann setzte er mich auf einem Klodeckel im Zug ab. Der Fahrtwind durchs heruntergerissene Fenster weckte mich. Er hat mich ganz bis nach Hause gebracht und nur einen Hosenträger aus Rolladengurten, in unserem Betrieb gefertigt, für seinen Jungen angenommen. Es gab auch noch Zwischenmenschlichkeit, doch leider war Misstrauen erstes Gebot. Das war beileibe nicht der schlimmste Platz, den ich bei einer Heimfahrt eingenommen habe. Die Transporte verwundeter Heimkehrer kamen aus Richtung Torgau und waren mehr als besetzt. Auf Trittbrettern, Dächern, wo immer man einen Halt fand, klammerte man sich fest. Einmal halfen mir Soldaten auf die Gangleiste einer Lokomotive herauf, und ein Russe warf mir aus einem Garten eine unreife Birne zu. Grotesk!

Auf der Hinfahrt hat mich mal eine Frau in den linken Arm gebissen, in der Hoffnung, ich würde beim Einsteigen den Griff loslassen. Durchs Fenster in den Zug zu gelangen, war schon nichts Ungewöhnliches mehr. Das Allerunheimlichste war jedoch das Stehen auf einem Puffer. Ich hatte keine andere Wahl. Ich musste doch heim! Das knirscht vielleicht – da hört man den Teufel die Sense dengeln!

Klaus bekam schreckliches Asthma. Der Arzt meinte, Ziegenmilch könne helfen. Einige Tage später löste sich das Problem von selbst. Ich begegnete einer Frau, die einen Käufer für einen kleinen Bock suchte. Sie brauchte Geld für Futter für ihre großen Ziegen. Ich handelte nicht um den Preis, bat sie jedoch mir jeden Tag ¼ Ltr. Milch zu überlassen. Und so holten wir jeden zweiten Tag ½ Ltr. für 6,00 RM bei ihr ab. Ich ging als erstes mit dem Tier ans Bett vom Buben und versprach hoffnungsvoll: »Jetzt wirst Du bald wieder gesund, schau, was ich hier habe!« Etwas ungläubig fragte er: »Kann das Böckchen denn Milch geben?« – »Ja«, sagte ich, »wenn auch auf Umwegen«, und erklärte ihm den Handel. Da tauchte gleichzeitig für mich das Futterproblem auf. Mit einer Erlaubnis vom Rittergut durften wir mit einer Sichel vom Wiesenrain Grün abschneiden. Ich tröstete mich, dass melken lernen sicher noch schwieriger gewesen wäre.

Im Herbst durften wir unsern Jochen, so ward er genannt, auf dem abgeernteten Acker uns gegenüber anpflocken. Da hatte er den ganzen Tag Unkraut zu knabbern. Als beim Nachbarn die Hühner angeblich durch Giftweizen verendet waren, habe ich umgehend mit dem Gesellen des Metzgers verhandelt. Ich glaube, er war mit dem Fell zufrieden. Es geschah bei Bothes in der Waschküche. Klaus haben wir natürlich gesagt, ich hätte dringend Geld für Material gebraucht und verkauft. Eine grausame Zeit! Das Tierchen war so ein netter, lustiger Spielgefährte für den Jungen. Aber er kam ja nun bald in die Schule. Auf dem Benzintank hat er sitzen dürfen, als ich mit ihm zur Anmeldung fuhr. So hatte er auch mal den großen Schwestern etwas voraus.

Die Firma entwickelte sich gut weiter. Fünf Heimarbeiterinnen nähten nun. Wurde ein Mann aus der Gefangenschaft entlassen, hörte seine Ehefrau auf zu arbeiten. So war das eben damals. Die übrigen bestimmten dann, wer als Ersatz eingestellt werden sollte. Sie wohnten alle in einer Siedlung und kannten sich untereinander. Ein hübsches Photo mit ihnen ist mir erhalten geblieben.

Wo ich überall hingefahren bin - Chemnitz, Berlin, Dresden, Plauen - kann ich heute aus den Briefen an meine Mutter nachlesen. Materialbeschaffung war stets der Grund. Die Ämter boten immer das gleiche Umfeld: Formulare, Formulare, sich verändernde Bestimmungen. Neben Trümmergrundstücken stand ein Haus, welches noch Treppen hatte, mal gab es Erfolg, mal eine Enttäuschung. Die Herbstmesse 1946 fiel aus. Sollte der bevorstehende eisige Winter schuld sein? Vorsorglich hatte ich einen Monteur beauftragt, das Wasser aus der Heizung abzulassen. Weil er dies wohl nicht gründlich gemacht hatte, sprang eines Nachts ein Stück von einer Heizkörperrippe heraus und im Nu, ehe wir alles aufwischen konnten, war der Aufnehmer festgefroren. – Optimistisch wie Kinder sind, fragten sie: »Können wir da nicht Schlittschuh laufen?« Mir war gar nicht zum Lachen. Die einzige Rettung war ein kleiner Herd, der in die Arbeitsstube passte. Als ich in der Verteilerstelle ankam, sah ich eine lange Schlange. Verwundert sah ich den Mann an, dass ich so schnell dran kam. »Ja«, bemerkte er, »bei allen hat eine Unterlage zur Antragstellung gefehlt.« Dabei kontrollierte er meine vorgelegten Papiere. »Wie kommt das denn?«, bemerkte er, »Sie haben ja alles beisammen, was ich brauche!« – »Bin ja auch die Tochter eines preußischen Beamten!«, fuhr es mir so heraus. Er stutzte einen Bruchteil von Sekunden, erwiderte aber dann mein Lächeln. Nun musste auch ein passendes Ofenrohr her. Ich holte es von irgendwo mit dem Motorrad ab, im Rucksack hintendrauf. Es muss schon recht lustig ausgesehen haben! Selten habe ich in dieser Zeit so viele fröhliche Gesichter auf der Straße entdeckt.

Krankheit und Hoffnung

Doch dann schlug das Schicksal wieder hart zu. Erst diagnostizierte der Vertreter eine Angina. Am nächsten Tag überwies der Arzt meine Älteste mit schwerer Diphtherie in eine Baracke. »Ist das Ihr Kind, Frau Pilz?«, hörte ich eine Stimme bei der Aufnahme. Ich nickte bejahend. »Ich werde mein Bestes tun.« Ich erkannte die Nachtschwester der Uni-Klinik. Wenn auch nur ein schwacher, es war doch ein Trost. Zu Hause begrüßten mich traurig die Kleinen. Als Besucher durfte man nur außen ans Fenster der Krankenstube treten. Die Kinder mussten dann so lang hinter der Umzäunung aus Drahtgeflecht im Schnee spielen. Die Heimarbeiterinnen haben sich gegenseitig abgelöst mit Besuchen. Das Thermometer fiel auf 15° - 23° minus. Jeden Abend durfte ich telefonieren. Man befürchtete Herzlähmung. Und in diese große Not trifft die erste »25-Worte-Karte« von Werner ein. »Liebe baut Brücken!«, stand da unter anderem. Er wollte uns damit wissen lassen, dass er in Libau sei. Aber ich war plötzlich so romantisch, nur an seine Liebe und Sehnsucht nach uns zu denken. Am andern Tag bin ich gleich zu Margret gefahren und habe die Karte an die Scheibe gedrückt. Ich hoffte, ihr Wille zu gesunden würde dadurch zusätzlich gestützt. Sie war nicht imstande, das Geschriebene zu entziffern. Und ans Fenster zu kommen, das ging auch nur mit der Hilfe der Pflegerin. Ich packte für jeden Tag kleine Päckchen, damit sie wenigstens für kurze Zeit ihr großes Heimweh vergaß. Um meinen Kummer voll zu machen, holte man erst noch Alice und später Klaus als angebliche Bazillenträger ins Krankenhaus. Ob da was Wahres dran war oder einfach Schikane? Das werde ich nie erfahren. In dieser unmöglichen Zeit war alles möglich.

Es war bekannt, dass die Russen panische Angst vor ansteckenden Krankheiten hatten. Ich musste ein Schild in russischer Schrift an meine Etagentür heften, um jeden von ihnen vor dem Eintritt zu warnen. Am Spätnachmittag des 24.12. kam noch die Frau meines Zahnarztes Dr. Sobbothke vorbei und brachte mir eine Medizinflasche Rübenschnaps. Ich stellte sie unter den Tannenbaum. In der Nacht erwachte ich kurz, und mein Blick fiel auf die Karte. So weit, weit weg und doch so nah durch ein kleines Stück Papier. Ich war am Ende.

Doch da hatte ich ja am nächsten Morgen ein neue Aufgabe! Ich tüftelte wahre Wortungeheuer zusammen, um in den genehmigten 25 Worten Rückantwort unser Überleben zu beschreiben. Ich besuchte die Kinder. Klaus konnte mir nur aus der 2. Etage einer Schule, vor der ich stand, zuwinken, aber weinen tat er nicht. Ich wedelte mit der Karte herauf. Es war grässlich, so ohnmächtig zu sein. Alice hing am Balken der Baracke über ihrem Bett wie eine Fledermaus. Durch die Schwester ließ sie mich wissen, sie mache jetzt eine Mastkur. Sie dürfe so viel essen, wie sie wolle, dann hätte sie später zu Hause etwas zuzusetzen. Wenigstens eine Sorge weniger. Die Verpflegung der Kinder war gut. In der Neujahrsnacht erhielt ich zwei anonyme Telefonanrufe. Ich sagte nur ganz gelassen, »Wenn das ihr Sylvestervergnügen ist, tun sie mir leid! Prost!« Natürlich regt einen so etwas auf, und ich fing an zu grübeln. War das mein Nachbar Dr. Schmidt? Vor einigen Tagen hatte er mich wissen lassen, ich solle enteignet werden! – War da etwas verschlammt worden durch seinen Vertreter? Hatte er Angst, dass ich ihn zur Rechenschaft ziehen würde, wenn Margret nicht überlebte?

Die Tage zogen bedrückend leer dahin. Aber das Geschäft lief immer besser. Nun, da ich wusste, dass Werner lebte, dachte ich gar nicht mehr an aufhören oder in den Westen »nübbermachen«, wie man das nannte. An Ort und Stelle warten war schon das Sicherste. Dann waren auch meine Mädels wieder zu Hause. Alice haben sie gleich mitgegeben, als Margret endlich entlassen wurde. Die Krankheit ist bei ihr nie ausgebrochen. Wie sehr fehlte uns nun der Klaus! Eines Tages packe ich mir eine Decke unter den Arm, nehme meine 20 - 30 oder waren es 50 Zigaretten und fahre zu der Schule, sprich dem Krankenhaus, wo er kaserniert war. Wir sind allein im Sprechzimmer, der junge Doktor und ich. Ich halte ihm die Tabakwaren hin mit den Worten: »Keine einzige bekommen sie, wenn sie es nicht tun. Aber, wenn sie jetzt meinen kleinen Sohn in diese Decke wickeln und mir geben, dann alle.« Er holte tief Luft. Dann nahm er mir die Decke aus dem Arm, rannte los und kam mit dem Buben zurück. »Sag nichts!«, raunte ich meinem Kind zu. Die Versuchung war wirklich zu groß gewesen. Der junge Arzt und ich machten schweigend unseren Tausch und nichts wie weg. Rein in die nächste Bahn zum nächsten Friseur. Dort hinterließen wir den größten Teil der Läuse. Doch blieb zum Schluss keiner davon verschont. Die Spulwürmer wurden auch mit mehr oder weniger Erfolg bekämpft. Das lief alles so nebenbei.

Meine Große war noch recht schwach auf den Beinen und brauchte eine Menge Schlaf. Trotzdem saß sie oft in der Arbeitsstube. Da nimmt sie eines Tages die Ausschnitte der Regendächer in die Hand und fragt: »Mami, kann ich mir aus diesen Abfällen nicht ein Mützchen nähen?« Sie war immer schon geschickt mit den Händen. »Aber gewiss, und wenn Du dann auf jede Seite eine Applikation heftest, wie z.B. einen Pilz, oder ein Herz? Das wird bestimmt nett aussehen!«, war meine Antwort. Darauf bekam Alice ein Mützchen, der Klaus und die Nachbarskinder. Letztere natürlich gegen Tausch.

Es ist wieder einmal Messe, und eine meiner Frauen bringt mir im Kaffeewärmer eine warme Suppe auf den Stand, den Klaus an der Hand mit Mütze. Fragt doch sofort ein Einkäufer: »Woher ist die Mütze für den Jungen?« – »Eigenproduktion!« – »Könnten Sie mir 30 Stück liefern?« – »Haben Sie Zwirn?« Er hatte und lieferte eine Menge in allen Farben. Auf der Herbstmesse waren

Sie ein Renner. Ich kaufte von Kleiderfabriken noch Abfälle hinzu. Wie sich so etwas entwickelt! – Margret war ganz stolz. Aus den allerletzten Resten fertigte sie dann Tintenwischer. Noch längst nicht jedes Kind besaß einen Füllfederhalter! Der Pilz wurde als Markenzeichen auf jede Tasche genäht und aufs Briefpapier gedruckt.

Am 28.3.1947 kam die zweite Karte von meinem Mann, und ich legte sie meiner Großen ins Gesangbuch. Am 30. März wurde sie konfirmiert. So war der Vater wenigstens entfernt mit dabei. Durch den offiziellen Kontakt mit dem Superintendenten habe ich mich getraut zu fragen, ob ich auch 100 qm Kirchenland pachten könne, obwohl katholisch. »Aber selbstverständlich, liebe Frau Pilz!« Ich schickte ja auch die Kinder zu ihm in den Religionsunterricht. In den Schulen war dieser damals auf dem Stundenplan gestrichen. Unser Land lag nur zwei Grundstücke weiter an der Ecke. Nun wurde eifrig gebuddelt. Mit Hilfe und guten Ratschlägen meiner Frauen gedieh auch alles prächtig. – Als später die Postkontrolle nicht mehr so scharf war, habe ich auf je eine Karte ein Kinderbild geheftet, eins in den Tomaten, eins in den Tabakpflanzen und eins in den Bohnen. Die sind angekommen und waren für ihn eine ganze Geschichte.

Mutter schickte 500 g Päckchen. Die waren erlaubt. Am Ende betonte sie, es seien 60 Stück gewesen, und sie sorge sich so sehr um uns. Aber gekommen ist sie nie, auch mein Bruder nicht. Dabei brauchten sie gar nicht alleine reisen. Aber schreiben sollte ich öfters. Wie sie sich das vorstellte bei all der Arbeit? Das West - Ostband, Mutter - Kindverhältnis fing an, brüchig zu werden. Als dann eines Tages in einem Brief zu lesen war: »Wenn es doch nur wieder mehr Butter gäbe. Ich kann den Quark nicht mehr sehen!«, da entschloss ich mich, Margret guten Bekannten, die mich besucht hatten, mitzugeben mit der Bemerkung: »Gib den Quark Deiner Enkelin zu essen. Sie hat es dringend nötig. Hier erwische ich höchst selten welchen.« – Hoch begeistert war sie nicht, aber das Kind konnte sich richtig durchessen in dem satten Hoya. Sie hat dort das Baby des Bäckers spazieren gefahren. So haben die Sieger nicht nur das Land geteilt! – Ich musste nach einiger Zeit schwarz über die Grenze, um sie abzuholen. Mit einer offiziellen Genehmigung hätte ich bei der Kommandantur in Berlin anfangen müssen. Das hätte viel zu lange gedauert. Viel Erinnerungen sind mir nicht geblieben an diesen Grenzgang. In Walkenried musste man in den Zug einsteigen, nachdem man durch Felder und Wiesen gewandert war, immer auf der Hut vor Entdeckung. Ich wäre gerne noch auf den im Abfahren begriffenen Zug gesprungen, man hielt mich aber zurück. Ein Schaffner riet den Müttern mit den greinenden Kindern das um die Ecke liegende Schwimmbad aufzusuchen. Ich horchte auf. Das war ein guter Rat. Badezeug hatte ich bei mir, in der Hoffnung noch einmal in der Weser schwimmen zu können. Der nächste Zug fuhr erst in Stunden. Da konnte ich meinen Groll im Herzen, dass Mutter und mein Bruder Friedrich Karl mich zu diesem Grenzgang zwangen, etwas abkühlen. Für sie hätte keine Gefahr bestanden mit Messeausweis! Im Stockdunkeln kam ich erst in Hannover an. Ich klingelte im Corps-Haus, in dem mein Bruder mit seinen Kommilitonen wohnte – nicht nur einmal! Nichts rührte sich. Das Grundstück war eingezäunt. Ich schlenderte am Zaun entlang und entdeckte eine Kiste, wahrscheinlich mit Streusand für den Winter gefüllt. Ich wollte gerade versuchen mit ihrer Hilfe über das Gitter zu klettern, da erschienen zwei Polizisten. Ich erklärte ihnen meine Lage und bat gleichzeitig, mich doch mit aufs Revier zu nehmen, damit ich eine Bleibe für die Nacht hätte. Das verstoße gegen die Dienstvorschrift, meinten sie. Ich hätte ja noch nichts verbrochen. »Na, und wenn ich Ihnen nun eine runterhaue?«, fragte ich ganz höflich. »Das ist dann eine Beamtenbeleidigung«, war die Antwort. »Ist das nicht genug?«, fragte ich. – »Erledige Du das mal!«, ruft da der eine seinem Kollegen zu und schwingt sich auf sein Rad. Der andere folgt ihm in Eile. »Feiglinge«, rufe ich ihnen enttäuscht nach, »ich hätte doch gar nicht fest zugeschlagen!«

Und da, fast umfallend vor Müdigkeit, stoße ich auf einen Lieferwagen. Die Tür des Fahrerhauses ließ sich öffnen. Nachdem ich noch einen lästigen Zweig abgeknickt hatte, der dauernd bei Wind übers Dach raschelte, machte ich es mir hinterm Steuerrad soweit möglich bequem. Als das Haus am nächsten Morgen lebendig wurde, bat ich erneut um Einlass. Sie amüsierten sich königlich über das Erlebte. Sie waren halt alle so zehn Jahre jünger. Ich konnte nur ein verkniffenes Lächeln aufbringen. Das blieb ihnen nicht ganz verborgen. Sie räumten rasch das Bad, damit ich duschen konnte, und luden mich anschließen zu einem opulenten Frühstück ein. Neidvoll betrachtete ich den gedeckten Tisch. Dann ließ ich mich von dem Gedanken trösten, dass der russische Bär nicht ganz Deutschland in seinen Fängen hielt. Wie ahnungslos waren die Westdeutschen von unserer Lage!

Endlich, am nächsten Tag in Hoya angekommen, war ich glücklich, meine Älteste gut erholt im Arm zu halten. Ich musste einfach dankbar sein. Stiller war sie geworden. Am meisten haben ihr wohl die Geschwister und Mitschülerinnen gefehlt. Immer nur unter Erwachsenen zu sein und den Unterschied zwischen den beiden besetzten Zonen zu erleben, war nicht leicht. Sie hatte sich einfach in sich zurückgezogen. Sie hat an einem weißen Dreiecktuch gestrickt. Ich habe es heute noch. Mutter hatte nun viele Fragen auf einmal. Ich warf einen Blick zum offenen Fenster. »Ist dir kalt?«, fragt sie verwundert. »Nein, aber da kann doch vielleicht einer mithören!« Unverständliches Kopfschütteln. – Sie hatten eben einfach kein Gefühl dafür, wie uns die Angst vor der Besatzungsmacht einschließlich Kommunismus ständig im Nacken saß. So rasch als möglich traten Tochter und ich dann die unsichere Heimreise an mit einem Handwagen, den wir später irgendwo abgeben sollten. Liebevoll hatten uns auch die Bekannten manch Gutes mitgegeben.

Plötzlich befanden wir uns (ich glaube es war in Walkenried) in einem Getümmel um ein großes russisches Lastauto. Einer der Soldaten greift sich mein Kind und setzt sie auf den Beifahrersitz ins Führerhaus. Verschreckt kreuzen sich unsere Blicke. In dem Moment, wo der Mann sich anderen zuwendet, rufe ich ihr zu: »Schrei, schrei bitte so laut du kannst alle deine russischen Vokabeln heraus.« (In der Schule mussten die Kinder Russisch lernen.) Da dreht sich der Betreffende wieder um und sagt: »Oh, Kind schreit nix gut!« Ich darauf: »Du mir Kind geben, Schrei kaputt!« Wieso wir flüchten konnten in dem Chaos, ist mir heute noch unverständlich. Mein Trauring lag unter meiner Zunge. Man konnte nie wissen! Die Nacht verbrachten wir in einem überfüllten Wartesaal auf einem alten Sofa kreuzweise gebettet. In Richtung Halberstadt - Braunschweig kamen wir dann ziemlich übermüdet am nächsten Mittag zu Hause an.

Eine neue Überraschung erwartete uns. Eine Mitschülerin gab Alicen's Schulranzen ab mit dem Vermerk, sie sei vom Unterricht aus gleich in die Stadt gefahren zur Untersuchung. Meine Güte, was jetzt? Doch es war eine gute Nachricht. Sie wurde verschickt auf eine Plantage zum Körbe tragen. Dabei Erdbeeren essen war erlaubt, so viel sie konnten. Immer befürchtete man erst mal Schlimmes. Klaus murrte, weil er nun gar nichts zu erzählen hatte. Im Herbst klaute er auf dem Feld gegenüber eine ganze Garbe Korn. »Ich habe gesehen, wie unser Nachbar das gemacht hat. Und ich wollte auch mal was ranschaffen«, verteidigte sich der kleine Held. Was Diebstahl ist und was Mundraub, versuchte ich ihnen zu erläutern, als sie eines Tages den zu einem Drittel mit Mohnkapseln gefüllten Puppenwagen heraufbrachten. »Also Mami, wenn Du jetzt still bist, krieg'ste was ab. Sonst essen wir alles allein auf.« Ich kochte schnell einen Grießbrei, damit die Sache aus der Welt war.

Margret hatte sich trotz langem Fehlen wieder in ihre alte Klasse eingelebt. Alice durfte nicht in die höhere Schule, weil sie schließlich kein Arbeiterkind war. Aber ich ließ ihr Nachhilfe in Mathematik und Sprachen geben von den Damen, die in der Nazi-Partei gewesen und nun entlassen wurden. So rückte sich manches zurecht.

Doch Schreckschüsse kamen immer wieder. »Frau Pilz, da ist ein Mann, der ihr Telefon abholen will!« Ich stutze, greife instinktiv nach dem Apparat, und stelle ihn unter den Sessel neben dem Schreibtisch. Ich rufe durch den Flur, dass er reinkommen soll, biete ihm Platz an und lasse mich selbst in besagten Sessel fallen. Wir palavern. Ich erkläre ihm, dass es ja nur ein Nebenanschluss der Holzhandlung sei und bewilligt. Er redet weiter auf mich ein und fragt sich plötzlich suchend umdrehend: »Wo haben

Sie überhaupt Ihr Telefon?« Ich gucke besonders freundlich. »Sie werden es nicht glauben, ich sitze drauf und wenn Sie sich jetzt bewegen, schreie ich um Hilfe. Meine Heimarbeiterinnen kommen dann sofort durch diese Schiebetür und ich werde behaupten, Sie wollten mich vergewaltigen!« – »Dann, dann muss ich mit einem Hund wiederkommen, stotterte er aufgebracht!« – »Tun Sie das, einen schönen großen Schäferhund, aber scharf muss er sein. Die liebe ich am meisten, und sie mich auch.« – »Hanni, der Herr möchte gehen!«, rief ich laut und blieb sitzen bis die Etagentür geschlossen war. Es ist nie wieder einer gekommen und hat nach dem Telefon gefragt. »Es war wie im Kino«, meinte Frau Brandt. Die beiden hatten natürlich atemlos gelauscht. Und dann befreite uns ein Lachen!

Eine Weile ging es gut ohne besondere Aufregung. Dann, an einem friedvollen Nachmittag stürmen die Kinder die Treppe herauf. »Mami, Mami, Russen auf unserer Straße! Einige sind schon beim Nachbarn ins Haus!« – Da wusste ich sofort, warum ich das Warnschild Diphtherie aus innerem Antrieb griffbereit ins unterste Garderobenfach gelegt hatte. Schnell hefteten wir es außen an die Etagentür und legten uns dahinter, um zu horchen. Wir warteten – Mucksmäuschen still. Sie kamen ins Haus, gingen bei Bothes herein. Wir horchten angestrengt. Da, jetzt polterte es laut auf der Holztreppe. Stimmengewirr. Sie studierten offensichtlich das Schild. Keiner klingelte. Scheinbar ging einer nach dem anderen die Treppe wieder herunter. Da höre ich doch Tante Bothes Stimme. »Ach, sie hätten ruhig reingehen können. Das mit der Krankheit ist schon lange vorbei!« Ich war überrascht und enttäuscht, habe sie aber nie darauf angesprochen. Aber gemerkt habe ich's mir fürs ganze Leben.

So hat nie einer von den Russen unsere Wohnung betreten. Lediglich zwei Baby-Tragtaschen habe ich an sie verkauft auf dem Messestand. Und es wurde auch gleich bezahlt. Als dann jedoch eine Delegation erschien, um 200 Stück zu bestellen, habe ich nur gesagt: »tólka máterialc«, was so viel heißt wie, »Erst Material«. Um dem Lieferwunsch Nachdruck zu verleihen, bestellte man mich auf die Kommandantur. Ich verharrte bei den aus dem Schulbuch herausgesuchten Worten, höflich aber bestimmt. Angst darf man haben, aber nur nie zeigen. Danach hatte ich Ruhe.

Die Messe war erfolgreich verlaufen. Wie immer hatte mir ein Kunde ein Muster mitgebracht mit dem Vermerk: »So und soviel kann ich davon liefern, machen Sie was daraus.« Es waren rote Filzkappen aus den Fallschirmspringer-Helmen. »Ja, wenn da keine Löcher oben drin wären«, bemerkte ich verneinend den Kopf schüttelnd. Er bestand darauf, das Muster da zu lassen. Da fiel mein Blick in einem stillen Moment auf den Aussteller mit den Federn. Ich hatte mich schon gewundert, dass dort stets was los war. Ei, fiel's mir wie Schuppen von den Augen. In jedes Loch ein Federchen und von innen festkleben. Noch am selben Tag wurden wir handelseinig. In der Nacht fasste ich die Mütze zusätzlich zu den eingeklebten Federn mit zusammengenähten bunten Schrägstreifen ein, um das krasse Rot zu dämpfen. Meine Frauen waren entzückt. Es bedeutete ja ARBEIT! »Wunderbare Ideen ham se Frau Pilz, aber Schrägstreifen schneiden, das kennen se nich. Das lassen se uns ma lieber machen«, erklärte Frau Zwanzig trocken. Wie harmonisch war doch unsere Zusammenarbeit! Weil die alte Rolle Igelit sich als so ergiebig herausstellte, nähten wir noch Hauben mit längerem Kragen. So konnte der Regen in der gebückten Haltung beim Ährenlesen nicht in den Hals laufen. Ebenso verkauften sich die Regenschutzdecken für Kinderwagen gut. Heute sind sie aus Cellophan auf dem Markt.

Wir erhielten eine dritte Karte von Werner. Er bestätigte unsere Post und schien erleichtert, dass wir uns so gut eingerichtet hatten. Schwierigkeiten verschwieg man. Hoffnung blieb.

Ferien und neue Ideen

In der Sommerzeit machten wir Betriebsferien. Margret fuhr zu Golls. Annerose, ihre Schulfreundin während der Evakuierung in Elsterberg, besuchte uns zu Pfingsten. Firma Goll war mein Matratzenlieferant. Die Matratzen waren mit Rehhaar gefüllt. Alice verbrachte die Woche bei den Tanten. Und ich war mit Klaus bei

Frau Peter in Zwätzen eingeladen. Die schon etwas älteren Söhne haben sich rührend um den Jungen gekümmert und ich habe mal völlig abgeschaltet und Unkraut gejätet. In so einer Gärtnerei kann man ja gleich vorne wieder anfangen, wenn man hinten fertig ist. – Das Erzählen mit Tante Peters von Werners Jugend, wenn sie ihn ja auch nur in den Semesterferien erlebt hatte, brachte mich ihm so nah. – Und gekocht wurde.

Das Wiedersehen war herrlich! Jeder erzählte, keiner hörte richtig zu. Aber sichtlich erfrischt übernahm jeder wieder seine Aufgaben. Die Herbstmesse stand bevor. Wieder kam ein Einkäufer, diesmal mit einem Stück Band, außen storre, innen weich angerauht. »Sagen Sie jetzt bitte nichts Frau Pilz. Ich bin sicher, dass Ihnen was einfällt, wozu man es verarbeiten kann. Geben Sie mir gleich Bescheid, ich liefere umgehend!« Ich steckte es in meine Jackentasche und hätte es fast weggeworfen, weil es immer mit dem Taschentuch heraus rutschte. Konnte ich denn ahnen, dass dies Band mein Rettungstau bei der zu erwartenden Währungsreform war? – Ein sehr netter Herr aus Wismar stellte sich vor und wir kamen ins private Gespräch. »Ja, sagte ich seufzend, »an die Ostsee mit den Kindern. Da müsste man hin, um sie vor der Schwindsucht zu bewahren. In der Volksschule sind bereits einige Lungenkrankheiten bekannt.« – »Oh«, sagte er, »da kann ich Ihnen vielleicht behilflich sein. Ein Freund in meinem Segelklub hat ein Hotel in Boltenhagen. Zur Zeit ist es noch halb mit Flüchtlingen besetzt und teilweise primitiv.« – »Aber das Meer hat gewiss die gleiche Wirkung wie vor dem Krieg«, fiel ich ihm voller Hoffnung ins Wort. Wenig später erhielt ich tatsächlich ein Angebot vom besagten Hotel. Doch zweimal in einem Jahr verreisen, das war nicht drin. Ich vereinbarte dann mit dem Wirt einen Termin zum Ende des nächsten Mai.

Nach der Messe suchten wir die kleinen Aufträge mit unauffälligem Kreuzchen aus dem Buch. Die waren per Nachnahme geordert. Kleiner Trick, so kam am schnellsten und sichersten wieder Geld ins Haus.

Der Herbst zog ins Land. Material wurde knapp. Normalerweise war die Intimsphäre der Frau ein Tabu. Wenn aber das

Tabu zum Problem wird, tauscht man sich doch gerne aus, wie es zu lösen wäre. Heute werden Tampax evtl. Camelia verwendet. (Davor waren es vierfach gelegte, aus Baumwolle gestrickte Vorlagen. An jedem Ende ein dreieckiges Stück Stoff mit Knopfloch.) Nur die heutigen Großmütter werden sich noch an die sogenannte Damenbinde erinnern können. Aber wo sollte man anknöpfen, wenn der dazu notwendige Bindengürtel verschlissen war? Die Zellstoffindustrie lieferte nur an Lazarette. Halt! – Das Band! »Wir werden Bindengürtel nähen.« Eine Marktlücke hatte sich aufgetan. Die Lieferung kam noch vor Weihnachten. Nachdem wir ein fröhliches Fest gefeiert, gemeinsam auch mit den Kindern der Frauen, ging es im neuen Jahr zuversichtlich an die Arbeit, 600 Stück in drei Größen. Man musste beachten, dass das Band ja nicht elastisch war. Doch fand ich nicht den Mut, sie irgendwo anzubieten. Ich hatte Hemmungen. Wir verpackten sie schön staubsicher in einem Betttuch im Kabäuschen im Babykorb. Mir kam unwillkürlich der Gedanke. »Wer weiß, wofür es gut ist!«

Der Gast an der Ostsee war gebeten, Kartoffeln, Bettwäsche, Glühbirne und Kerzen mitzubringen. Margret wollte lieber zu Hause bleiben und keine Schule versäumen. Im Herbst war Tanzstunde angesagt, und die wollte sie doch mit der eigenen Klasse erleben. Also fing ich zu gegebener Zeit an, für uns drei zu packen. Zwei Pakete per Express gingen voraus. Nachtwäsche, Badezeug, Kerze samt Streichhölzer nahm ich vorsichtshalber mit ins Handgepäck.

Auch Post von Vati war wieder gekommen. Er würde in ein Entlassungslager verlegt. Wir waren voller Hoffnung für die Zukunft. Drei Tage schliefen wir auf nackten Matratzen. Sie waren wesentlich weicher als mein Zuschneidetisch! – Sonne, Wasser und Wind machten uns schon müde. Die Verpflegung war erstaunlich gut. Der Wirt ging abends an den Tischen vorbei im Flüsterton und bot kleine Extras an. Meine Beiden hatten sich mit zwei Herren angefreundet – Ball spielend. Dann brachten sie mir Brotmarken mit. Ja, dachte ich, so bandelt man in heutiger Zeit an. Doch so lustig war das gar nicht. Es waren Bäckermeister,

Freunde und der eine hatte seinen einzigen Sohn von 14 Jahren bei der Flak verloren. So trug wohl jeder seinen heimlichen Kummer mit sich herum und versuchte trotzdem, zu überleben. Einmal nahmen sie uns im Auto mit nach Wismar. So konnte ich einem meiner Kunden und seiner Frau einen Dankesbesuch machen. Kleine Räucheraale waren der Gegendank.

In diese ungetrübte Ferienfreude platzte am 24. Juni 1948 die Währungsreform. Mit dem letzten alten Geld kaufte ich die Rückfahrkarten und nix wie heim. Meine Aufregung hielt sich in Grenzen. Ich hatte ja heiß begehrte Ware! Die ersten zehn Gürtel gab ich in Kommission. Geld hatte das Geschäft ja auch keins. Vom Stadtgang zurück, lag bereits ein Anruf vor. »Bitte weitere (Bindengürtel) liefern. Die ersten zehn Stück sind bereits verkauft. Die werden Ihnen bar bezahlt!« Mit diesem Verfahren war ich rasch wieder flüssig. Nun wusste ich, wozu meine Hemmungen gut waren. Sie verflogen augenblicklich.

Die Heimarbeiterinnen kamen mit den Sparbüchsen ihrer Kinder. Wir kippten alles auf den Arbeitstisch aus, zählten und schrieben auf. Hartgeld und Pfennige behielten ihren Wert. Es waren RM 35,-. Bei der Einkaufszentrale starrten sie mich verblüfft an. »Haben Sie einen Esel eingefangen?« – »Nein, mich trat ein Pferd!«, lachte ich sie an und erzählte Ihnen die Gürtelgeschichte. Sie freuten sich ehrlich mit mir, und ich erstand einen Berg verschieden langer und breiter Lederriemen. Ich wusste in dem Moment noch nicht, was daraus werden sollte. Aber nun glaubte auch ich fest an mich und war mir wie die gewieften Geschäftsleute sicher, dass mir etwas Passendes einfallen würde. Ich konnte nun auch die Schreibmaschine, die ich während des Urlaubs zum Überholen weggebracht hatte, und die Seppelhose, die aus dem Leder des im ersten Weltkrieg schwarz geschlachteten Kalbes meiner Schwiegereltern gefertigt worden war, abholen und bezahlen. Das gegerbte Fell hatte über 30 Jahre in einem alten Koffer die Zeiten überdauert.

Der Garten lieferte Erstaunliches. Die ersten Tomaten erröteten bereits. Ich legte sie vorsorglich auf den Küchenschrank. Das Grundstück war ja nicht eingezäunt! – Viel Arbeit war zu tun, aber keine unlösbaren Probleme standen an. Die Bindengürtel verschwanden wieder im »Tabu«. Ich brauchte sie auf der Herbstmesse nicht mehr auszustellen.

Kapitel 6

Heimkehr - Arbeit im Westen - Leipzig ade - Neustart in Mönchengladbach

Es war im August. Ein heftiges Gewitter hatte mich auf der Heimfahrt mit dem Motorrad erwischt. Da ich sehr durchnässt war, ging ich früh schlafen. Plötzlich werde ich wach und habe das Gefühl, es hat geklingelt. Ich horche. Ich höre tatsächlich die Klingel. Schikane? Wer könnte es sein? Wieder schlägt die Glocke leicht an. Ohne Licht zu machen, schleiche ich ans Treppenhausfenster. Eine lange Gestalt steht am Gartentörchen. »Werner?« Mir blieb das Herz fast stehen. »Ja, ich bin es Hannafrau, machst Du mir auf?« So nannte mich sonst niemand. Ich rannte runter. Schweigend standen wir uns gegenüber. Das war eine Freude und ein Schock zugleich. Kahlgeschoren und abgemagert! – Ein Hungerödem hatte seine Nase verändert. »Komm, komm rauf!« Er zögerte. »Hole mir doch bitte ein paar Sachen, damit ich mich erst umziehen kann. Ich bin zwar durch eine Entlausungsanstalt gegangen, möchte jedoch in diesem Zeug nicht mit nach oben kommen.« – »Aber natürlich, verstehe.« Ich griff nach seinem Brotbeutel, um ihm behilflich zu sein. »Nein«, sagte er erschrocken und drückte ihn fest an sich, »da habe ich doch meine Papiere drin!« Ein eisiger Schauer überlief mich und Angstgefühl. Reiß dich jetzt zusammen, sagte ich mir. Die ersten Stunden werden entscheidend sein für die Zukunft.

Ich rannte also eiligst rauf, stellte Wasser auf, falls er danach verlangte, und brachte ihm das Gewünschte. Von dem hin und her waren die Kinder aufgewacht und standen verschreckt mit verschlafenen Gesichtern im Flur. Eines zog mich am Morgenrock. »Mami, bist Du auch sicher, dass das unser Vater ist?«, flüsterte es mir zu. »Ja«, beruhigte ich sie alle drei, »es sind seine Augen. Augen verändern sich nicht.« Beängstigend war noch, dass er meine Hand wegschob, als ich die Korridortür schließen wollte. Er legte seine eigene auf die Klinke mit den Worten: »Diese Tür kann ich jetzt selber zumachen und keiner folgt mir.«

Wir setzten uns alle zusammen in die Küche und ich kochte rasch eine wärmende Mehlsuppe. Bei den Bauern sind die Heimkehrer manchmal sogar gestorben, weil die an Wassersuppe und Trockenbrot gewohnten Mägen sich nicht so schnell umstellen konnten auf fette Würste und Schinken. Noch ehe er anfing zu essen, kramte er in seinem Beutel und legte mir RM 50,- hin. »Dies ist mein Entlassungsgeld. Du hast nun so lange für alle gesorgt!« Ich schluckte die Tränen runter und nahm es dankend an. Unsere drei saßen zusammengekuschelt in eine Decke gewickelt auf dem Küchenbänkchen und guckten schweigend. Werner hatte, ehe er den Löffel nahm, seinen linken Arm um den Teller gelegt. Ich kannte die Geste von einem Ruhrkind her, welches 4 Wochen bei uns gegessen hatte nach dem ersten Weltkrieg. So sitzt eine hungernde Gemeinschaft bei den Mahlzeiten aus Angst, der Nachbar könnte in den eigenen Teller langen.

Er betrachtete uns einen nach dem andern eingehend. Klaus fing, glaube ich, als erster an zu sprechen. »Ich, ich zeige Dir morgen den Kaninchenstall. Wir bekommen bald wieder Junge.« Dann fingen auch die Mädels an zu erzählen. Der Vater nickte interessiert und aß die Mahlzeit, Löffel für Löffel. Sehr langsam kaute er das Brot. »Hast Du Zahnbeschwerden?«, fragte ich dazwischen. »Nein, nein, aber wenn man langsam kaut, sättigt es besser und man hat länger was davon.« Die Kinder redeten weiter. Sie hatten das richtige Gespür, solch eine Situation zu entwirren. Als ihnen dann doch die Augen zufielen, brachten wir sie zu Bett.

Gemeinsam gingen wir zwei nach vorne ins Wohnzimmer, jetzt Büro und meine Schlafgelegenheit. Er berichtete, dass er bereits seit Vormittag in der Stadt sei. – Nun, auch er hatte Bedenken gehegt. Wie sieht es aus, wenn ich nach Hause komme? Und man durfte es auch den Frauen nicht übel nehmen, wenn da ein neuer Mann gekommen war, der ihr geholfen hat, über diese schweren Zeiten hinweg zu leben. Drei Jahre können lang sein! – Wir hatten uns <u>beide</u> verändert, aber keine unnötigen Fragen gestellt. Wir haben uns nicht verloren. Völlig übermüdet bin ich in seinen Armen eingeschlafen.

Wie ein Lauffeuer hatte es sich herumgesprochen. Herr Pilz ist wieder da! Und alle haben sich mit uns gefreut. Der Müller von der nahen Mühle schickte Mehl. Der Gärtner von gegenüber machte gleich ein paar neue Kartoffeln aus. All meine Helferinnen brachten Obst aus ihren Gärten. Doch er wollte arbeiten. Notwendig waren jedoch zuerst die Behördengänge. »Du gehst doch mit mir?«, war seine bange Frage. In der ersten Zeit ging er nicht alleine vor die Tür. Wenn man auch nur von weitem einen Russen sah, blieb er stehen. Das ist Gefangenenpsychose. Er fühlte sich auch gar nicht wohl, wenn ich außer Haus war. Da gab es ganz eigene Situationen. »Vati«, fragte Alice, »es sind Kartoffeln aufgerufen. Kannst du mir das Geld leihen, was Mutti Dir neulich zurückgegeben hat? Ich möchte sie abholen.« – »Aber Kind, Du kannst doch nicht mit einem Fünfzigmarkschein losziehen?« – »Hm, ich bin schon mit mehr Geld heimgekommen, wenn ich Ware abgeliefert habe!« Er konnte es so schnell nicht fassen, wie erwachsen, wenn auch schmächtig von Wuchs, sie waren. Bei nächster Gelegenheit wechselte ich das Geld.

Wie sollte das werden? Die Herbstmesse rückte heran. Da war sein schlechter Gesundheitszustand geradezu eine Rettung. Prof. Bürger machte den Vorschlag, ihn in die Klinik aufzunehmen. Die ärztliche Versorgung war gewährleistet, und so gute Verpflegung hätte ich meinem Werner nicht bieten können. Er war zwar wieder kaserniert, konnte aber garantiert keinem Russen begegnen.

Auf das Messegeschäft konnten wir nun erst recht nicht verzichten. Aus den schmalen Lederstreifen wurden bereits Pferdchenleinen, ein Kinderspielzeug, hergestellt. Aus den übrigen werden wir Hundeleinen fertigen und Werner wird uns das Nieten beibringen, dachte ich im Innern. Um Lieferung von Karabinerhaken hatte ich schon im Westen nachgefragt. Wenn er keine – seinem Beruf entsprechende – Stelle findet, kann er sich als helfendes Familienmitglied anmelden. Dann erhält er auch mehr Lebensmittelmarken!

Wir durften ihn alle im Krankenhaus besuchen, und er war stolzer Vater auf seine lustigen Trabanten. »Ich muss den Messestand sehen«, meinte er eines Tages. Aber wie ohne Ausweis? Jetzt war ja schon bald Ende! »Gib acht!«, sagte ich, »Du gehst an einer bestimmten Tür ins Ringmessehaus. Der Aufpasser dort nennt mich Motorradbraut. Und wenn Du ihm sagst, Du bist der Mann von der Motorradbraut, wird er Dich rein lassen. Er hat sich am letzten Aufbautag, als ich ihm erzählte, mein Mann ist heimgekommen, schon schrecklich gefreut. Er hat immer auf dein Motorrad aufgepasst. Ich gebe ihm Bescheid, dass Du kommst.« Alle Kinder hatte ich mitgenommen. Es war der letzte, der Besuchersonntag. Und da steht doch plötzlich unser Papi wie angewurzelt staunend vor dem Stand und sagt nur immer. »Das muss photographiert werden, das muss unbedingt photographiert werden!« Wie er das geschafft hat, weiß ich heute nicht mehr. Aber er hatte eigenständig gehandelt. Und die Stadtangst war durch diesen Alleingang auch bewältigt. Wir waren unheimlich glücklich.

Aus dem Krankenhaus entlassen, war sein einziger Gedanke, mitzuarbeiten. Er meinte, er könne die Buchhaltung übernehmen. Diese war jedoch höchst dilettantisch aus großen Zetteln bestehend, aber für mich überschaubar. Er war jedoch entsetzt. »Und wie Du die Formulare ausfüllst!« – »Aber ich habe keine Schulden und es ist stets Geld auch für Schwarzmarktpreise im Haus. Selbst, wenn ich es mir auch mal aus dem Pfandhaus geliehen hatte.« Scheußlich diese Aussprache! Aber sie war einfach vorprogrammiert. Diese veränderte Wirtschaftslage verlangte einfach, dass man mit Phantasie improvisierte. Das konnte ich ihm nicht so schnell erklären. Auf den kurzen Grußkarten hatte davon auch nichts gestanden. Ich bat ihn, an Mutter einen langen Brief zu schreiben. Sie drängte mich immer so und wollte alles genau wissen. Das sei eine echte Unterstützung, dann brauchte ich mich nicht nachts noch hinzusetzen. Jetzt müsse ich zuschneiden. – Er hat einen ausführlichen Brief an Mutter verfasst. Abends bemerkte mein Mann, dass im Grunde seine Heimkehr eine zusätzliche Belastung für mich sei. Ich habe ihm nicht widersprochen.

Sollten wir wegen der veränderten Lage unseres Lebens diese Chance, wieder eine Familie zu sein, vertun? Wir sahen uns lange in die Augen und gaben uns zum zweiten Mal die Hände. – Ich hatte einen Mann von Format. Die weitere Lösung unseres Problems kam direkt vom Himmel. Ein ohrenbetäubender Knall, ein riesiges Feuer, ein Testflugzeug war in die Holzhandlung an der Ecke gestürzt. Den Piloten sahen wir am Fallschirm aus der Gefahrenzone schweben. Jetzt gab es Abfallholz in Mengen. Doch für einen Anbau am Kaninchenstall war es noch verwendbar. Vater und Sohn werkelten mit Eifer und kamen sich dabei näher.

Inzwischen waren die ersten Karabinerhaken eingetroffen und es mussten breitere Hundeleinen genietet werden. Das konnte nun keiner von uns. Er wurde ehrlich gebraucht, und das war ungeheuer wichtig. Die nächtlichen Alpträume ließen mit der Zeit nach. Er saß dann aufgeschreckt im Bett und rief: »Sie kommen, sie kommen, es wird gefilzt!« Die Aufseher hatten ihnen dann wahllos Postkarten oder dergleichen abgenommen. Ich musste ihn völlig wach machen, bis er sich besonnen hatte, wieder zu Hause zu sein. Wie gut, dass er mir widersprochen hat, mit Klaus das Zimmer zu teilen. Ich glaubte, er hätte dann mehr Ruhe gehabt, weil der Junge erst später zur Schule ging. Ja, es gut meinen, und das Richtige tun, ist zweierlei! Ich erwähnte es bereits schon einmal. Wie hätte sich der Bub erschrocken!

Der Rübensaft und das Eingeweckte (angeblich Kalbfleisch) haben uns gut über den Winter gebracht. Man tauschte hier, man tauschte da. Alice erschien einmal mit einer ganzen Schürze voll Obst. Im Ort sei ein Orgelmann mit einem kleinen Mädchen herumgezogen und sie habe geholfen das Geld aufzuheben und dabei getanzt. Da hätten die Zuschauer auch ihr Obst geschenkt. »Das durfte ich doch annehmen? Ich habe keinen einzigen Groschen genommen.« Überhaupt wurde das Thema »Essen« in der Hauptsache von der »Tanzstunde« verdrängt. Unsere Große war ein frisch-fröhlicher Backfisch geworden. Jeder von uns hatte Jugenderinnerungen. Die gegenseitige Anteilnahme verschönte uns ungemein den recht kargen Alltag. Es mangelte ihr nicht an Verehrern, wie man den jeweiligen Tanzstundenherrn benannte. Aber, wenn sie nicht die Bahn früh genug nahmen, hatten die Jungen keine Rückfahrtmöglichkeit mehr. Das konnte man nicht riskieren, allein und zu Fuß. Russen waren unberechenbar. So ging ich immer mit oder holte sie wenigstens ab. Zum Schlussball konnte ich sogar Werner überreden mitzukommen. Er hatte doch schon so viel verpasst bei der Entwicklung seiner Kinder! Gegen eine Baby-Tragtasche hatte ich himmelblauen Stoff eingetauscht. Ursprünglich fertigte die Firma daraus Teddybären. Süß sah sie aus. Und das stolze Elternpaar bekam einen Walzer solo, weil es angeblich so gut aufeinander eingetanzt war?

Damit wir die Nase nicht zu hoch trugen, lag am nächsten Tag ein Schreiben der Firma Knigge, ein renommiertes Taschengeschäft im Westen, bei der Post. »Leider müssen wir Ihnen die Tasche zurücksenden. Für die hiesigen Ansprüche ist die Fertigung zu primitiv!« – »Scheinbar sind wir hier durch die Umstände bereits solche Proleten geworden, dass wir unsere Armut schon gar nicht mehr bemerken!« Das steht wortwörtlich in einem Brief vom 6.11.1949 an meine Mutter. Aber das war ja wohl auch die Absicht der Siegermächte, Ost und West gegeneinander aufzuwiegeln, um das Deutsche Volk zuletzt total niederzumachen.

Unerwartetes Stellenangebot

Das Jahr war ins Land gegangen und wir feierten Weihnachten mit einem viel zu hohen Tannenbaum! Ohne Vater hätten wir ihn gar nicht in die Orgel gebracht. Wir waren bescheiden und zufrieden beieinander. Auch das kann man ein Glück nennen. Eines Tages, als Werner in die Stadt gehen will, rufe ich ihm noch nach, »Bring doch bitte eine Zeitung mit, aber eine recht dicke. Unser Klopapier geht zur Neige.« Was das für Folgen haben sollte, konnte im Moment noch keiner ahnen. Beim Heimkommen meinte er so zum Spaß: »Eilt es sehr oder kann ich vorher noch einen Blick reinwerfen?« Nach einer Weile kommt er zu mir in die Küche, zeigt auf eine Annonce und sagt: »Lies doch bitte, ob ich da mal hinschreibe?« Es wurde ein Dipl.-Ing. für lufttechnische Anlagen, Ventilatoren etc. gesucht in Gera, übliche Kontaktnummer, sonst nichts. Wie sehr er sich in seinen alten Beruf zurücksehnte, sah man seinem Gesicht an. Er schrieb. Wir warteten und sagten keinem ein Wort. Beide standen wir echt unter Spannung. Doch es dauerte gar nicht sehr lang, da kam ein Brief mit der Bitte zu folgender Adresse nach Gera zu kommen, um weitere Verhandlungen aufzunehmen. Die Spannung vergrößerte sich. aber wir hielten es weiter geheim. Es hieß einfach, unser Vater will den Tanten in Elsterberg einen Besuch machen. Und das tat er außerdem auch noch. Es war ja die gleiche Strecke. Es war eine ungetrübte Freude. Keiner konnte ahnen, dass dies das letzte Wiedersehen war.

Nach seiner Rückkehr, als wir allein waren, gucke ich ihn nur fragend an und es kamen die sechs Worte: »Es ist eine Anstellung im Westen!« – »Da hast Du doch sofort Ja gesagt?« Er nickt zustimmend und meinte: »Wusste ich doch, das Du so reagieren würdest!« – »Ich habe vorerst eine Adresse in Berlin erhalten. Dort händigt man mir ein Ticket in den Westen und das nötige Geld aus.« So erfreut wie ich über diese ungeahnte Möglichkeit war er nicht. »Dann sind wir ja wieder durch eine Grenze getrennt!« Er seufzte tief auf. »Aber, das ist schließlich eine ganz andere Grenze«, erwiderte ich. Mit dem nächsten Messezug konnte er ja ohne weiteres zurück. Also wurde beschlossen. Erst mal nach Berlin!

Nun war es günstig, dass er hier keine Stelle gefunden hatte. Sein Ausbleiben wäre sofort gemeldet worden. Nach seiner Abreise verhielt ich mich erst mal ruhig. Die Heimarbeiterinnen wurden nicht aufgeklärt, so dass sie mit gutem Gewissen die Achseln heben konnten, falls man versuchte, sie auszuhorchen. Das erste war ein Telegramm. »Gesunder Junge angekommen Mueller Bremen.« Das war vereinbarter Text. Dann folgte ein kurzes Schreiben. Es ging um eine Anstellung bei der Firma Paul Pollrich in Mönchengladbach, DM 750,- monatlich, Probezeit drei Monate. Ich bat ihn, es zu versuchen. Ich würde hier so lange weitermachen, bis eine Sicherheit vorhanden war. Ich war für das gewappnet, was auf mich zukam. Wenn einer sich aus dem Staub machte, drohte der Familie Wohnungs- und Möbelbeschlagnahme.

Es klingelte. Ein Volkspolizist. »Aha«, dachte ich, »jetzt geht's los!« und schlüpfte umgehend in die Rolle einer verlassenen Ehefrau. »Wo mein Mann ist, fragen sie mich? Was weiß ich schon. Butter wollte ich eintauschen. Und was bringt er? Zigaretten. Da ist mir eben der Kragen geplatzt auf gut Deutsch. Es hat Streit gegeben und weg war er eines Tages. So seid ihr Männer eben. Ihr habt's gar nicht verdient, dass man sich abschuftet, um die Kinder und sich durchzubringen. Jetzt hier noch länger aushalten, habe ich keine Lust mehr. Mit meinem Säuglingspflege-Examen kann ich eine Stelle im Urban-Krankenhaus in Berlin erhalten. Mit einer dortigen Oberschwester Lotte Greiner stehe ich bereits in Verbindung. Meine Möbel stelle ich vorerst unter. Sollten die Kinder auch so dumm sein wie ihre Mutter und heiraten, haben sie fürs erste einige Sachen. Sie können das gerne alles überprüfen.«

Es ist nie wieder einer gekommen. Die Geschichte war zu alltäglich. Ich tat ihm, glaube ich, ehrlich leid. Er musterte mich von oben bis unten und meinte tröstlich, in Berlin hätte ich bestimmt noch Chancen.

Es gab viele gescheiterte Ehen in dieser Zeit. Die Frauen wurden zwangsemanzipiert durch die Umstände.

»Ich habe unterschrieben und mir bereits ein möbliertes Zimmer gemietet.« Das war die dritte Nachricht. Das hieß nun vor dem 1.5.1950 keine Auflösung meiner Firma. Für den Fall, dass mein Werner die Erwartungen der Fa. Pollrich in den drei Monaten Probezeit nicht erfüllen würde, hätten wir weiter in Leipzig leben können. Andererseits blieb ausreichend Zeit, in aller Ruhe den Umzug vorzubereiten. Die Firma hatte ihm auch versprochen, nach einer Wohnung für uns zu suchen. Um möglichst viel rüber zu schaffen, lieh ich mir eine Kartoffelwaage und stellte jeweils 7 kg Pakete zusammen. Die waren erlaubt. Meine Lieferungen gingen ja auch überall hin, da fiel das gar nicht weiter auf.

Einer nach dem anderen in den Westen

Im März zur Messe tauchte Tante Mariechen, eine Verwandte unseres Hauswirtes, bei mir auf. Sie war leicht verärgert. »Da will ich nun meinen Neffen mit rüber nehmen, damit der Junge sich mal richtig durchessen kann, und der hat Angst, dass er eines Tages nicht mehr zu seinen Eltern zurück darf. Ist ja furchtbar, unter welchem Druck hier Kinder schon leben müssen!« Ich nicke beipflichtend. »Genaues weiß ich ja nicht, was sich bei Ihnen tut. Aber ich bin bereit, eines ihrer drei Kinder mitzunehmen. Meine Rückfahrt ist für den so und so vielten um 23 Uhr ausgestellt. Wir treffen uns dann auf dem Bahnsteig! Ich reise zwar nur bis Stuttgart. Dann übergebe ich das Kind dem Schaffner. In Dortmund lebt doch ein Bruder von Ihnen?« Ich nehme sie nur spontan in die Arme. »Doch wie komme ich jetzt an eine Fahrkarte? Ich denke, eine Fahrkarte muss es wenigstens haben?« – »Och, das Denken überlassen sie mal besser den Pferden, die haben größere Köpfe.« – Eine bemerkenswerte Einstellung! Ich war ganz aufgeregt und überlegte scharf. Der Klaus mit seinen acht Jahren. Nein, nicht als erster allein. Margret mit sechzehn Jahren, das Risiko war zu groß. Aber ich sprach mit meiner zwölfjährigen Alice dieses Angebot in aller Ruhe durch. Sie war begeistert! – Und geht noch hin und verkauft alle ihre Schulbücher. Ich fiel fast um vor Schreck, aber es hatte keine Folgen. Wir trafen pünktlich mit Tante Mariechen zusammen. Ehe Alice ins Abteil steigt, flüstere ich ihr noch zu: »Wenn jemand Fragen stellt, guck ihn dumm an und mach nur hä'?« Und schon passierte es, dass eine sehr nette, alte Dame sie anspricht: »Willst Dich auch mal satt essen im goldenen Westen?« Sie reagiert prompt, steigt nochmals aus und fragt mich: »Mami, Mami, war ich blöd genug?« Ich war den Tränen nahe und musste doch lachen. Die gute Reia war zu meiner Unterstützung mitgekommen.

Am folgenden Tag ein Telegramm: »Fünf Osterhasen lassen grüßen! Fritz, seine Frau, Mutter, Werner, Alice.« Ich habe immer wieder gezählt. Dann erst verließen mich nach und nach meine nervösen Rückenschmerzen. Was war jetzt zu tun? –

Weitermachen und den Rückweg offen halten. Es kamen Briefe und Päckchen, in einem auch eine Rolle Toilettenpapier. »Benützt es nur gleich! Ich schicke mehr.« Das klang wie eine Nachricht. Die Kinder fingen an, die Rolle umzuwickeln und siehe da: Es flatterten etliche Westgeldscheine heraus. »Die Reisflocken können verderben, verwendet sie sofort!« Ich schüttete sie vorsichtshalber erst mal in eine leere Schüssel. Wieder war Geld drin.

Mein Mann holte Alice dann nach Mönchengladbach. Sie konnte auch bei Müllers, die eine fast gleichaltrige Tochter hatten, wohnen. Im staatlichen Mädchengymnasium wurde sie eingeschult und machte später den Abschluss der mittleren Reife. Mein Mann bewährte sich als allein erziehender Vater, obwohl es noch keine helfende Therapie gab! Trotzdem wuchsen für ihn die Belastungen. Die Personalbuchhalterin, welche mit ihren beiden unverheirateten Schwestern zusammenwohnte, bot ihm an, seinen Sohn in Pension zu nehmen. Gleichzeitig erhielt ich von diesen drei Damen einen ausgesprochen liebenswürdigen Brief mit Photo. Darin stellten sie sich vor. Falls ich eine Möglichkeit hätte, wäre er bei ihnen herzlich willkommen! – Ich war gerührt. Meine Große, der Bub, wir drei beratschlagten. Klaus war zu allem bereit. Doch der Messeverkehr war ja nun beendet. Auf jeden Fall begannen wir, den Klaus reisefertig vorzubereiten. Ich beantragte einen Bezugschein für einen neuen Anzug und Schuhwerk. Er legte sich persönlich Dinge zurecht, die er später in seinen Tornister (Schulranzen) packte. Wir waren gelassen, aber auf dem Sprung einem günstigen Geschick umgehend die Hand zu reichen. Da stirbt eines Tages ganz überraschend die kleine Oma Bothe, die mit ihrem Mann über uns wohnte. Sie hatte mir an manchem Abend, wenn wir unsere Beine in den noch warmen Backofen steckten, auf der Herdplatte die Karten geschlagen. Sie konnte dies so tröstend und überzeugend.

Während es laut gegen die Flurtür trommelte, höre ich Opa Bothes Stimme: »Frau Pilz, Frau Pilz, kommen Sie rasch, sie stirbt mir unter den Armen weg!« Sie hatten schon zu Bett gelegen, wie auch die andere Familie bereits geschlafen hatte. Als dann alle hoch gingen, zog ich mich zurück. Natürlich findet man nicht gleich die Ruhe. Es ging mir ständig durch den Kopf, ob dieses Schicksal nicht die Gelegenheit sein könnte?

Tante Mariechen erschien zwei Tage später. Wir begegneten uns erst bei der Beerdigung. Nach einigen höflichen Worten schaut sie mich fragend an. Ich nicke bejahend. Darauf gibt sie mir ganz beiläufig den Endtermin ihrer Aufenthaltsgenehmigung. Es war wieder um Mitternacht. Den kleinen Kinderrucksack auf dem Rücken, den Schulranzen mit großer Adresse versehen auf stolzer Männerbrust, so hatten wir daheim Probetragen gemacht. Margret und Reia kamen mit uns. Und da stand er nun, mit großen Augen den hell erleuchteten »West-Zug« betrachtend, frisch gescheitelt im neuen Dress auf Zuwachs. »Klaus, wenn Du jetzt doch Angst bekommst zu fahren, dann steige einfach wieder aus, und wir gehen ohne weiteres nach Hause. Mami schimpft nicht!« Da streckt er mir seine kleine Bubenhand aus dem Fenster mit den Worten: »Aber Mami, ich weiß doch, was ich Dir schuldig bin!« – Margret und Reia hakten mich ganz fest unter. So, als wollten sie mir sagen: »Verlier jetzt bloß nicht die Nerven!« Aber wenn ich heute in der Zeitung lese, dass Frau Köckeritz, die Schwester des an der Grenze erschossenen Soldaten Gartenschläger, immer noch prozessiert (er hatte einen Fluchtversuch aus der DDR unternommen), dann weiß ich, dass wir es richtig gemacht haben.

Meine Älteste und ich rückten jetzt enger zusammen. Wir packten. Außerdem kam Harald des öfteren zum gemeinsamen Schularbeiten machen. Er nahm dann stets ein kg Päckchen mit, um es an verschiedenen Postämtern aufzugeben. Damit hat er uns sehr geholfen. Ich konnte dem jungen Mann vertrauen. Als Alice noch zu Hause war, ertappte ich sie mal am Schlüsselloch lauschend im Flur. »Nanu? Mami, die machen wirklich Latein!«, sagte sie mit ganz enttäuschtem Gesicht.

An Gerüchten hat es nie gemangelt. Nun hieß es, Pfingsten macht der Russe die Grenze endgültig dicht. Ich suchte meinen Spediteur auf. Das erste, was er mir riet, als er bemerkte, um was es ging: »Bitte bewegen Sie die Lippen nicht.« Die Meterfrage und der Preis des Transportes waren schnell geklärt. Nie hat mich jemand so mitleidig angeschaut, als ich mich nach der Versicherung erkundigte. »Also keinerlei, ganz auf eigenes Risiko.« Nun denn, keine Angst vor der Courage! – Die Abschiedsfeier mit meinen getreuen Mitarbeiterinnen war ein Opernbesuch. La Bohème wurde aufgeführt. Da vermutete uns niemand. Dass uns allen ein paar Tränen über die Backen rollten, war verständlich bei dem traurigen Ende der Handlung. Als von Werner die Nachricht eintraf, er habe einen Vertrag unterschrieben, gab es für mich kein Halten mehr. Er hatte einen 15-Jahresvertrag mit gutem Gehalt und Pensionsberechtigung in Händen. Die Zukunft schien gesichert.

Am 4. Mai 1950 fuhr um 11 Uhr der Möbelwagen vor. Um 14 Uhr ging ich mit Blumen zum Friedhof ans Grab von Oma Bothe. Die Fensterdekorationen blieben hängen, und das Schlafzimmer ließ ich ostentativ zurück. Anschließend ging ich in die Stadt in meinen Hutladen. Meine Älteste war schon vorher aus dem Haus gegangen. Eine meiner Frauen stand zur gegebenen Zeit mit dem Gepäck auf dem Bahnsteig. Meine Putzmacherin (so nannten sich damals die Hutmacherinnen) betrachtete mich kopfschüttelnd und meinte: »Dass Sie noch nicht im Westen sind?« Ich lächelte und sagte leise: »In einer viertel Stunde geht mein Zug!« Den Hut hatte ich schon vorher ausgesucht und bezahlt. Ich fühlte mich wie in einem schlechten Krimi. Aber, wenn mich jetzt noch einer angehalten hätte, war noch ein letzter Trumpf in meiner Tasche. Eine Aufforderung zum Klassentreffen in Hannover. Wie vom Glück persönlich war sie zur Unterstützung einige Tage vorher eingetroffen.

Doch andere Aufregungen erwarteten uns in Berlin. Bei der Gepäckausgabe hieß es: »Ihr Koffer ist sichergestellt. Sie müssen ihn da und da in Empfang nehmen.« Ein Schloss war geplatzt, es schlängelte sich elegant ein breiter blauer Gürtel bis zum Boden. Wir atmeten beide auf, möglichst unauffällig. Noch waren wir im Ost-Sektor! Dann ging's ab ins Hotel in den Westen. Dort wurde alles ausgepackt und eine Reparaturwerkstatt gesucht. Anschließend gingen wir ins Reisebüro. Angeblich galten die nächsten

Flüge als ausgebucht. Doch da schaltete sich meine Große ganz energisch ein: »Unmöglich, ich habe Geburtstag, und meine Omi ist bereits am Kuchen backen!« – »Ja«, meinte da der höfliche junge Mann, »das ist wirklich ein Fall von Dringlichkeit.« Wir flogen am nächsten Morgen nach Bremen. Mit der Eisenbahn ging es am folgenden Tag weiter nach Hoya. Nun konnten fünf Pilze aufatmen. Gut, dass wir nicht ahnten, wie lange wir noch aufs Familienleben warten mussten.

Wir hatten ein Ziel erreicht. Aber in dem freudigen Wiedersehen wurde mir vorerst gar nicht bewusst, wie viel ich verloren hatte. An die kommenden Wochen in Hoya ist wenig Erinnerung. Da ist in ein tiefes Loch. Die plötzliche Untätigkeit beengte mich. Ich wollte mich dort im Krankenhaus zur Nachtwache melden. Schwester Oberin empfing mich bei Tee und Kuchen und brachte es mir schonend bei. »Sie können es Ihrer Frau Mutter nicht zumuten, dass ihre Tochter arbeiten geht!« Eins zu Null für Mamá. Schließlich blieb ich nur auf unbestimmte Zeit zu Besuch und so nahm Frau Oberin, die am Krankenhaus von Hoya ihre Lebensstellung hatte, mehr Rücksicht auf meine Mutter. Der Generationenunterschied vertiefte sich. Mein Mann schrieb, dass die Anmeldung von Klaus im Gymnasium mit den Zeugnisunterlagen von Alice (er hatte eben sonst nichts zur Hand gehabt) ein Fehler war. Nun musste der Junge noch mal die Tortur des Wechsels durchmachen, erst in die Volksschule, anschließend ins Gymnasium. Ich erinnerte mich an eigene Erfahrungen. Die sächsische Sprache wird ja noch mehr bespöttelt als die rheinische!

Aus den Briefen der drei Damen Bodewig konnte ich entnehmen, wie sehr sie sich um alle Lieben jenseits der Grenze kümmerten. Mein lieber Mann ging völlig in seiner neuen Arbeit auf und fand uns wohl gut aufgehoben bei Muttern. Ich war jedoch richtig depressiv. Damals kannte man den Ausdruck aber noch nicht. Jedenfalls war er nicht im täglichen Gebrauch wie heute. Hoya wurde mir plötzlich zum Gefängnis. Die Wirtin meiner Mutter erlaubte z.B. von 13 - 15 Uhr keinen Durchgang durchs Haus und damit auch kein Benutzen der Toilette. Ich wollte zu

Fuß nach Mönchengladbach wandern. Doch da streikte meine Tochter ganz entschieden. Schnapsidee!

Da erhielten wir eines Tages einen Brief. Margret könne bei einem Metzger in Mönchengladbach unterkommen und seine vier Kinder betreuen. Und mir bot man an, bei der Familie eines Buchhalters von der Firma in der guten Stube auf dem Sofa zu nächtigen. Auch kochen für mich und meinen Mann sei möglich, damit wir wenigstens gemeinsam Mittagessen konnten.

Zusammen und doch getrennt

Mit gemischten Gefühlen reisten Margret und ich nach Mönchengladbach. Frau Müller und Alice holten uns ab. »Papi ist verreist.« Ich schluckte meine Enttäuschung herunter. Ich kannte ihn ja. Wir waren, wenn auch getrennt wohnend, in einer Stadt. Alice sah süß aus in einem neuen roten Sommerkleidchen und schon herausgefuttert. Ein großer Schritt zum Glück war getan. Seltsam, der Augenblick, da Werner und ich uns nach Monaten zum ersten Mal gegenüber gestanden haben, ist wie ausgelöscht. Doch der Augenblick, wie der Junge mir da in dem Flur in einem neuen blaukarierten Hemd entgegen sprang, ist mir wie das Wiedersehen mit Alice voll gegenwärtig. Die Kinder fielen mir einfach um den Hals. Aber den Partner in Gegenwart anderer so zu umarmen, war einfach nicht schicklich. 40 Jahre liegt das eben zurück. Die Begrüßung mit den drei Tanten Bodewig war besonders herzlich. Leider sind Frau Kathrinchen und Frau Maria inzwischen verstorben. Aber mit Frau Elisabeth besteht der Kontakt bis auf den heutigen Tag.

Als Klaus mitbekam, dass ich die erste Nacht in der neuen Wohnung in Mönchengladbach schlief, war er nicht ins Bett zu kriegen. Mit einer Laterne am Handwagen, beladen mit einer Matratze und seinen Sachen rief er von unten: »Mami, lässt Du mich rein zu Dir?« Dieses Ereignis hat mich tief gerührt. Die drei Jahre während der Gefangenschaft meines Mannes war der Junge nur vom weiblichen Geschlecht betreut worden, um dann plötzlich in der Fremde von mir getrennt unter die gestrenge Zucht des

Vaters zu kommen. Heute erleiden Kinder solche Seelenqualen bei Scheidungen. Damals verlangte die Not es ihnen ab.

Margret hatte ihre Unterkunft bei Metzgermeister Reuter, Werner und Alice bei Müllers, Klaus bei den Bodewigs und ich bei Familie Hannen. Wir waren kein Besuch. Wir waren eine getrennt lebende Flüchtlingsfamilie. Und das sollte noch eine ganze Weile so bleiben.

Wieder zusammen in einer Stadt zu sein und endlich auch Hoffnung auf eine gemeinsame Wohnung zu haben, war wieder ein entscheidender Schritt nach vorn. Eine im Umbau befindliche 3-Zi.-Kü.-Bad Wohnung lag günstig zur Firma und die Straßenbahn, die es erstaunlicherweise noch gab, war auch ganz in der Nähe. Vorsorglich vereinbarten wir mit dem Möbelgeschäft in der Nähe, dass wir dort die Sachen lagern konnten, falls die Wohnung noch nicht beziehbar war. Sonntags trafen wir uns zum gemeinsamen Kaffeetrinken. Wir machten Spaziergänge, auch mal einen Kinobesuch, und ein Eisrevuebesuch lenkte uns von dem außerhäuslichen Familienleben für Stunden ab. Abends dann ein letzter Händedruck, ein letzter Blick und ein jeder strebte seiner Unterkunft entgegen.

Margret hatte es entschieden am schwersten. Aber da hatte das Schicksal eine freudige Überraschung für sie. Ich baue gerade bei offenem Fenster mein Bett auf dem Sofa, da ertönt von draußen der Familienpfiff. Ich schaue und rufe: »Hallo?« – »Ich bin es, Harald!« – »Du meine Güte, wo kommen Sie denn jetzt her, so spät am Abend?« – »Von Drüben.« Er hatte nicht nur sein Abitur in der Zwischenzeit geschafft, sondern war auch schwarz über die Grenze. Eine Flasche Salmiakgeist befand sich in seinem wenigen Gepäck. Damit habe er teilweise seine Spuren verwischt. Wir haben Margret noch runter gerufen und in der Gaststätte in der Nähe ein Glas Bier zur Begrüßung getrunken. Fragt die Wirtin mich: »Ist das auch ein Kind von Ihnen?« – »Nein, aber er möchte es noch gerne werden.« (Sehr viel später hat er das auch geschafft.) Familie Hannen war vom Sonntagsausflug noch nicht zurück und so teilten wir nun Kissen und Decken und bauten eine Schlafstatt in der Küche für ihn. An die Tür hefteten wir ein

Schild. »ACHTUNG – in der Küche liegt jemand.« Das war natürlich Anlass zu allgemeiner Heiterkeit. Geld für ein Hotel hatte keiner von uns übrig. Das brauchte Harald für die Fahrt nach Tübingen zu seinen Verwandten.

Wieder an einem Tisch

Der Sommer schleppte sich dahin. Da, eines Tages, erschien mittags mein Mann mit strahlendem Gesicht und überreichte mir die Wohnungsschlüssel. »Du kannst putzen gehen heute. Die Firma schickt zwei Tische, fünf Stühle, Eimer, Besen etc. und unsere dort gelagerten Kartons. Ich hole dich abends ab. Dann bestellen wir bei Brückens die ausgesuchte Eckcouch und den Schrank.« Zwei Anschaffungen waren das, die wir machen mussten, auch wenn die Möbel noch kamen. Vier Monate warteten wir bereits.

Als wir dann eines Abends bei der ersten Nudelsuppe alle um den Tisch saßen, bemerkte Klaus: »Hach, wenn wir auch noch nicht so viel haben als wir sonst brauchten, wir sind wenigstens wieder verheiratet!« Geheizt wurde nur im Eltern-Wohnschlafzimmer und im Küchenherd mit zwei angebauten Gaskochstellen. In jedem Raum baumelte eine Birne von der Decke. Die erste Möblierung war eine Wäscheleine, gespannt von der Wohnzimmertür durch das Zimmer der Mädels zum Esszimmer, wo Klaus dann schlief. Anschließend war da noch ein kleiner überdachter Balkon mit Blick zu den Gärten. In der Beschränkung zeigt sich erst der Meister! Nun, wir waren durch die Bank perfekte Meister im Zufriedensein. Und wie zur Belohnung stand dann plötzlich im Laufe des September der Möbelwagen aus Leipzig vor der Tür. Ich wollte runter rennen, ob sie es auch wirklich waren. »Nein«, bemerkte der Fahrer, »ich darf erst aufschließen, wenn die Rechnung bezahlt ist.« Das waren noch bange Minuten. Werner kam mit dem Scheck. Die Firma hat den Transport vorfinanziert. Eine echte Perserbrücke hatten sie wohl als Aufgeld geklaut. Aber das Motorrad, als Standuhr deklariert, war in einer

Kiste dabei. Wie verstaubt das alles aber war, ist nicht zu beschreiben.

Nun ging es ans große Auf-, Ein- und Umräumen. Alle geliehenen Gegenstände gingen zurück. Was fünf Monate in den Ata-Imi- und Persilkartons geruht hatte, wurde auf die Schränke verteilt. Der ausgezogene Tisch im Esszimmer stand voller Geschirr, Gläser usw. Da steht plötzlich Harald in der Tür: »Entschuldigen Sie bitte, aber das muss ich mit eigenen Augen sehen. Ich habe nicht mehr daran geglaubt, dass der Transport noch kommt.« Wohin nur mit ihm zur Nacht, fuhr es mir durch den Kopf. Na, auf der Aufliegematratze eines Bettes unter den Tisch! Wir waren so glücklich erlöst, dass nichts aber auch gar nichts zum Problem werden konnte. Ein wenig Erschöpfung trat ein und auch Ernüchterung, als ich mir mit einer Karre schwarze Schlacke vom Kohlenhändler abholte. Die mitgenommenen Zigaretten schob er mir stillschweigend über den Tisch. Die Schlacke sei frei. Einen Tag gab es keinen Zucker. Kurz darauf klingelte eine Nachbarin, die auch im Laden eingekauft hatte. »Hier leihe ich Ihnen ein Pfund, wir haben ja alle ein wenig Vorrat.« So war dies der Anfang eines nachbarlichen Kontaktes. Es fuhr noch täglich ein Milchmann und allwöchentlich ein Gemüsemann durch die Straße. Das war überraschend und angenehm. Man lernte sich zwanglos kennen, wurde aber auch – als aus Sachsen kommend – kritisch beäugt. Die leichter mit dem Leben fertig werdenden Rheinländer waren als Evakuierte bei den emsig strebenden Sachsen nicht gerade willkommen gewesen.

Das Weihnachtsfest 1950/51 war noch sehr bescheiden. Doch hatten wir einen Tannenbaum in der Orgel, eine Gans auf dem Tisch und Klaus eine Taschenlampe. Mit der konnte er alles ins richtige Licht setzen. Wir waren beieinander ohne Angstgefühle. Neue Kleidung war erst mal vorrangig. Als mein Mann mir eines Tages von der so hübsch angezogenen Sekretärin vorschwärmte, dachte ich: »Hoppla, Mami, jetzt bist Du aber auch dran!« Für die Hausarbeit und alle 14 Tage ins Waschhaus waren ja meine alten Klamotten immer noch gut genug gewesen. Der Einkauf war ein Erfolg, zumal mich eine reizende Verkäuferin beriet, die in späteren Jahren nach Rom heiratete und mich dorthin mal eingeladen hat.

Zur Einweihung unserer neuen Behausung luden wir unsere diversen Vermieter ein und es war ein gelungener Abend. Einen Tag nach dem ersten Betriebsfest kam mein Werner etwas verwundert nach Hause. Einige hätten ihn darauf angesprochen, dass seine Frau ja gar keine Sächsin sei! Das Klima habe sich verändert. Bei dem Rundgang zu seinen Gästen stand Herr Dr. Selbach hinter mir und begrüßte meinen Mann mit den Worten: »Herr Pilz, Sie hatten doch Urlaub. Sie sehen aber gar nicht erholt aus.« – »Ja«, mischte ich mich rasch ein, »bei der nächsten Freizeit öffne ich auch nur noch dem Postboten.« Er stutzt und bittet mich, kurz mit ihm vorne in die Gaststube zu kommen. Auf seine Frage, wie meine Äußerung zu verstehen sei, habe ich ihm erzählt, dass alle paar Tage von der Firma Unterlagen gekommen seien. Praktisch habe mein Mann fast die ganze Zeit zu Hause gearbeitet. Wir hätten nun einmal die drei Kinder und verreisen wäre da zur Zeit noch nicht möglich. Das Ehepaar war kinderlos. Wir lernten uns bei dieser Aussprache kennen. Ein höflicher seriöser Herr. Er führte mich zurück zu meinem Platz, und ich wich dem teils fragenden, teils strafenden Blick meines lieben Werners aus.

Unmittelbar danach wurde ich von Frau Dr. Selbach nach Düsseldorf eingeladen. Sie hatte ihren eigenen Dr. rer. pol. und die Firma Pollrich von ihrem Vater geerbt. Ihr Mann leitete sie, aber als eigentliche Inhaberin kümmerte sie sich gleichermaßen um die Belange ihrer Mitarbeiter. Es ging, man möchte es patriarchalisch nennen, zu – nicht so wie heute bei gestrafftem Management. »Ihr Mann erhält nochmals Urlaub und Sie fahren mit. Die Kosten werden übernommen. Bitte sorgen Sie für eine Unterkunft.« Mich durchzuckte ein Freudengefühl, dass seine Arbeit so bewertet wurde, lehnte jedoch ab, ihn zu begleiten. Die Kinder könnten so lange nicht alleine bleiben. Dafür hatte sie wenig Verständnis. Dann würde mein Mann sich nicht richtig erholen. Wir einigten uns zum Schluss. Eine Woche sollte mein Werner voraus und die letzte würde ich nachfahren. Sie war 17 Jahre älter als ich, unsere Situation im Leben derart verschieden! Aber bis zu ihrem Ende mit 94 Jahren, haben wir uns bestens verstanden. Ich fand in der Zeitung eine Annonce: Sauerland 7 Tage Aufenthalt DM 54,- ländlich, sittlich. Es war wunderschön!

Ich weiß nicht mehr, wie lange es gedauert hat, als sich das Ehepaar Dr. Selbach zu einem Besuch bei uns anmeldete. Wozu sollte das wohl gut sein? Sie kamen, man begrüßte sich. Die Kinder, auch Harald war gerade da, sagten artig guten Tag. Zur Vorsicht war überall aufgeräumt. Und richtig, sie gingen durch sämtliche Räumlichkeiten, stets in dem Bemühen, nirgendwo anzustoßen. Die Stimmung war ungewohnt förmlich. Wir vier Erwachsenen setzten uns um den runden Tisch in unserem Wohn-Schlafzimmer. Und dann ließen sie die Katze aus dem Sack. Dies Sprichwort drückt so herrlich die spannende Lage aus. Frau Dr., so wurde sie im ganzen Betrieb angesprochen, ergriff zuerst das Wort: »Hier können Sie auf die Dauer nicht bleiben, alles viel zu eng. Ihr Mann braucht ein anständiges Bett, d.h. ein Schlafzimmer, bei der Arbeitsleistung!« Folglich eine größere Wohnung und das hieß noch mal umziehen. Werner und ich guckten uns nur an. Beinah hätte ich den alten Karnevalsschlager laut heraus gesungen. »Wer soll das bezahlen?« Aber Herr Dr. machte ganz konkrete Vorschläge über einen weiteren Kredit für Umzug und Anschaffungskosten. Das war wider alle Erwartungen. Es hatte auch mir die Sprache verschlagen. Und so verabschiedeten sie sich bald mit einem leisen Lächeln auf den Lippen. Als wir es darauf den Kindern erzählten, guckte nur jeder stumm in die Runde. Das wurde nun Thema Nr. 1. Werden wir umziehen oder nicht?

Einige Zeit später machten wir den von der Firma, welche eine Annonce aufgegeben hatte, angekündigten Besuch bei Herrn Michels in der Kaiserstraße. Fünf Zimmer, Küche, Bad, Balkon und eine gesonderte Toilette. Ein jovialer Herr, Witwer von 83 Jahren, kinderlos, begrüßte uns humorvoll. Bekannte sahen schwarz und warnten: »In dem Alter kann er Euch doch jeden Tag wegsterben!« Doch waren wir der Meinung, der überlebt uns alle. Eigentlich waren wir ja auch ganz zufrieden mit unserer Wohnung.

Wir erlebten zum ersten Mal den Karneval. Werner war konsterniert, dass man bereits am Altweiber-Donnerstag im Büro kaum noch mit jemandem ein vernünftiges Wort wechseln konnte. In Sachsen feierte man auch das Winterende mit dem Tauchscher, aber das war mehr ein Straßenfest der Jugend. Ich war in wohltuender Erinnerung an die Feste meiner Eltern völlig aus dem Häuschen, tanzte herum nach der Melodie: »Hurra, Hurra, der liebe Jung' ist wieder da!« Meine Älteste verschwand mit ernster Miene in der Küche mit der Bemerkung: »Ich werde die Pellkartoffeln vorsichtshalber schon mal aufsetzen, sonst kriegen wir heute keinen Salat zu den Würstchen!« Alice hantierte mit dem Kehrblech herum und versuchte vergeblich Konfetti aufzufegen. Ich sehe sie noch vor mir hocken mit den Worten »Ach, Mami, ich gönne es dir ja, dass du so lustig bist und ausgelassen. Ich bin aber doch froh, dass bei uns normalerweise geordnete Verhältnisse herrschen!« Zwei Herren aus der Firma hatten uns den Abend vorher aufgefordert, samt ihren Frauen mit ihnen auszugehen. Das hatte mich so richtig aufgelockert.

Ja, und dann sind wir tatsächlich nach reiflichen Überlegungen doch noch mal umgezogen. Und haben es nie bereut! Theo Michels war der beste Hauswirt, den wir je erlebten. Er war schwerhörig und familienfreundlich. Als ehemaliger Oberingenieur von Firma Monforts Textilmaschinen waren ihm die Kunden, alles Webereien aus dem Vogtland (Werners Verwandtschaft), geläufig, und so hatten er und mein Mann sofort Kontakt miteinander. Wir lebten auf in der Zeit des Wirtschaftswunders. Aber, als er mit 94 Jahren zu Grabe getragen wurde, hat niemand von uns mehr dort gewohnt.

Kapitel 7

Kinder werden flügge - Kosmetikschule - Werners Tod - Eigene Existenz - Wohnprobleme

Als Erste verließ uns Margret. Sie heiratete ihren Harald. Natürlich hatte er da sein Jurastudium beendet und bezog Gehalt. Vor acht Jahren hatten sie sich kennen gelernt!

Aber bis dahin hatten wir fünf noch ein schönes, geschlossenes Familienleben. Wir erfreuten uns an dem vielen Platz. Jeder hatte ein richtiges Bett! Es ließ sich viel besser Ordnung halten als in der Beschränkung. Die Miete war niedrig. Dafür mussten wir auf Klingel und Telefon achten, falls der Hauswirt es überhörte. Eine Sprechanlage war nicht vorgesehen. Und dann war da noch die Alarmglocke im Haus selbst! Eines Nachts schepperte es durchdringend. Alle Mann sind wir die Treppe runtergerast in dem einen Gedanken: Herr Michels, was mag wohl mit ihm passiert sein? Und da lag der Alte fröhlich lächelnd im Schein der Nachttischlampe. »Ich habe bloß mal ausprobiert, ob et auch klappt. Wunderbar, nun geht man schön weiterschlafen!« Unser Schreck löste sich in erleichterndes, allgemeines Lachen.

Es war lästig, dass vorerst nur ein Schulgebäude nutzbar war. Das staatliche Mädchen-Gymnasium und das Naturwissenschaftliche Gymnasium für die Buben arbeiteten im wöchentlichen Schichtwechsel. Morgens einen zeitig an die Schularbeiten zu bringen, war immer ein kleiner Kampf. Es gab keine Waschküche im Haus! Alles Kochbare gab ich aus und es wurde mir als Nasswäsche zurück gebracht. Eine Erleichterung! Wer weiß heute noch, wie ein Waschbrett aussieht?

Unsere Älteste besuchte die Frauenfachschule in Rheydt. DOB Damenoberbekleidung, aber sie hat auch immer mal bei HK Herrenkleidung reingeschaut. Zwei Jahre Schneiderlehre schlossen sich an. Das hat sich in der Ehe bei vier Töchtern bezahlt gemacht. Bei einem späteren Besuch empfing mich die vierjährige

Ute kokett sich drehend: »Guck mal Omi, hat Mama näht!« Und ihr Papa steht daneben und hebt mit gleichem Charme sein Jackett mit den Worten: »Hat auch Mama näht!« Ich muss in der Erinnerung heute noch lächeln.

Als unsere zweite Tochter den Schulabschluss hatte, berieten wir wieder gemeinsam, was möglich war und was sinnvoll. Sie war der geborene Kaufmann. Sie ging dann ein Jahr zur Handelsschule und machte anschließend eine zweijährige Lehre im Kaufhof. Mein Mann leitete die Abwicklung der Aufträge an Firma Paul Pollrich, in dem Kaufhaus Lufttüren einzubauen. So hatte er einen guten Einblick in die Ausbildung des Führungspersonals bekommen. Substitutenstellen in Köln und Frankfurt schlossen sich an. Am Ende wurde Alice Abteilungsleiterin für junge Mode in Mühlheim/Ruhr. Sie flog mit zum Einkauf nach Berlin und hatte als Erste von uns ein Auto. Mein Mann war unbändig stolz auf seine zukünftige Karrierefrau-Tochter. Schließlich war der erste Platz im Herzen seiner Ältesten ja schon besetzt gewesen von dem nunmehr einer Kanzlei vorstehenden Herrn Rechtsanwalt Harald Aderhold. Ehrlich gesagt, ich war manchmal ein bisschen traurig. Nur Haushalt! Ewig dasselbe! Aber dann schalt ich mich: Wirst wohl eifersüchtig sein, ist auch dein Kind, hast es Dir doch gewünscht.

Aber es lief alles wie erhofft. Einmal die Woche ging ich schwimmen und nahm den Kontakt zur hiesigen VHS auf, zunächst ein Gymnastik-Kurs. Werner und ich konnten uns wieder Theaterabende leisten und gingen auch manchmal so von jetzt auf gleich in die Handelskammer auf ein Bierchen. Wir hatten ja stets so viel zu besprechen. Da fällt mir gerade was Lustiges ein. »Bitte einmal Kaiser-Bad«, sage ich zum Schaffner der Straßenbahn. »Das heißt Stadtbad!«, raunzt er. Ich schau ihn so von unten her an und bemerke nur: »Jo mei, es gibt doch auch noch eine Kaiserstraße, einen Kaiserplatz und sogar Kaiser's Kaffeegeschäft!« Brüsk streckt er mir die Karte hin. Die Insassen grinsten.

Klaus wurde groß und kräftig, aber die Schule schmeckte nicht so recht. Ich verordnete Hausarrest und paukte den ganzen Nachmittag mit ihm. Abends entstand folgender Geschwisterdialog: »Na, Kläusken, wie ist es dir denn ergangen?« – »Ha, ich habe sie so in Atem gehalten, das macht se so schnell nicht wieder!« Vokabeln - Diktat - Mathematik. Er ist dann doch hängen geblieben. In Tränen aufgelöst hat mich Herr Michels getröstet, selbst Blücher sei mal sitzen geblieben und sei trotzdem ein tüchtiger Feldherr geworden. Als der Junge 1961 sein Abi ohne meine Unterstützung gemacht hat, war natürlich alles vergessen. Selbst Vater war nicht mehr sauer.

Werner und ich waren gastfrei. Die Kinder durften ihre Freunde jederzeit mit ins Haus bringen. Da nahte nun das Pfingstfest. Margret hatte sich mit Mann und der zweijährigen Heike, unserem ersten süßen Enkelkind, angesagt, als auch Alice anrief. »Mami, Mami kann ich am ersten Feiertag kommen mit einem neuen Verehrer?« Nette junge Leute so ihres Alters hatte sie immer mitgebracht. Aber diesmal handelte es sich um einen Herrn Dr. rer. nat. angestellt beim Max-Plank-Institut, neun Jahre älter als sie. Ein Enkelkind zu Besuch bedeutet Unordnung. Ich bat sie aufs nächste Wochenende, ließ mich aber zum Schluss überreden. Das sei doch schön, wenn er die ganze Familie kennen lernte. Würde bald das zweite Kind sein Elternhaus verlassen?

Ich stand oben am Geländer, als sie die Treppe herauf kamen, Alice und ihr Wolfgang. Er nestelte an dem Blumengebinde. Oh je, weißer Flieder, sehr pompös! Mir rieselte es den Rücken herunter. Weißer Flieder! Es war mein Hochzeitsstrauß gewesen.

Gut, dass keiner ahnte, wie viel Kummer da ins Haus kam. Nach dem Essen, unser sonst so fröhlicher Harald hatte ziemlich wortkarg mit herabgezogenen Mundwinkeln dagesessen, drängelten sich meine Drei förmlich zum Abtrocknen. »Also, Schmetterlingstanz mit Küchentüchern, darauf kann ich verzichten! Bitte einzeln jeder 10 Minuten, dann ist es geschafft.« – Alice hatte es am eiligsten zu fragen: »Wie findest du ihn?« – »Ach je, Kind, eine Rinderzunge lang (ich kochte so was gerne, weil sie mir bei all dem Wirbel nicht anbrennen konnte) kann man doch keinen Menschen beurteilen!« – »Aber, ich habe mich mit ihm verlobt«, gestand mir die Tochter. Tief Luft holend verschluckte ich das Wort »aalglatt« und sagte nur »sehr glatt«. Margret unterbrach ihrer Schwester Wortschwall. Ihre 10 Minuten seien um. Sie konnte nicht länger abwarten, mir mitzuteilen, dass sie wieder ein Baby erwarte. Jetzt brauchte ich aber einen Stuhl. Ein Segen, dass Klaus nicht auch noch mit einer entscheidenden Neuigkeit kam. Er war zu der Zeit mit seinem Freund beschäftigt eine Route fürs »Kilometriko« durch Spanien auszuarbeiten. Pepe, ein junger spanischer Advokado arbeitete bei Fa. Pollrich, um Deutsch zu lernen. Er suchte oft vergeblich Ausdrücke vom Gladbacher Platt in seinem Wörterbuch zu finden. So war er des öfteren unser Gast. Eines Tages erschien er mit zehn Briefen, gerichtet an seine Geschwister. Als Folge dieser Post wurden die beiden Schulbuben dort überaus herzlich willkommen geheißen und entsprechend bewirtet.

Abends haben Werner und ich noch lange wach gelegen. Schwiegerkinder konnte man sich nicht aussuchen. Da waren Eifersucht und kommender Streit vorprogrammiert. Harald und wir hatten die Nachkriegszeit im Osten erlebt. Und da kam nun ein Westler in die Familie. Weil dem Ehepaar Larbig ein kleines Mädchen verstorben war, war die Geburt des Jungen natürlich ihr ganzes Glück. Nachdem er dann die Zeit als Flakhelfer überlebt hatte, wurde er grenzenlos verwöhnt. Wünsche, die Vater oder Mutter nicht erfüllten, wurden von seiner unverheirateten Schwester Elisabeth, von Beruf Medizinalrätin, erledigt. »Mutter, sei still, der Jung' spricht!« Dieser Satz kommt mir wieder hoch. Es gab viel Trennendes. Die Familie war stock-katholisch. Der Vater hatte sogar einen Papst-Orden! Ich versuchte meinen Mann zu trösten, ich sei doch auch katholisch. »Ja schon«, meinte er, »aber doch nicht so bigott!« Und dann wurde unsere Alice katholisch.

Was jedoch meinen Mann zutiefst gekränkt hat: Anstatt nach einiger Zeit vertrauensvoll zu sagen: »Papi, ich bin schwanger«, bat sie ihren Vater, die standesamtliche Trauung auszurichten, um eine Wohnung zu bekommen. Als wir vom Essen in Mühlheim zum Wagen gingen, bemerkte Werner zu mir lakonisch: »So, hier haben wir wohl nichts mehr verloren!« Feigheit und

Heuchelei waren ihm zuwider. Es hat noch eine kirchliche Hochzeit gegeben. Von uns war niemand dabei. Heute wäre das gar kein Problem mehr. So haben sich Gesetz und Moral verändert und das in nur gut 30 Jahren.

Um zu retten, was noch zu retten war, hatte ich den Vorschlag gemacht, eine Party zu geben statt kirchlicher Trauung. Das war wohl das Ungeschickteste, was ich machen konnte! – Heute gehen die eigenen Kinder manchmal bereits Blumen streuend voran. Damals war es eine Peinlichkeit, vor der Ehe ein Kind unterm Herzen zu tragen. Voll ausgewachsene Babys wurden dann als Sieben-Monats-Geburten ausgegeben. Ich hatte meine Sicht der Dinge in einem Brief zum Ausdruck gebracht und mir seltsamerweise auch eine Kopie dieses Briefes gemacht. So konnte unter Beweis gestellt werden, dass die empörte Antwort des Schwiegersohnes aus Lügen und unberechtigten Anschuldigungen bestand. Das löste nun eine Reihe von hässlicher Korrespondenz aus. Pilz - Aderhold, Rechtsanwalt gegen Dr. Larbig jun. - Larbig sen., Bürovorsteher in einer Anwaltskanzlei. Die Mappe liegt noch in meinem Schreibtisch, aber lesen mag ich nicht mehr darin.

Klaus war jetzt so weit, dass er sich entscheiden musste. Militärzeit oder Studienbeginn zuerst? Als man einer Meinung war, zog der Sohn sich zurück. Werner sah mich lang und ernst an mit den Worten: »Und wenn der Junge sein Studium beendet hat, werde ich pensioniert. Dann wird es eng für uns zwei Alten.« In die Rentenkasse hatte er ja im Westen nur mögliche Nachzahlungen einzahlen können. Die Bösdorfer Maschinenfabrik war längst vom Russen enteignet. »Dann muss ich eben auch was tun. Es arbeiten doch viele Ehefrauen mit, bemerkte ich optimistisch.« – »Aber was mit 53?« Immerhin war ich noch lernfähig, hatte vor kurzem den Führerschein gemacht. Das war Frau Dr. Selbachs Idee gewesen. Die Firma vergrößerte sich, und sie konnte nicht mehr so ohne weiteres einen Chauffeur abziehen für private Fahrten. Ich war natürlich von dem Vorschlag, der mit beachtlichem Kostenzuschuss verbunden war, begeistert. Selbstverständlich gab es anfangs Schwierigkeiten, mich als alte Schülerin auf einen jungen, feschen Lehrer einzustellen. Lässt der mich doch gleich in der ersten Stunde in einer stillen Straße anhalten und bietet mir Zigaretten an. Ich stutze leicht indigniert. »Vielen Dank, rauchen kann ich schon, fahren will ich von ihnen lernen!« Das hat er mir dann auch gut beigebracht. 25 Jahre unfallfrei – und nicht nur um den Pudding! Von ganz oben Holland bis zum Süden an den Kalterer See ging's.

Da Vater und Sohn der gleichen Ansicht waren, dass Kasernendrill sich nach der Schulordnung leichter ertragen ließ, als nach freiem Studentenleben, ließ Klaus sich nach Fürstenfeldbruck zu den Fernmeldern einberufen. Als er später in Munsterlager war, verlebten wir dort ein besonders fröhliches Wochenende. Die Wache telefonierte, und da kam er auch schon angerannt. Ich breitete instinktiv die Arme aus wie in Kindertagen. Doch nun war er es, der mich unter die Arme nahm und mich einige Male herumschwenkte. Das Glück lässt einen doch nie ganz im Stich! – Frisch sah er aus und steckte voller Soldatenwitze. Einmal brach ich nicht in das Lachen der beiden Männer mit aus. Ich guckte verständnislos. »Papi, soll ich dir die Mami aufklären?« – »Ach nein, lass sie mir so, wie sie ist.«

Nun war für mich und Werner eigentlich zu viel Platz. Doch hatte sich eine neue Angewohnheit unversehens eingebürgert. Es begab sich in der Zeit, da Margret schon verheiratet, Alice und Klaus aber noch zu Hause lebten. Alice ging ins Theater, Klaus erwähnte, dass er abends eine Tanzstunden-Einladung habe. »Ja«, stellte Werner fast erschrocken fest, »da sind wir beide ja ganz allein zu Haus!« – »Hast Du da Angst?«, frage ich belustigt. »Ach, Unsinn!« Kopfschüttelnd ging er hinaus. Zurückgeblieben überlegte ich. Doch, er hat Angst vor der eilenden Zeit! – Flugs ging ich zur Stadt, besorgte eine halbe Flasche Sekt, zwei Krabbencocktails und was eben zu einem netten tête á tête gehört. Als er dann abends hinter dem Spiegel (der Zeitschrift) im Ohrensessel in der Ecke saß, schob ich, selbst umgezogen, frisch gemacht den nett gedeckten Teewagen herein. Erschrocken springt er auf, ergreift seine abgelegte Krawatte. »Warum sagst du mir nicht, dass wir Besuch erwarten?« – Ich setzte mich in den anderen

Sessel und erwiderte nur ruhig: »Ich bin Dein Besuch!« Es war ein unvergesslicher Abend! Es verging kein Wochenende mehr, wo er sich nicht erkundigte: »Sind wir heute Abend allein? Dann bringe ich etwas (außer der Reihe) mit.« So haben wir das Erwachsenwerden unserer Kinder verarbeitet.

Noch einmal die Schulbank drücken

Außerdem hatte die Idee meiner zukünftigen Berufstätigkeit Gestalt angenommen. Seit 1. April 1961 besuchte ich für ein halbes Jahr eine Düsseldorfer Kosmetikschule. Nach dem ersten Übernachtungs-Besuch einer Enkelin, noch im Säuglingsalter, war die Idee eines Baby-Hotels gestorben. Wieder war es Frau Selbach, die sich mit Interesse und finanziell beteiligte. Von 14 - 18 Uhr lief der Unterricht fünf Tage in der Woche. Das ließ sich mit dem Haushalt gut einrichten, verlangte lediglich Disziplin. Wie man sich als Schülerin, auch wenn man uralt ist, zu verhalten hat, lernte ich ja bereits beim Fahrlehrer! Da fällt mir noch ein lustiges Duell mit ihm ein. Ich missachtete seine Anweisung und fuhr statt dessen am Spielplatz vorbei. »Was soll das?« – »Verzeihen Sie bitte, ich wollte nur einen Blick auf meine Enkelin werfen, ob meine Zugehfrau auch gut aufpasst.« – Kleine Pause. – »Ja, da sind sie ja schon eine Großmutter!« – »Stimmt, als Verkehrsexperte gut gefolgert!« – »Wissen Sie denn auch, was das Schlimmste für den Großvater ist?« Ich verneine kopfschüttelnd. »Er muss mit der Großmutter ins Bett!« Kurzer Seitenblick meinerseits: »Anfänger, wenn sie wüssten, wie lustig das ist!« Da wurde er rot.

Bei der Lehrerin, bei der mir eine vorlaute Bemerkung herausgerutscht war, habe ich mich höflich entschuldigt. Als man heraus gefunden hatte, wer und was die alte Frau war, kam ich als Omi vom Team gut mit Ihnen aus. Die anderen Schülerinnen waren so zwischen 20 und 40 Jahre alt. Beim Bügeln lernte ich Osmose, beim Abwasch den Blutkreislauf. Vieles mussten wir in einem Ringbuch aufschreiben. Lehrbücher gab es auf diesem Gebiet kaum erst. Klaus kontrollierte mich gelegentlich. Einmal vernahm ich durch eine angelehnte Tür: »Du Papi, die lernt wirklich!«

Da meinem Werner eine Kur in Badenweiler verordnet war, lud Frau Selbach mich zu einem Flug nach Ischia ein, sozusagen als kosmetische Reisebegleiterin. Mein erster Job! Ihr Mann vertrug die grelle Sonne nicht. Der Aufenthalt war herrlich, und wir kehrten bestens erholt zurück. Nachdem ich den Führerschein beim zweiten Anlauf geschafft hatte, konnten wir sonntags den VW der Firma holen. Meine beiden Männer haben mir nach dem ersten Versagen in meiner untröstlichen Zerknirschtheit liebevoll beigestanden! Zu dritt machten wir schöne Ausflüge in Richtung Schwalmtal - Köln - Aachen - etc. Das führte alles noch über die Dörfer. Die Autobahn kam erst so nach und nach. Klaus hat mir sehr viel Praxis beigebracht. Der hatte pünktlich so mit ca. 7 - 8 Stunden zu seinem 18. Geburtstag seine Fahrerlaubnis. Wo er das Geld her hatte? Als Statist hat er es verdient. »Mami, wollt ihr heute Abend nicht mal ins Theater kommen? Ich habe eine tragende Rolle!« – »Was träg'ste denn, ein Tablett mit Teekanne oder Visitenkarte?« – »Ach, du bist gemein!« – Er trug ein Gewehr. So von weitem sah er sehr groß und erwachsen aus. Werner und ich guckten uns kurz an. Nun würde auch das letzte Kind bald eigene Wege gehen!

Da nahte ein neues Thema. »Wie ist es mit einem eigenen Auto, Pilzin?« Wir saßen gemütlich beim Kaffee auf dem Balkon in der Düsseldorfer Wohnung. »Wovon?«, frage ich überrascht. »Mein Mann ist kein besonders interessierter Fahrer. Ich glaube, er ist nur immer mit von der Partie, falls ich mal Bruch mache, um dann gleich zur Stelle zu sein.« – »Aber ich hätte Spaß daran«, meinte Frau Dr. Selbach. »In der Woche könnten wir dann auch mal eine Spritztour machen. Besprechen Sie es in Ruhe zu Haus, sie bekommen gerne einen Kredit von mir.« Sie selbst konnte wegen ihrer Augen nicht fahren.

»Na«, empfing mich abends mein Werner, »was habt ihr beiden denn heute wieder ausgeheckt?« – »Einen eigenen Wagen«, sagte ich mit wenig Hoffnung auf sein Einverständnis in der Stimme. Doch weit gefehlt. Wenige Wochen später stand ein beigefarbener gebrauchter VW Käfer mit nur wenig km auf dem Tacho, auf Hochglanz poliert, vor der Tür. Er parkte genau 10 m von der Straßenecke entfernt. Letzteres war in den sechziger Jahren noch Vorschrift. Heute unvorstellbar!

Weihnachten 1961 feierten wir diesmal nur mit Klaus und den vier Aderholds. Mit Ute war uns ein zweites, gesundes Enkelkind geschenkt. Sie wurde aber erst getauft, als die Familie nach Dortmund gezogen war. Bei der Taufe von Heike am alten Wohnsitz in Kirchlinde, einem Vorort, hatte der evangelische Pfarrer in letzter Minute nicht gestattet, dass ich als Katholikin ans Taufbecken trat. So wurde aus Not nicht wie geplant ich, sondern der Opa Pate bei Heike-Johanna. Der junge Vater war damals so erbost, dass er eine zweite Taufe mit diesem Pfarrer kategorisch ablehnte.

Schicksalsschläge

Mit Mühlheim war vorläufig Sendepause im wahrsten Sinne des Wortes. Es kamen keine Briefe mehr. Wir litten beide unter der Trennung von Alice, Werner wohl noch mehr. Er war eben ein Mann und schwerblütiger als ich. Unbeschadet erblickte im März 1962 ein gesunder Junge, Michael Larbig, das Licht der Welt. Ausgerechnet mit ihm, Kinderarzt an der Uni Hannover, verheiratet und Vater einer dreijährigen Tochter Charlotte, habe ich heute noch den besten Kontakt.

Drei Wochen an der ligurischen Küste in Loano, Werner und ich allein, waren ein so erholsamer und vergnüglicher Urlaub, dass wir beschlossen hatten: »Da fahren wir noch mal hin.« Es war uns nicht vergönnt.

Werner bekam im Herbst eine Kur in Münstereifel verordnet. Dass der dortige Professor es ablehnte, ihn als Patienten zu behandeln, wenn er nicht das Rauchen völlig aufgebe, behagte ihm absolut nicht. Es gab nur so fade bunte Gummiwürfel zu kauen. Die lustigen schmackhaften Gummibärchen waren noch nicht auf dem Markt. Frau Doktor nahm mich mit nach Portugal. Klaus machte einige Wochen Praktikum bei der Fa. Pollrich und kümmerte sich unter Vaters Mithilfe um die Immatrikulation an der TH in Aachen. Am 4. November begann das Semester. Klaus hatte den Wagen pickevoll gepackt mit seinen sieben Sachen. Wir hatten so gerade eben noch Platz. Er fuhr mit einem Motorrad mal vor, mal zurück, bis ich schließlich sagte: »Jetzt gebe ich Gas, sonst fahren wir unser eigenes Kind noch tot!«

Am 3.12.1962 saßen wir an meinem 54. Geburtstag still vergnügt bei einer Flasche Rotwein vor dem Fernseher. Erst nachdem auch das letzte Kind mit der Schule fertig war, wurde einer gekauft. Im Großen und Ganzen waren wir recht zufrieden mit den 14 Jahren, die uns nach dem Krieg geschenkt waren. Man könnte sagen, es waren die besten Ehejahre. Geläutert durch die Not der Trennung waren wir toleranter und einfühlsamer geworden. Heute denken alle, glaube ich, nur an glücklich werden! Kaum einer hat das Bestreben den Partner glücklich zu machen!

Am nächsten Tag kurz nach Mitternacht unterschrieb unser Arzt den Totenschein von Werner Pilz, verstorben am 04.12.1962 um 24 Uhr infolge Herzinfarkt. Ein Schock für alle.

Er war wie gewöhnlich im Büro gewesen. Sein letzter Satz: »Und das Andere besprechen wir dann morgen meine Herren. Wünsche allerseits einen guten Heimweg.« Beim Abendbrot war mir nichts ungewöhnliches aufgefallen. So gegen 22 Uhr meinte er: »Ach, ich bin müde, ich gehe schlafen.« – »Ich komme mit nach oben und ziehe mich schon aus. Dann kann ich im Dunkeln unter die Decke schlüpfen und wecke dich nicht. Ich will noch Stärkewäsche aussortieren.« Damals mussten Manschetten und Kragen an Herrenhemden extra gestärkt werden. Und so salopp wie heute, ohne Krawatte, lief keiner im Büro herum.

Im Schlafzimmer brennt Licht. Werner sitzt im Schlafanzug auf der Bettkante. Ich gehe sofort zu ihm. Aber auf meine erstaunte Frage: »Was ist los? Du wirst so ja ganz kalt!«, sagt er nur: »Mir ist komisch!« – »Ich rufe den Arzt an, der ist sicher noch auf!« – »Nein, lass das!«, kam es barsch zurück. Ich unterließ es leider. Er wollte aufstehen, aber seine Beine versagten den Dienst. Da wurde mir so unheimlich, dass ich doch runter rannte und den Doktor anrief. Der antwortete nur, er läge mit Grippe zu

Bett. »So, na ja«, bemerkte ich kurz, »auch ein Mediziner hat ein Recht mal krank zu sein.« Ich warf den Hörer auf und rannte wieder nach oben. Werner wurde es übel. Ich versuchte zu trösten. »Schau, wie haben nun bereits so Vieles überstanden, wir überleben auch dies noch, was immer es sei!« Da schrillt die Türglocke durchs Haus. Der Doktor hatte es sich überlegt, dass Pilzens nicht wegen einem Schluckauf in der Nacht anrufen. Aber es war zu spät. – Mit der zweiten aufgezogenen Spritze stand er am Ende des Bettes, den Hut immer noch auf dem Kopf. »Warum spritzen sie nicht?« – »Es ist zwecklos.« – »Aber ich fühle doch seinen Puls!« – »Das ist der ihre.« Ich hielt den Arm meines Mannes. Dies also hatte der Tod für mich aufgehoben! – Ich erstarrte.

Aber da kamen keine Tränen, kein Schmerz! Trotz stieg in mir hoch. Dein Junge soll nicht das gleiche Schicksal erleben wie Du. Er wird zu Ende studieren. Das verspreche ich Dir! Den einen Satz hatte ich die nächsten Tage nur im Kopf. Das Wie konnte ich noch nicht beantworten. Der Doktor war gegangen, wortlos. Ich saß an Werners Bett. So ruhig und entspannt lag er da. Es war ein so stilles und erstauntes Sterben gewesen. Sollte es doch einen Engel des Todes geben?

Gänzlich unerfahren in dieser Situation, rief ich die Schwestern Bodewig an. Sie kamen unverzüglich und blieben die ganze Nacht bei mir. Bei all der Aufregung, vom Schlaf übermannt, schreckte uns am nächsten Morgen meines Mannes Wecker, laut rasselnd durchs Haus, auf. Ich sträubte mich, die Kinder anzurufen. Es habe drei Tage Zeit bis zur Beerdigung. Ich wusste nicht, wie ich es ihnen beibringen sollte.

Aber Maria erledigte das. Sie kamen und gingen mit verweinten Gesichtern. In beiden Familien waren ja Kleinkinder. Zu der Zeit hielt man diese fern von traurigen Begebenheiten. Viel später, als Harald leider bereits mit 57 Jahren beerdigt wurde, haben seine Enkelkinder ihn ganz selbstverständlich im Trauerzug begleitet. Für sie war es klar: Der Tod gehört zum Leben.

Es war ein Treiben um mich. Nur wie durch einen Schleier nahm ich es wahr. Zuerst kam der Bestatter. Als ich bei der Aufnahme der Personalien bei der Fa. Pollrich ankam, warf er mir ein kleines Heft auf den Tisch mit der Aufforderung: »Suchen sie sich schon mal den Sarg aus, evtl. komme ich noch mal wieder!« Auch dafür gibt es ein Mode-Journal, dachte ich staunend. Er kam nicht mehr. Die Firma hatte die Kosten für die erste Klasse bereits übernommen. Geschickt kombinierend hatte er sich den besseren Partner für das todsichere Geschäft gewählt.

Dann drängelte Maria ganz energisch, ich müsse mich anziehen. Unten bei Herrn Michels warte Herr Dr. Selbach, um mir einen Besuch zu machen. Er hatte Bedenken gehegt. Es kämen plötzlich unvorhergesehene Ausgaben auf mich zu und ich sollte nicht zusätzlich auch noch Geldsorgen haben. Ich war gerührt, dass auch Fremde ehrlich mit uns trauerten. Hausfrauen verfügten früher eben nur über das tägliche Wirtschaftsgeld, unter Umständen sogar wöchentlich zugeteilt.

Dr. Selbach wurde vom Pfarrer abgelöst. Und da saßen plötzlich Alice und Klaus auf dem Ecksofa und bombardierten den armen Mann abwechselnd mit Worten, um ihm klar zu machen, dass wir eine sehr glückliche Familie seien, trotzdem unsere Mutter katholisch ist. »Aber ich bitte sie, liebe Kinder, ihr braucht Eure Frau Mamá gar nicht so zu verteidigen. Ich habe doch nichts gegen den katholischen Menschen, nur gegen die katholische Kirche. Letzten Endes sind wir ja alle Christen.« Das war sehr weise und ökumenisch gesprochen. Die Spannung löste sich augenblicklich. Für seine beeindruckende Grabrede werde ich ihm stets dankbar sein. Er hielt mich zurück, als ich aufsprang. Ich hörte den Leichenwagen vorfahren. Jedoch konnte ich entwischen, bevor der Sarg geschlossen wurde. Elisabeth Bodewig hatte wohl die fünf bunten Sträußchen besorgt. Das sah richtig festlich aus, alle in weiß verteilt. In Gedanken rief ich: »Ihr habt ja den König gebettet anstatt das Schneewittchen!«

Von da an setzt meine Erinnerung aus bis zum Tag der Beerdigung. Es war eine große Beteiligung. Sogar Nachbarn aus unserer ersten Wohngegend drückten uns unerwartet die Hand. Es rührte mich. Die Familie Larbig kam vollzählig. Die Herren erschienen im Zylinder, Alice im siebten Monat. Was half es? Ich machte einen dicken Strich. Meine Mutter kam nicht, obgleich Harald ihr angeboten hatte, sie im Auto abzuholen. Mein Bruder war in Italien nicht zu erreichen. Das Handy war noch nicht auf dem Markt. Ohne ihren Sohn wollte sie nicht kommen.

Meine damalige Hilfe hatte ihre Freundin mitgebracht, Frau Beckers, die Herrn Michels Wohnung betreute. Sie hatte auch ihre Kanne dabei. Es wurde pausenlos Kaffee gekocht und den bunt gewürfelten Trauergästen serviert. Es lief alles so um einen herum. Verwandte, Bekannte, alte Freunde, neue Freunde, Kollegen – die Unterhaltung wurde immer gelöster. Es wurde zum Schluss sogar mal gelacht. Ich entkrampfte mich langsam. Und zuletzt, als mir mein Schwiegersohn Harald erklärte: »Mutti, wir können umziehen in eine größere Wohnung, in der Du ein eigenes Zimmer hast. Vor allem wird hier fürs erste nichts verkauft und nichts gekauft!« Da wurde ich hellhörig.

Da taucht für eine Witwe die entscheidende Frage auf: Lässt sie sich von ihren Kindern beraten, oder nimmt sie ihr Leben selber in die Hand? Ich antwortete nur ganz ruhig: »Bis zum 1. Januar ist alles bezahlt. So haben wir drei Wochen Zeit zum Nachdenken.« Da Werner ja nun nur 12 Jahre seines Vertrages mit der Firma erfüllt hatte, bestand keinerlei Anspruch auf Betriebsrente. Wirtschaftlich stand ich sehr bescheiden da!

Selbst ist die Frau

Als sich die letzten Gäste verabschiedet hatten, hockten Klaus und ich uns zusammen. Auch er hatte sich Zukunftsgedanken gemacht. »Wenn ich mich freiwillig zum Militär melde, bekomme ich in meinem jetzigen Rang bereits Hauptmannsgehalt. Wenn du dann auch noch etwas verdienst, müssten wir doch hinkommen?« – »Und du gehörst dann zu den Verlierern im nächsten Krieg!« Er brauste auf. »Schau«, erwiderte ich ganz gelassen, »eine Mutter, die zwei Weltkriege miterlebt hat, darf so etwas sagen!«

Das Schicksal hatte nämlich schon gespielt und Fäden geknüpft. Vor längerer Zeit buchte ich eine 3 Tage Reise nach Paris bei der VHS. Mit den beiden jüngeren Damen, welche mit mir das Zimmer teilten, war der Kontakt nicht abgerissen. Eine davon hatte am Ort zwei Tanten wohnen, die regelmäßig eine Kosmetikerin zur Fußpflege besuchten. Wie die beiden nun so beiläufig von mir erzählten, war selbige sehr erfreut und hatte gar keine Konkurrenzangst, wie ich es sonst oft von anderer Seite erfahren musste. »Fragen sie doch bitte ihre Nichte, ob ich die Adresse ihrer Freundin angeben kann, wenn neue Patienten zu mir kommen. Ich bin voll ausgebucht.« Dies erzählte ich nun meinem Sohn, und dass ich bereits ein paar Kunden hätte. So konnte ich ihn bewegen, nachdem wir noch lange Spaziergänge am Wochenende gemacht und uns über Stein und Grabpflege orientiert hatten, Sonntagabend wieder nach Aachen zu fahren.

Hilf Dir selber, dann hilft Dir der liebe Gott! Das war meine Devise. Er hat mich manchmal hängen lassen, aber nie ganz fallen lassen. Montag morgens rief Frau Selbach an, ob sie mich abholen könne. Sie wolle mit mir zum Friedhof gehen. Ich war überrascht, wusste ich doch, dass Friedhofsbesuche ihr ein Greuel waren. Andere wieder gehen gern an diese Stätten auch in anderen Ländern. Sie erzählen so manches von den Menschen, die dort zu Hause sind. Sie brachte die Frau vom Chef der Personalbuchhaltung mit. Wir luden uns auch gelegentlich gegenseitig zum Kaffee ein. Nach dem Besuch an Werners Grab, fuhren wir zu Café Heinemann, und sie bestellte erst mal ein Pastetchen für mich. »Ich habe aber gar keinen Hunger«, versuchte ich einzuwenden. »Brauchen sie auch nicht, aber essen müssen sie was.« Dann wurde noch Kuchen, Kaffee und Cognac bestellt. Und ich aß mit zunehmendem Appetit. – Als sie mir dann noch die Quittung über die noch restliche Schuldsumme fürs Auto unter den Teller schob mit der Bemerkung. »Bitte, jetzt keine Torschluss-Handlung und das Auto verkaufen.« Da wurde mir warm ums Herz. Anschließend trafen wir bei Jöhlingers die beiden Ehemänner der Damen und bei einigen Hennesies wurde es mir noch wärmer! – Ehe mich das Ehepaar Selbach zu Hause abgesetzt hatte, wurde ein Sonntag ausgemacht. Da sollte ich dann zur Behandlung kommen. Eine Kombination von Arbeit mit Einladung, die sich bis zum Tode des Paares gehalten hat. Meist kamen auch noch Nachbarn zur Behandlung. Das nennt man wohl Hilfe zur Selbsthilfe!

Das Leben geht weiter, wie wahr! – Handtasche auspacken, Handtasche einpacken. Der Kundenkreis erweiterte sich erstaunlich einfach durch Mundpropaganda. Herr Michels hatte die Miete leicht gesenkt. Ich räumte ein Zimmer. Das Weihnachtsfest verbrachten Mutter und Sohn bei den Töchtern. Die Enkelkinder, so herrlich unbeeindruckt, verscheuchten zeitweise traurige Gedanken. Die Familien zeigten sich erstaunt besorgt. Ich erzählte ihnen, dass noch Reisekosten-Abrechnungen eingehen würden und Sterbekassenbeträge zu erwarten seien. Das war alles Ruhe vor dem Sturm.

Denn mit der Versicherung fing der große Ärger an, den so viele Witwen erleben müssen, wenn versucht wird, sie zu günstigen Preisen über den Tisch zu ziehen. Widerwillig holte ich mir den großen Ordner (Anfang im Jahre 1931) und begann Blatt für Blatt zu studieren. Da, um 2 Uhr in der Morgenstunde fand ich den Wisch mit den Worten: Es ist leider bei uns übersehen worden, dass … Da habe ich gleich noch im Zorn einen Brief verfasst. Ein Versicherer habe ja wohl auch die Pflicht, die Police ordnungsgemäß zu führen und könne nicht so ohne weiteres den Versicherten für seine Fehler verantwortlich machen – auch, wenn es nur eine Frau ist! »Falls Sie nicht meiner Meinung sind, und die zu leistende Zahlung nicht innerhalb von fünf Tagen zu meiner Verfügung steht, übergebe ich die Angelegenheit meinem Rechtsanwalt.«

Zur Vorsicht schickte ich den Schrieb an Harald, ob eine Beleidigung enthalten sei. »Nein, aber hart dran vorbei!«, bemerkte er am Telefon. Auf keinen Fall solle ich etwas unterschreiben. Ich habe doch unterschrieben – die Überweisung, welche der Geldbriefträger mir brachte. Ja, so einen gab's noch in den sechziger Jahren!

Jeden Tag hielt ich kurz am Friedhof an. Parken war noch kein Problem. Es gab mir so viel Kraft. Er glaubte mir, dass ich es schaffen würde, was ich versprochen hatte. Einmal kam ich durch diesen Zwischenstopp zu spät zu einer Kundin. Sie lehnte die Behandlung ab. Ich konnte es richtig hören, wie er mich tröstete: »Ja, meine Liebe, ich kann dir für deinen Besuch nichts bezahlen, aber ich warte gerne auf den nächsten Tag!« Eine Fußpflege kostete DM 3,50.

Um Frau Kremer die Vermittlung zu erleichtern, hatte ich mir Visitenkarten drucken lassen. Bei der Gelegenheit lernten wir uns kennen. Sie überreichte mir einen Zettel mit einer Telefonnummer. Es sei eine deutsche Postbeamtin, die im Hauptquartier des englischen Militärs beschäftigt sei und auch dort wohne. »Mmh«, machte ich so in Gedanken. Da muss ich ja in den Hardter Wald fahren!« – »Das habe ich auch schon gedacht, ein bisschen viel Aufwand für eine Behandlung!«, stimmte sie mir zu.

Da man aber prinzipiell keinen Faden außer Acht lassen soll, rief ich die Dame dort an und fuhr ins HQ. Nach einigen Monaten war ich mindestens dreimal die Woche draußen ab 14 Uhr beschäftigt. Erst kamen die Ehefrauen dran. Und nach Dienstschluss ab 17 Uhr die Berufstätigen. Die damaligen Sieger hatten sehr geschickt inmitten eines großen, gut gegen Sicht geschützten Forstbestandes eine richtige kleine Stadt erbaut mit Kirche, Schule, Feuerwehr, Einkaufszentrum und Klinikum. Da spricht sich alles schnell herum. Manche Nachbarn hatten sich zusammengetan und es wurde nur bei Einem behandelt. Da sparte ich das Aus- und Einpacken. Und am Ende griff jeweils Daddy den Hoover und machte sauber. Ich habe in meinem Leben nie wieder so viel Tee getrunken. Sprachschwierigkeiten gab es kaum. Der seinerzeitige Kurs in der VHS war nicht umsonst gewesen und machte sich hier im wahrsten Sinne des Wortes bezahlt.

Ein Vermieter schlägt quer

Da nahte die nächste Pechsträhne! Herr Michels fühlte sich zu einsam in seinem großen Haus! Ich schlug ihm vor, mir zu erlauben, dass ich einen Raum zur Behandlung nutzen dürfe. Ein Mieter braucht die Genehmigung des Vermieters in seiner Wohnung gewerblich zu arbeiten. Das ist Gesetz. »Das würde mein

Haus degradieren!«, empörte er sich. Au-ha, dachte ich, blieb aber noch ruhig. »Na, so schlimm wird das Gerenne wohl nicht werden?«, versuchte ich ihn zu besänftigen. »Also, wenn sie was in die Hand nehmen, dann wird da auch was draus!« – »Worauf sie Gift nehmen können«, dachte ich wütend. Leider hing den Schönheits-Salons manchmal etwas Zweideutiges an. Ich fühlte mich Kraft meines Alters und meiner Person darüber erhaben. Da viele meiner Patientinnen nach mehrmaliger Behandlung ihre Ehemänner zu mir zur Fußpflege schickten, fühlte ich mich in meiner Einstellung bestätigt. Das war aber erst der Anfang. Tage später spricht mich sein Freund Peter Effertz an. Ich möchte mich doch bereit erklären, Herrn Michels zu pflegen, wenn er mal krank werde. Er werde sich gewiss erkenntlich zeigen. Ich solle doch mal an die Kosten des Studiums meines Sohnes denken! – »Mann«, erwiderte ich kalt, »ich tue ja den ganzen Tag nichts anderes! Herr Michels kann ja mal einen anständigen Vertrag ausarbeiten, den ich meinem Schwiegersohn zur Kontrolle vorlege. Vielleicht werden wir handelseinig? Auf keinen Fall lasse ich mich von ihm so einfach zum Putzlappen degradieren!« Er lüftete seinen Hut und ging seiner Wege. Eine Weile geschah nichts.

Ganz unvermutet sitzt Herr Michels eines Morgens an meinem Kaffeetisch. Leicht erschrocken frage ich: »Nanu? So in der Früh?« – »Ja, später sind sie ja schon wieder unterwegs. Ich muss ihnen kündigen!« Ich starre ihn sprachlos an. Aber in meinem Kopf fing es an zu rasen. Hatte ich da nicht unlängst etwas vom weißen und schwarzen Ring gehört? In einem dieser Bezirke bestand unter gewissen Umständen Kündigungsschutz. Es galt Ruhe zu bewahren und zum nächst möglichen Termin einen Besuch beim Wohnungsamt einzuplanen. »Bedaure, Herr Michels, dass sie es nicht begreifen wollen, dass ich auf dieser Basis meine Praxis nicht weiter aufbauen kann. Leute, die am Fenster stehen, mich erwarten und dann im Ungewissen sind, ob ich überhaupt komme oder der Hauswirt erkrankt ist, verabreden sich kein zweites Mal mit mir.« – »Ja, ja, was war das doch schön, wie ihr Mann noch lebte und die Kinder alle noch zu Haus waren!« Er erhob sich schwerfällig aus dem Korbsessel und sah gar nicht wie ein Sieger aus. Fast tat er mir leid. Sicher hatte sein Freund Pitter, ein tüchtiger Geschäftsmann, ihm den Rat mit der Kündigung gegeben! Greise waren eben zu alt, um es noch zu fassen, dass Frauen im Krieg kämpfen gelernt hatten und nicht gleich in die Knie gingen und sich ihren Wünschen beugten.

Beim Wohnungsamt hatte ich Glück. Ich befand mich im geschützten Kreis. »Und wenn sie dann etwas Passendes gefunden haben und freiwillig ausziehen, können sie den Vermieter zum Zahlen der Umzugskosten veranlassen. So wie sie gebaut sind, schaffen sie das auch.«, lächelte er mir verschmitzt zu. Das war erst mal vom Tisch. Aber eine neue Bleibe? Die stand im Raum. Ich wusste noch nicht, wie entmutigend die kommende Zeit sein würde. Ich wurde von Herrn Michels schikaniert.

Als ich eines Abends müde nach Hause kam, hatte der Anstreicher das Bad gestrichen und alle Utensilien lagen, einfach auf den Fußboden des Balkons geschmissen, verstreut herum. Der Balkon war nicht überdacht. Das Haus lag nicht weit vom Bahnhof entfernt. »Ich habe doch erwähnt, dass ich den Maler bestellen will!«, bemerkte er recht höhnisch, als ich mich beschwerte über die Schweinerei, und dass er mir keinen genauen Termin angegeben hatte. Ich hätte ja sonst alles vorher weggeräumt. In Zukunft schloss ich sämtliche Räume ab, ehe ich das Haus verließ. Das war in den ganzen Jahren nicht Sitte gewesen.

Tage später – schon beim Öffnen der Haustür kommt mir ein muffiger Geruch von Staub und Dreck entgegen. Da hatten die Maler die Tapeten im ganzen Treppenhaus abgerissen und so, wie die Fetzen flogen, liegen lassen. Ich musste erst meine Zimmertüren frei räumen, ehe ich aufschließen konnte. Ich war fix und fertig und viel zu erschöpft, um noch runter zu gehen. Zum Glück riefen Aderholds an dem Abend an und bekamen meine ganze Verzweiflung aus erster Hand mit. »Mutti, ich komme rüber, sobald ich kann. Ich werde mit dem Herrn mal ein ernstes Wort unter Männern reden.« Den Anstreichern habe ich am nächsten Morgen kräftig mit aller Verachtung die Leviten gelesen. Sie hatten ja früher auch in unseren Räumen gearbeitet, als mein Mann der Auftraggeber war, und das sehr ordentlich. Sicher waren sie von Michels bestochen worden? Und mit einer »Witwe« konnte man sich's ja erlauben! Harald kam schon zwei Tage später.

In Düsseldorf musste ich von den Vorfällen genau berichten und das Ehepaar war höchst betroffen. Schließlich hatten sie uns vor Jahren so zugeredet dorthin zu ziehen. Herr Dr. gab mir beim Abschied einen Brief mit der Bemerkung, »Den kann Herr Michels sich hinter den Spiegel stecken!« – »Davon hat er genug, aber schicken Sie ihn doch bitte per Einschreiben. Dann kann er nicht behaupten, er habe ihn nicht erhalten.« Geholfen hat beides ganz entschieden. Zufällig hörte ich ein Gespräch von unten herauf mit an. »Theo, du hast doch so viele Beziehungen. Ist da keiner dabei, der dir helfen kann, sie herauszudrücken?« Gemeint war ich. »Nee, nee, da muss ich vorsichtig sein. Die hat einen Rechtsanwalt als Schwiegersohn, und die Inhaber der Firma, wo ihr Mann gearbeitet hat, halten auch die Hand über sie. Er muss sehr angesehen gewesen sein.« Ich seufzte dankbar. Waffenstillstand.

Die mir verbleibende Zeit nutzte ich zur Wohnungssuche. Mein Hauswirt beteiligte sich eifrig – mal war's eine im dritten Stock, mal eine mit Garten. Völlig hirnrissig! Jetzt wollte ich eine, worin ich mir einen Praxisraum einrichten konnte. Monate gingen darüber hin. Herr Michels forderte ein zweites Zimmer. Er benötigte es für Untermieter, die tagsüber zu Hause seien. Meinetwegen. Klaus hatte sich in Aachen gut eingelebt und war in das Corps Silesia Breslau zu Köln und Aachen eingetreten. Die hatten dort ein hübsches Haus und er konnte sich ein gerade frei gewordenes Zimmer mieten. Mir war es nur recht. Ein freundliches Hausmeister-Ehepaar sah auf Ordnung. Ich wusste ihn in guter Gesellschaft. Seine große Schwester war anderer Meinung. »So 'n Quatsch! Der Klaus soll lieber arbeiten anstatt zu saufen!«, rief sie erregt! »Und er hätte uns vorher fragen können.« Wir saßen zu dritt beim Essen. Harald hatte seine Frau mit dem Fuß anstupsen wollen und mich getroffen. Ich erschrak natürlich und musste lachen. Das gab der erregten Unterhaltung eine sanftere Wendung. Mit mir, seiner Mutter, hatte ihr Bruder ja gesprochen! Man musste schon aufpassen, dass aus Hilfestellungen keine Rechte abgeleitet wurden. Als Mann konnte Harald seinen Schwiegervater besser verstehen. Ich hatte in seinem Sinne gehandelt. »Und wenn der Klaus Lust hat aktiv zu werden, legen wir mal ein Fass Bier auf«, hatte Werner bereits damals schon in Zukunftsträumen geschwärmt.

Es ist mir dann tatsächlich gelungen, ein 25 Liter Fässchen Krombacher aufzutreiben und die jungen Leute zu einem Frühschoppen mit Mittagessen einzuladen. Es gab Salzburger Festungs-Gulasch mit Bohnensalat, Kartoffeln und Nudeln als Beilage. Mein Mann und ich aßen dies an unserem Silberhochzeitstag in Salzburg. Es war damals wieder eine dringende Geschäftsreise gewesen. Wegen des außergewöhnlichen Datums durfte ich ihn begleiten, im Schlafwagen.

Die Einladung war eine runde Sache. Obwohl ich anfangs total blockiert da stand. Mit den Worten: »Mamá, könntest Du für heute immer erst denken, ehe du etwas sagst?«, baute sich mein Filius vor mir auf. Ich starrte ihn an und dachte nur: Wenn das man gut geht. Die Begrüßung ging glatt. Aber, als ich die jungen Herren zu dem schön aufgebauten und angestochenen Fass führte und sie bat, selber zu zapfen, da brach ein großes Hallo aus. »Wo haben gnädige Frau denn das her?« Ich dachte angestrengt nach. Doch fiel mir nichts Besseres ein, als die Wahrheit. »Vom Milchmann.« Tosendes Gelächter! »Der war früher Bierkutscher und hat es mir besorgt und angestochen. Und die Temperatur haben wir auch probiert!« Damit war der offizielle Teil zu Ende. Es verliefen die Stunden erfrischend wie eine Kindergesellschaft. Klaus war glücklich. »Das vergess' ich Dir nie!«

Trotz mancher fröhlichen Stunden, die mir auch in den beiden jungen Familien mit meinen Enkelkindern beschieden waren, ich wurde elend, ich wurde krank. Ab 15 Uhr plagten mich Nackenschmerzen, unerträgliche Stiche. Ich suchte unseren Hausarzt auf, obwohl ich ihm, ob nun zu Recht oder Unrecht, gram war. Er kannte meine Krankenakte. Als erstes fragte er mich: »Kochen sie täglich für sich?« – »Oh je, wann soll ich denn das noch tun?«

– »Ein paar warme Pellkartoffeln würden schon genügen. Seit über 50 Jahren hat der Körper immer eine warme Mahlzeit bekommen. Daran ist er gewöhnt und streikt jetzt.« Keine Tabletten, nichts zum Einreiben hat er mir verschrieben. Ich ging nach Hause und kochte und bekam von dem Tag an keine Kopfschmerzen mehr. Ich kann nur jedem, der plötzlich allein steht raten: Vergesst die warme Mahlzeit nicht!

Kapitel 8

Wohnungswechsel - Souverän altern - Reiselust - In den Unruhestand mit 78

Es hat noch Monate mit großen und kleineren Querelen gedauert. Eines Tages bleibt Harald zehn Schritte vor dem Notariat des Herrn Hamacher stehen. »Weißt Du überhaupt, was Du da unterschreiben willst?« – »Also bitte, kläre mich jetzt nicht noch weiter auf, sonst bekommen ich Angst vor der Courage! Ich muss eine Wohnung haben!«

Die drei neuen Untermieter von Michels hatten verlangt, meine Toilette für sie offen zu lassen. Es sei zu weit immer bis ins Parterre zu laufen. »Nun«, gab ich seelenruhig zur Antwort, »da müssen sie eben zeitiger starten! Ich habe mit Ihnen keinen Mietvertrag. Ich lasse mich keinesfalls zur Klofrau degradieren.«

Da schlugen die Düsseldorfer mit der Faust auf den Tisch. Ich musste mich um den Erwerb einer Eigentumswohnung kümmern. Vor einer Weile hatte ich von einer Baustelle erzählt. Ich ging ins Büro des Architekten. Ich fuhr nach Köln, um den zukünftigen Verwalter kennen zu lernen. Es taten sich zu der Zeit Scheinfirmen, sogenannte Briefkastenfirmen, auf. Die zogen den alten Leuten das Geld mit schönen Worten aus der Tasche.

Harald hat den Kaufvertrag studiert. Mir hatte man die Aushändigung desselben verweigert. Die Kinder konnte ich verstehen. Sie hatten Bedenken wegen der Belastungen, die da auf einen zukommen: Kosten für Verwalter, Hausmeister, Putzfrau für die Treppenhäuser, Gartenpflege und Versicherungen aller Art. Von den Gaunern, welche uns in die Herstadt-Pleite hineingezogen haben, ganz zu schweigen.

Wir schrieben das Jahr 1964. Im Frühjahr sollten die fünf Häuser beziehbar sein. Im August war der Umzug, den Herr Michels bezahlt hat. Schickte er mir doch vorher seine Putzhilfe. Herr Effertz würde die Rechnung erledigen. »Nix da, Scheck oder ich bleibe wohnen. Mit Pitter hab' ich nix am Hut!« Der Beamte vom Wohnungsamt sollte doch Recht behalten. Ehe ich aus dem Haus ging, klopfte ich unten an und sagte so in der Tür stehend: »Herr Michels, ich verlasse jetzt das Haus, leben sie wohl!« Mit erhobenen Händen kam er mir entgegen mit den Worten: »Ach, das ist aber schön, dass sie noch mal herein kommen.« Flink hatte er die Cognac-Flasche und Zigaretten auf dem Tisch. »Da können wir noch einen auf früher trinken und ein Pfeifchen miteinander rauchen!« Den alten Indianern, wenn sie ihr Kriegsbeil begruben, ist es bestimmt nicht feierlicher zu Mute gewesen, als uns beiden.

Ein altes Sprichwort sagt: »Es muss schlimm kommen, soll es gut werden!« Jetzt bewahrheitete es sich wieder einmal. »Nein«, rief Frau Fervers, meine damalige Hilfe ganz verzweifelt, »ich hab's mir fast gedacht, dass sie ohne mich umziehen müssen!« Sie stieg vom Rad, als ich zu meinem Wagen ging. Sie musste ihren kriegsversehrten Mann immer zur Kur begleiten. »Regen sie sich nicht auf«, beruhigte ich sie. »Gehen sie wieder heim und kochen sie für morgen eine dicke Suppe und bringen mir davon in die neue Wohnung. Bei diesem Trubel brauche ich wenigstens was Gescheites zwischen die Rippen!« Sie selbst kam am Umzugstag nicht mehr, aber ihre Freundin erschien im rechten Augenblick mit einem leckeren Eintopf. So wurde ich nicht nur satt, sondern hatte auch gleich eine neue Haushaltshilfe gewonnen.

Ich hatte während des Einpackens noch eine letzte Fußbehandlung beim Amerika-Besuch meines Milchmannes übernommen. Das Ehepaar wollte zum Wochenende mit ihnen Köln besichtigen. Was tut man nicht alles, wenn einem einer ein Fass Bier besorgt hat?

Die Straße war zwar befahrbar, aber bis zur Haustür, die noch gar nicht drin war, musste über Bretter getragen werden. Ich zitterte um meine zwei antiken Schränke. Die ließen sich nicht auseinander nehmen. Die Packer waren freundliche, handfeste Burschen und haben nichts kaputt gemacht. Doch beinahe hätten sie mich zum Schluss doch noch geleimt! Mir schwante was. Das Verstauen der Möbel und Sachen, die in den Keller sollten, war verdächtig schnell erledigt worden. Ich rannte runter und ebenso schnell wieder hoch. Ich baute mich breitbeinig vor dem in Abfahrt begriffenen Möbelwagen auf und rief: »Wer jeht freiwillich mit mich in der Keller?« Die beiden, schon im Führerhaus sitzend, gucken sich an, nicken sich zu und rutschen mit verkniffenen Gesichtern von ihren Sitzen. Ohne zu murren räumten sie unter meiner Aufsicht den praktisch nicht mehr begehbaren Kellerraum auf. Einer allein hätte dieses unverschämte Durcheinander gar nicht entwirren können.

Am anderen Morgen erwachte ich in aller Frühe, angezogen quer über Kissen und Polstern liegend, auf der Couch bei offener Balkontür! Der Schlaf war wohl stärker gewesen? Ich war glücklich! Bei Einbrechern hatte sich mein Leichtsinn noch nicht herumgesprochen. Einem Kunden war eine Geschäftsreise plötzlich dringlich geworden, und er bat mich zu kommen. »Ich kann nicht, ich bin gestern umgezogen.« – »Das macht nichts, dann komme ich zu Ihnen. Sie werden das schon arrangieren!« Er nahm in einem Esszimmer-Sessel Platz. Ich saß auf dem letzten Kinder-Holzstühlchen, welches noch vorhanden war. Die Mädels hatten den ihrigen mitgenommen. Das Arbeitszeug lag auf dem Teewagen. Hinter mir waren drei Kisten gestapelt und die Bilder lagen noch auf den Schränken. Sein mitgebrachter großer Gladiolenstrauß machte sich äußerst dekorativ in dem Umzugs-Chaos. Zum Schluss legte er einen nagelneuen 10,- DM Schein hin. In meiner Verblüffung sagte ich nur: »Da spuck ich drauf, der soll mir Glück bringen!« Das war also der Neuanfang.

Zu einer offiziellen Geschäftseröffnung ist es nie mehr gekommen. Die Wohnung einrichten, Hausbesuche machen und Anschaffungen für die Praxis tätigen, war wichtiger. Drei Sätze der Leiterin der Kosmetikschule hatte ich mir gut eingeprägt: 1. Wenn sie wirklich verdienen wollen, müssen sie in zwei Kabinen arbeiten. 2. Verkauft wird, was man sieht. 3. Versäumen sie den freiwilligen Unterricht der Fußpflege nicht. Von den Füßen kommen sie ins Gesicht. Und genau so hat es sich entwickelt.

Für die Kosmetik habe ich mir vorsichtshalber erst einen Liegestuhl im Kaufhof geholt. Eine Fachzeitung wurde von mir abonniert. Zwei Nächte habe ich im Zug nach München verbracht, um an einem Fachkongress teilzunehmen. Dort gab es auch jeweils eine Ausstellung von Spezialmöbeln der Branche. Und aus der Unterhaltung mit erfahrenen Kolleginnen vom In- und Ausland konnte ich viel lernen. Innerlich habe ich manchmal gelächelt, wenn man auch mich um Rat fragte. Schließlich näherte ich mich mit meinen inzwischen 57 Jahren bald dem Rentenalter.

Meine Mutter war der Meinung: »Wenn sie schon unbedingt Geld verdienen muss, sollte sie arbeiten und nicht verreisen und sich amüsieren!« Frau Selbach legte mir eines Tages DM 100,- auf den Tisch mit den Worten: »Die sind für ein erholsames Wochenende für Sie, und wenn sie nicht irgendwo hinfahren, müssen sie das Geld wieder zurückgeben.« Meine Mutter war zu dieser Zeit 81, Frau Dr. Selbach 73. Die beiden Frauen waren vom Alter also nur 8 Jahre auseinander. Da sieht man, wie rasch sich Lebenseinstellungen ändern! Ich ließ mich im Reisebüro beraten. Venlo, Bowenste Mohle. »Da fahren wir gleich morgen hin und stellen fest, ob du dich dort auch alleine aufhalten kannst?«, entschied mein Sohn besorgt. Ich konnte. Die Bedienung war sehr zuvorkommend. Wahrscheinlich, weil da ein Mann im Hintergrund war? Einen der Ober habe ich viel später im Hotel Eduard in Durban in Afrika wiedergetroffen. Zufälle gibt es!

Altern als Herausforderung und Chance

An meinem sechzigsten Geburtstag konnte ich es mir erlauben, meine Kinder mit Familie zum Essen auswärts einzuladen. »Kommen die Schwestern mit Mann und Maus?«, fragte Klaus ganz aufgeregt am Telefon? »Ob sie Mäuse mitbringen, weiß ich nicht. Die Herren Schwiegersöhne haben zugesagt.« Die sieben Kleinen bescherten ihnen die gleichen Sorgen mit Baby, Kindergarten und Schulanfängern. Zu der Zeit waren sie versöhnlicher gestimmt. »Dann bringe ich mein zukünftiges Weib auch mit. Wir fahren die Nacht durch.« Er war nach dem ersten Semester nach München umgesiedelt. Soweit ich das herausgehört hatte, waren die Geschwister ängstlich bedenklich, ich könne aus ihm ein Muttersöhnchen machen, obwohl das ja gar nicht mein Stil ist. Ich bin der Meinung, ein Kind muss unter die Leute, damit es seinen Weg und Platz gefunden hat, ehe die Eltern die Augen schließen.

Kaffee tranken wir dann bei mir. Ich hatte nochmals Stollen gebacken und jede Menge Plätzchen für meine Enkelkinder. Sie hatten die Schuhe ausgezogen und beschäftigten sich angeregt mit Omis alten Spielsachen auf dem Teppich nebenan. Man kann von Kindern nicht verlangen, dass sie zweimal nacheinander um einen Tisch still sitzen. Wir Erwachsenen konnten uns ungestört unterhalten. Es war so harmonisch, dass ich heute befriedigt zurückdenke. Mein Sohn schenkte mir ein Buch von Edith Mendelsohn Bartholdy mit dem Titel: SOUVERÄN ALTERN. »Oh!«, bemerkte ich etwas erschrocken, »muss ich das jetzt schon lesen?« – »Fang ruhig damit an. Bei all Deiner Arbeit kommst du sowieso nicht so schnell voran. Dann hast du die guten Ratschläge bei der Hand, wenn sie von Nöten sind.« Er sollte Recht behalten. Er hatte sich nicht umsonst nebenbei mit Geriatrie (Alterskunde) beschäftigt. Man soll sich nicht an die Kinder klammern, nicht immer behaupten, es sei früher besser gewesen. Nur anders war es, und man war jung! Ohne Plus und Minus kein Strom! Ein großes JA und ein großes NEIN, und keines kann ohne das Andere sein. Das ist das Leben.

Ich habe dieses Buch nicht umsonst gelesen. Meine Kontakte bestehen heute nur aus jüngeren Menschen. Ich warte auf Niemanden und freue mich über jeden, der auf mich zukommt. Man kann das Altern erlernen.

Noch konnte ich mir damit Zeit lassen. Das Weihnachtsgeschäft war gut gelaufen. Eine Woche wollte ich frei haben für die Wohnung und notierte keine Termine. Da hatte ich aber die Rechnung ohne den Wirt gemacht. Das Telefon läutete. Es kam jemand eben nur vorbei, um einen Termin umzubuchen. Urlaub zu Hause? Unmöglich!

Da kam Otti Fassina gerade recht. Sie hatte einen Italiener geheiratet, war inzwischen auch verwitwet, besuchte einmal im Jahr Familie und Freunde, war gleichzeitig meine Kundin und lud mich Mitte des Jahres nach Rom ein. Ich fuhr wieder nachts. Freizeit bedeutete ja Verdienstausfall. Eine Unmenge hat sie mir gezeigt. Sie besaß ein Auto. Sogar Karten zu einer Messe hatte sie erwischt, in welcher der Papst alle Gruppen von Gläubigen in ihrer eigenen Sprache begrüßte. Beeindruckend!

Auf der Rückreise verbrachte ich einen Tag in München mit meinem Sohn. Gleich nach der Ankunft gingen wir in ein gutbürgerliches Hotel und Klaus baute sich ganz Gastgeber mit den Worten: »Ich möchte bitte ein Tageszimmer für die Dame«, am Empfang auf. Der Chef zuckte unmerklich zusammen, warf einen kurzen Blick auf mich und versicherte unter höflichem Bedauern, dass kein Zimmer frei sei. Ich blieb ruhig sitzen und fragte: »Klaus hast du deinen Studentenausweis bei dir?« Gleichzeitig nahm ich meinen Reisepass freiwillig aus der Tasche. Mei, war dem Manne das peinlich! Er konnte sich gar nicht genug entschuldigen. Ich lächelte ihn daraufhin nur freundlich an und bemerkte: »Und das einer Großmutter!«

Klaus hatte für den Abend Theaterkarten besorgt. Es war ein lustiges Stück mit dem unvergesslichen Paul Dahlke. Lachend verabschiedeten Klaus und ich uns anschließend am Bahnhof. Das waren Ferien – Kraft durch Freude! Mit Elan stürzte ich mich wieder an die Arbeit und bekam Zulauf. Manche waren noch nie in Rom gewesen. Bald konnte ich für jeden neuen Patienten, der in die Praxis kam, einen Hausbesuch streichen. Eigentlich war ich damals noch nicht clever genug. Ich hätte meine Ausflüge als Werbungskosten abbuchen können!

Das Asthma, welches ein Lungenarzt, ein Freund von Harald, als Existenzangst diagnostiziert hatte, klang ab. Für Arbeit am Wochenende ließ ich mich auch nicht mehr überreden. Ich durfte doch bei all den Taufen, Konfirmationen, Kommunionen sowie der Verlobung und Hochzeit von Klaus mit Christiane Engelhardt nicht fehlen! Bis jetzt sprachen die Kleinen immer von Onkel Harald und Tante Margret – Onkel Wolfgang und Tante Alice – Onkel Klaus und Omi. »Nö«, berichtigt der kleine Martin eines Tages. »Der Onkel Klaus gehört jetzt der Tante Tina.« Nun musste ich wohl anfangen souverän zu reagieren.

Ich beschloss also auf dem Bahnsteig stehend dem Jungen zur Begrüßung nur die Hand entgegen zu reichen. Für Tina war es der erste Besuch bei mir. Ich entdeckte beide im Gewühl. Klaus stellte rechts und links die Koffer ab und umarmte mich. Da drängelt sich ein blonder Kopf dazwischen und fragt: »Krieg' i a e Bussi?« Das war ein entscheidend guter Anfang. Warum hieß es nur immer »böse Schwiegermutter«? »Er ist jetzt dein Mann, wird aber stets mein Sohn bleiben. Deine Söhne musst du selber bekommen.« Heute sind Alexander und Johannes handfeste Mannsbilder, und ich bin stolz und glücklich über die intakte Familie.

Weihnachten nahte mal wieder. Warum macht das Fest uns Deutsche nur so rührselig? Ostern habe ich noch nie geweint. Die letzten Feiertage hatte ich die vierjährige Katrin auf dem Schoß gehabt bei der Bescherung. Meine Tränen tropften nur so. Da fuhr ihre kleine Kinderhand mir übers Gesicht. Und mit den Worten: »Mama, Mama, die Omi weint, haben wir ihr nicht genug geschenkt?«, rutschte sie zu meiner Tochter hin.

Das Jahr darauf bin ich nach Gran Canaria geflüchtet. Ich war überrascht, wie vielen aus unterschiedlichen Gründen Geflüchteten ich dort begegnete! Im Jahr danach, 1971, waren Tina und Klaus als Gastgeber dran. Aber eine heulende Mutter beim ersten eigenen Christfest als Baumschmuck fand ich unpassend und buchte Lanzarote. Im Meer schwimmen zu können, brachte mich wieder ins Gleichgewicht. Der Höhepunkt neben dem unterirdischen See war der Ritt auf einem Kamel zu den Feuerbergen.

Hinaus in die Ferne

In einer jungen Familie ein Wochenende zu verleben ist herzerfrischend, aber nicht zum Kräfte sammeln geeignet. Die Ziele, wo ich mich preiswert und allein wirklich erholen konnte, wurden mir oft ganz zufällig angebotenen oder ergaben sich zwanglos.

Familie Duffy war längst wieder nach Padstow / England zurückgekehrt. Mr. Duffy hatte seinen Military Service beendet.

Völlig überraschend bat Mrs. Duffy telefonisch um einen Behandlungstermin. Sie sei zu Besuch im HQ. Ich war nicht wenig erstaunt. Ich nahm mir etwas mehr Zeit für sie. »We rent a hotel«, war das Erste, was sie berichtete. Am Ende machten wir gleich ein »date« für 10 Tage Sommerurlaub. Es war ein altes Hotel. Die Zimmertür konnte ich nicht abschließen, aber es ist nie jemand anders herein gekommen, als Mrs. Duffy persönlich. Eingehüllt in einen chinesischen Morgenmantel überreichte sie mir »a cup of tea with a biskuit«. Herrlich! Nun wurde ich mal bedient! Und es floss heißes Wasser in die Badewanne. Täglich konnte ich bei Flut in der lang gestreckten Hafeneinfahrt schwimmen. Einmal hätte mich beinah die Ebbe erwischt, doch auf einer Sandbank konnte ich noch ans Ufer laufen. Ich war halt zum Über- und Erleben bestimmt.

Natürlich hatte ich vor der Reise ein Treffen mit unserer Austausch-Schülerin, jetzt Mrs. Elsie Peel aus Bolton, in London vereinbart. Es war in den fünfziger Jahren gewesen, als eine Freundin aus Bremen bei uns anfragte, ob eine junge Engländerin eine Nacht bei uns schlafen könne, um am anderen Tag den Billig-Flieger ab Düsseldorf zu erreichen. Wir ließen sie kommen und alle Jahre besuchte sie uns in den Ferien. Deutsch und Geschichte studierte und lehrte sie später. Jetzt ist die Freundschaft besonders eng geworden, da die Töchter erwachsen und ihr Ehemann Brian pensioniert ist. Wir telefonieren nicht nur zum Jahreswechsel! Und seit Jahrzehnten hängt bei mir ein englischer Kalender. Ein offenes Haus haben und ein offenes Herz, dann wird man selbst im hohen Alter nicht ganz einsam. Nach einigen Tagen Aufenthalt in Bolten, nachdem alle Sehenswürdigkeiten in London besichtigt waren, kehrte ich gut erholt und reich an neuen Eindrücken wieder an die Arbeit zurück.

Sowohl in Amsterdam als auch in Brüssel besuchte ich nochmals einen Kongress. Dann war ich für meine Begriffe optimal eingerichtet. Eine Weile dachte ich an eine Hilfskraft. Wenn ich das jedoch so beiläufig erwähnte, hieß es sofort: »Aber mich bedienen Sie doch weiterhin selber?« Also, klein bleiben und allein. Ein einfacher Mann, Opfer eines Verkehrsunfalls, bemerkte während der Behandlung besinnlich. »Letztes Mal war ein feiner Herr vor mir hier und nach mir kam ein altes Mütterchen. Sie machen da keinen Unterschied?« – »Wissen sie, ob einer mit Mercedes zu mir kommt oder per Pedes, ist mir gleich. Aber nett müssen die Leute sein!«, gab ich ihm zur Antwort. Darüber musste er wohl nachdenken, und fragte bescheiden: »Darf ich noch einen Moment, eine Zigarette lang, Platz nehmen und die Atmosphäre genießen?« Über diese Äußerung musste ich abends noch nachdenken. Fragt mich jemand eines Tages: »Haben sie eigentlich nie Ärger oder schlechte Laune?« – »Würde es sie sehr interessieren?« – »Nein, nein bewahre, das ist ja das Angenehme bei der an sich mir unangenehmen Fußpflege. Immer haben sie was Lustiges zu erzählen, sei es von den Enkeln oder von ihren Reisen.«

Da fällt mir ein Ausflug mit Enkelkindern in den Zirkus ein. Ansage: In der Pause ist neben der Tierschau Elefantenreiten! Ich gucke beide an. »Wollen wir?« – »Jaaaa!« Ein noch junges Tier wurde im Kreis geführt. Erst Susanne, dann Michael – strahlende Kinderaugen! »War's schön?«, fragten die Eltern bei der Heimkehr. »Hach toll! Wir sind auf einem Elefanten geritten!« – »Oh nein! Etwa in der Manege?« – »Nö, in der Pause.« – »Omi auch?« – »Nee, hätte sie gerne, hatte aber keine Hose an. Außerdem hat sie ja schon auf einem Kamel gesessen!« – Der Hosenanzug war damals noch nicht gesellschaftsfähig.

Alice wohnte mit ihren drei Kindern in Krefeld. Wenn ich es ermöglichen konnte, fuhr ich an den Geburtstagen meiner Enkel abends nach der Arbeit noch zu ihnen rüber. Dass auf diese Weise der Geburtstag dann besonders lange dauerte, gefiel den Kindern natürlich. »Ein Ratzefummel, ein Ratzefummel, Omi hat erhöht!«, rannte Michael aufgeregt durch den Flur. Mit der Frage: »Was ist passiert?«, erschien seine Mutter in der Küchentür. Er hatte bereits DM 8,- in sein Kontobuch eingetragen. Und ich legte ihm DM 10,- hin. Die Acht musste ja nun ausradiert werden. Er war der erste, der im Jahr Geburtstag hatte.

Für Weihnachten kaufte ich schon früh Geschenke. Das machte mir Spaß. So manches habe ich auch selber angefertigt.

Schon vor längerer Zeit hatte mein Sohn sich erkundigt: »Was machst du eigentlich am Feierabend?« – »Ach, da bin ich einfach erschöpft.« – »Schön, das will ich glauben, wenn du dich den ganzen Tag unterhalten musst. Aber in einem Mal-Kursus in der VHS kannst du schweigen oder dich unterhalten, wie dir gerade zu Mute ist. Und so ein paar Chromosome von der Malerin Großtante Jenny müssten bei Dir doch noch herum kurven?« – »Ach, das kann ich bestimmt nicht«, erwiderte ich lustlos. »Aber versuchen kannst du es. Zu mir hast du früher, wenn etwas anstand, immer gesagt: »Versuche es wenigstens!« Da hatte er Recht. Wir einigten uns dann auf einen Töpfer-Kursus. Ich fasse gerne Erde an. Ich habe es nie bereut. Es hat mir viel Freude gegeben. Erst mit 85 Jahren habe ich damit aufgehört, weil meine Hände nicht mehr richtig mitmachten und das Gehör nachließ. Vorher musste ich auf Wunsch meines Sohnes Russisch lernen, damit meine grauen Zellen gefördert würden. Tradition ist, dass ich heute noch mit den Mitschülern zur Weihnachtszeit einmal zu einem bestimmten Chinesen essen gehe. Ich bin dann auch in Moskau und Leningrad gewesen.

Ja, Moskau! Da hat mich das Pech ereilt. Wir waren eigentlich bereits samt Gepäck gut im Zug untergebracht. Da hieß es: Alles aussteigen und Koffer bitte selber tragen zu einem anderen Zug. Bei diesem entstehenden Gedränge muss mir einer seinen Koffer in die Kniekehle gestoßen haben. Ich lag der Länge nach auf dem Bahnsteig. Mein Enkel Martin zog mich einige Zeit später zu sich heran und fragte leise: »Omi, du wirst mir doch nicht böse sein? Ich musste es einfach in der Klasse zum Besten geben. Meine Oma stürzt in Moskau auf dem Bahnsteig, verliert Zähne und Brillanten, klaubt alles schnell zusammen, um anschließend nach Leningrad zu fahren und ins Theater zu gehen. Sie ist auf's Gesicht gefallen, aber nicht auf den Kopf!« Nun, diese Nachtfahrt war nicht gerade der Höhepunkt dieser Reise.

Als die Leitung andern Tags mit Bedauern erklärte, sie habe keine Karten für die Oper erhalten, bemerkte ich: »Aber ich habe eine!« – »Wieso?« – »Im Hotel ist doch ein Büro!«

»Na, sie können sie ja zurückgeben!« – »Aber nein, warum?« – »Ja sprechen sie denn russisch?« – »Ein wenig.« Mit Iswenitje paschalsta, d.h. Entschuldigen sie bitte, fange ich immer an, wenn ich etwas erfragen will. Dann wissen die Leute sofort, dass ich eine Fremde bin und sind sehr zuvorkommend. Man muss nur das kyrillische Alphabet beherrschen, dann erkennt man auch z.B. Garderob als Garderobe. Ich war sehr früh angekommen und sah mich in Ruhe überall um. Da bat man mich, die »belle etage«, den 1. Stock zu besichtigen. Da waren Bühnenbilder in Puppenstuben-Größe – La Bohème, Rosenkavalier, Tosca etc. Das Thema der Oper war eine blinde Königstochter, Jolantha ihr Name, in einem Park eingeschlossen, damit sie von ihrem angeborenen Leiden nichts bemerken sollte. Zum Schluss erschien der errettende Prinz. Ich dachte an Dornröschen. Diese Musik und die satten Farben der Kostüme – ich war hin und her gerissen.

Draußen nieselte Schnee. Die Besucher verschwanden nach allen Richtungen. Leichtes Gruseln, aber da, ein Taxi! Es konnten immer die einsteigen, deren Ziel in gleicher Richtung lag. Freudige Begrüßung der Reiseleiterin, dass auch das letzte Schäfchen wieder unter ihrer Obhut war. Ich habe mich allein in den Straßen bewegt, kleine Einkäufe getätigt und Tee getrunken – hauptsächlich der Wissenschaft halber. Hingeflogen bin ich mit einer Reisegesellschaft, die in unserer Fachzeitung günstige Gruppenreisen anbot.

Wunderbar war mit denen auch die Norwegen-Reise mit dem Postschiff der Hurtiglinie. Das sind wesentlich kleinere Pötte als die Traumschiffe. Sie fahren genau nach Fahrplan und warten nicht. Auch gibt es dort keine Kleidervorschriften! Die Orte in verschiedenen Größen haben sich alle direkt am Meer angesiedelt, gelehnt an die felsige Natur im Hinterland. So werden diese Schiffslinien auch von Einheimischen genutzt, so wie wir mit Bus oder S-Bahn fahren. Die Kabine war winzig. Die ausgestreckten Hände reichten gerade von rechts nach links. Holzkoje und Spind und ein Netz für die sieben Sachen. Wenn ich zur Tür herein kam, stand ich mit drei bis vier Schritten schon am Waschbecken. Duschen gab es auf dem Gang. Ich wollte inspizieren und kam am Schreibzimmer vorbei. Ach, dachte ich, wie gemütlich und noch leer. Draußen war ziemliches Gedränge schon durch das Verladen des Postgutes. Ansichtskarten hatte ich mir in Bergen, von wo aus wir in See stachen, besorgt. Eine Kamera besaß ich gar nicht mehr. Alle Bekannten und Verwandten hatte ich gebeten mir die Karten aufzuheben. So hatte ich gleich die beschriebenen Erinnerungen.

Drei Herren hatten inzwischen an einem Nebentisch Platz genommen und hatten eine Flasche Wein bei sich. Alkohol konnte man auf dem Schiff nicht bestellen, nur Wasser. Also deckte sich jeder an Land ein, zu angeschlagenen Zeiten in den dafür bestimmten Geschäften. Der Dampfer hatte abgelegt. Nun wollte ich draußen alles sehen. Da wurde ich eingeladen, ein Glas mit ihnen zu trinken. Man soll im fremden Land nicht unhöflich sein. Etwas zögernd nahm ich dankend an. Bei der anfänglichen Unterhaltung nach dem woher und wohin sprachen sie englisch und gebrochen deutsch. Ich natürlich umgekehrt und konnte bald bemerken, welchen Hass sie noch auf Deutschland hegten. Sie waren eben Norweger! Ich wich aus, dass Frauen und Kinder bei allen kriegerischen Handlungen nur Leidtragende sind. Mir wurde mulmig zumute. Ich hatte das Gefühl, dass sie mich nicht gerade erschießen, aber mir doch einen Tort antun wollten. Richtig, als sie bei der nächsten Haltestelle mich aufforderten mit ihnen zu kommen, lehnte ich freundlichst ab. Die Haltezeit sei zu kurz, ich sei schlecht zu Fuß. An den enttäuschten Gesichtern konnte ich's ablesen. Sie hätten es gerne gehabt, ich hatte die Abfahrt verpasst – nicht auszudenken diese Aufregung!

Eines Tages kommt eine Kundin zur Behandlung und seufzt: »Ach, Frau Pilz, ich habe ein Problem! Meine Schwester und ich haben eine Karibikreise gebucht mit einem russischen Dampfer, der Iwan Franco. Und nun kommen ihr plötzlich Bedenken aller Art mit einem ausländischen Unternehmen zu reisen.« – »Ach«, bemerkte ich, »da ist bestimmt ein Teil deutsch sprechendes Personal an Bord. Und die Verpflegung wird auf den Übersee-Schiffen bestimmt so international sein, dass jeder etwas findet, was ihm zusagt.« – »Ja, schon, aber wir haben überlegt. Sie lernen doch russisch! Hätten Sie Lust die Passage zu übernehmen, natürlich nicht zum vollen Preis?« Ich atmete innerlich einmal tief durch. Wir hatten ohnehin außerberuflichen Kontakt und schon manchen gemeinsamen Ausflug in der Umgebung gemacht. Hätte ich dieses Angebot ausschlagen sollen?

Wenn es auch kaum zu fassen ist, dass Völker sich bekämpfen müssen auf Befehl eines Teufels in Menschgestalt bis die Erde kein Blut mehr trinken kann. Wenn genug zerschlagen ist, geht man friedlich an den Wiederaufbau und macht Geschäfte miteinander.

Das kyrillische Alphabet beherrschte ich bereits und packte als erstes das Wörterbuch in den Koffer. Einschiffen in Genua, und durch die Straße von Gibraltar ging es in die Karibik – Zauberhaft! Die Besatzung verhielt sich zuvorkommend. Wer wollte, durfte sogar der Brücke einen Besuch abstatten. Man reichte mir bei Nachfrage höflich ein Fernglas. Im Grunde war das nur ein Test, ob man mich verstand. Es war ja nur Wasser zu sehen mit einigen Delphinflossen, aber diese Weite, diese Luft!

Dass die Kinder nicht so begeistert waren von ihrer unternehmungslustigen Mutter, musste ich hinnehmen. Heute sind sie ganz froh, dass ich so gut mit meinen schönen Erinnerungen beschäftigt bin.

Als ich 74 Jahre zählte und anfing müde zu werden, verkaufte ich das Auto. Die Bahn hatte die »Rosa Elefanten« Preise eingeführt. Das war sehr viel preiswerter als einer allein im VW, der gerade so seine 100 Sachen hielt. Der erste Enkel hatte den Führerschein. Termine in Altersheimen oder Krankenhäusern anzunehmen, falls die Praxis nicht mehr so lief, wäre ohnehin zu anstrengend gewesen. Herr Dr. Selbach war inzwischen verstorben. Seine Frau sah nun ab und an in der Firma nach dem Rechten und besuchte dann auch gleichzeitig mich. Es gibt viele schöne Parks und Gartenanlagen in unserer Stadt. Busse fahren reichlich. Ich gab dem Alter freiwillig die Hand.

Doch das Reiseschicksal hatte noch eine Überraschung für mich. Es zog ein junges Ehepaar mit einem Kind namens Charon ins Haus. Er war Deutscher, sie Weiß-Afrikanerin nur englisch sprechend. Da Herr Tarutti viel geschäftlich im Ausland weilte, ergaben sich Pannen. Oft hatte sie an meiner Tür gestanden: »Oh please, can you help me?« Natürlich entwickelte sich da eine Art Freundschaft trotz Altersunterschied. Karen wurde geboren und das dritte, der kleine Adrian kam zur Welt. Für mich war das jedesmal ein Wiedersehen mit der Baby-Tragtasche. Sie wuchsen heran und wurden gelegentlich bei mir abgegeben, wenn Veronika schnell etwas zu erledigen hatte. Es waren liebe, nette Kinder. Ich konnte ruhig weiter arbeiten. Sie spielten still und räumten unaufgefordert ihre Sachen wieder zusammen. Hatte ich Zeit, lasen wir englische Bilderbücher. Ich bemerkte mit Staunen, dass das Märchen vom Klapperstorch total verloren gegangen war. Eines Tages erschien Großmutter zu Besuch mit dem Ergebnis, dass ich im folgenden Jahr drei Wochen Afrika in einer Großfamilie erlebte. Der Empfang war so ungezwungen herzlich bei den verschiedenen Geschwistern. Johannesburg, Pretoria, der ganze Krügerpark von Nord nach Süd wurde mit sechs Erwachsenen und acht Kindern in zwei Autos durchfahren! Das ist einfach eine Geschichte für sich. Selbst dass ich beim Übersehen einer Stufe stürzte und den kleinen Finger der linken Hand brach, konnte mir die Freude nicht verderben.

Wenn man auf der großen Fahrstraße blieb, das Auto nicht verließ, und abends rechtzeitig im Camp erschien, ehe abgeschlossen wurde, konnte man über Tag in aller Ruhe die Tiere der Wildnis beobachten. Wir hatten angehalten, waren durstig und wollten einen Schluck trinken. Da erscheint rechter Hand ein riesiger Elefantenbulle so in 6 - 8 m Entfernung und überquert gemächlichen Schrittes die Fahrbahn ohne uns zu beachten. Wir starren gebannt!

Plötzlich setzt Veronika ruckartig zurück, sie wollte fotografieren. Ich beobachte, wie der Riese unmerklich zusammenzuckt und den Schritt verlangsamt. Sein großes Haupt dreht sich um, und drohend fangen die Ohren an zu schlackern. »Gib Gas, Veronika!«, zischte ich ihr halblaut zu, und schon sausten wir davon. Alte Einzelgänger können angriffslustig werden. Es fehlt eben der Schutz der Herde.

Wenn ich so an meine Reisen zurückdenke und im Photoalbum blättere, fällt mir eine Aufnahme von mir im schicken Jeansanzug mit Männekes darauf gedruckt in die Hand. Es waren chinesische oder japanische Wasserträger? Den Anzug hatte ich ja vorher in Amerika erstanden, kurz vor dem Abflug in der Hotel-Boutique zum Ausverkaufspreis. Mittags abfliegen und abends so um 20:00 in San Francisco landen ist schon staunenswert. Anschließend ging man durch einen rot ausgepolsterten Finger zum Ausgang. Dort begrüßte mich von Fa. Pollrich ein Mitarbeiter, welcher ausgewandert war, aber immer noch Kontakt mit mehreren Familien aufrecht erhielt. Mit ihm und seiner Partnerin, auch aus Deutschland stammend, verbrachte ich den Abend. Die Zeit zur freien Verfügung fuhren wir in ihrem Auto herum, so dass ich manches erlebte, was in Gruppenbesichtigungen nicht vorgesehen war. Der Höhepunkt bleibt zweifelsohne der Flug durch den Gran Canyon mit einer zehnsitzigen Maschine.

Spontan in den Ruhestand

Man muss fleißig sein und Geld verdienen. Aber auch nicht <u>so</u> fleißig, dass keine Zeit mehr bleibt, etwas davon für sich selbst auszugeben. Ich versuchte die Mittagspause zu verlängern. Es ist genau so schwierig einen an die Person gebundenen Betrieb abzubauen wie aufzubauen. Schließlich war ich inzwischen 78 Jahre alt!

Da griff das Schicksal helfend ein. Ich stürzte völlig grundlos auf offener Straße. War's ein Kaugummi oder eine Bananenschale? Die Hüfte tat weh und rechts konnte ich kaum auftreten. Ich telefonierte nur noch die Nachbarin an, dass sie mich nicht abholen brauche zum Töpfern, ich bliebe im Bett. Dabei fehlte mir seit dem Afrika-Aufenthalt nichts. Nicht mal einen Schnupfen hatte ich gehabt seit der Luft wie Seide!

Nach einer unter Schmerzen verbrachten Nacht klingelte das Telefon. »Machen sie sich fertig. In zehn Minuten bin ich bei ihnen und fahre sie ins Krankenhaus. Sie müssen geröntgt werden!« Brigitte Opel, eine Mitschülerin aus dem Kurs, überhörte meine Einwände. Die Untersuchung ergab Prellungen und Haarriss am Fuß. »Rollen sie Frau Pilz zum Eingipsen, sie bleibt gleich hier.« Ich sackte hemmungslos schluchzend in meinem Rollstuhl zusammen. Frau Brigitte tröstete mich rührend und verließ mich erst, als ich sie gebeten hatte, die Mitbewohner Geschwister Duwe zu benachrichtigen. Diese würden mir dann schon alles bringen, was man so braucht in der Klinik. Schließlich war es ausgerechnet ihr Geburtstag! In solchen Situationen nützen einem die eigenen Kinder, wenn sie viel Nachwuchs haben und nicht am selben Ort wohnen, wenig. Da fängt einen eine gute Nachbarschaft oder der Freundeskreis eher auf. »Eigentlich hätten sie sich in ihrem Alter den Oberschenkelhals brechen müssen«, bemerkte der Professor bei der ersten Visite. »Ja, kann ich mir denken, dann wär's ein klarer Fall!«, pflichtete ich ihm bei. Er warf mir einen Blick zu, als dachte er bei sich: »Na, Dir geht's ja schon wieder danke!« Ich hatte meine Fußnägel lackiert jeweils mit dem vorrätigen Lack nach dem Motto: Verkauft wird, was man sieht. »Haben sie sich für mich so hübsch gemacht?«, spöttelte er bei der Prüfung des Verbandes. »Klar, Herr Professor für wen denn sonst? Der Aufenthalt hier war ja von langer Hand vorbereitet!«, konterte ich. So war ein gutes Arzt-Patient Verhältnis entstanden. Ich befolgte gewissenhaft seine Anordnung und drängelte nicht auf vorzeitige Entlassung. Das kann oft ein folgenschwerer Fehler sein. Meine Osnabrücker Erfahrungen waren mir bei allen Krankheiten nützlich. Erst nachdem alle Schwellungen abgeklungen waren, hat der Professor mich mit großer Kraftanstrengung eingerenkt. Es war derart schmerzhaft, dass ich ruckartig beschloss: »Aufhören, nur aufhören mit der Arbeit!« Bei richtigem Nachdenken wurde mir klar, dass es ja die Chance war mit Anstand die Praxis zu schließen, per Telefon aus dem Krankenhaus. Keiner konnte beleidigt sein, keiner sich zurückgesetzt fühlen. Es gab kein: »Aber mich behandeln sie doch weiterhin?«

Als meine Älteste mich besuchte, meinte sie: »Na, du hältst hier ja nett Hof!« Viele haben die Einstellung, in dem Alter kommt man so leicht aus dem Krankenhaus lebend nicht mehr heraus. Es waren in Gedanken wohl Abschiedsbesuche? Ich konnte gut kalkulieren. Alle meine Cremes usw. habe ich stets vor dem Verfallsdatum verkauft. Mein Konto würde bis zum 85. Lebensjahr reichen. Dann würden sich die Kinder die von mir bereits abgezahlte Eigentumswohnung teilen. Das sollte sich später als gründliche Fehlkalkulation herausstellen!

Bei der Enduntersuchung erkundigte sich der Arzt wegen Schuhen. »Ich habe da noch ein Paar alte rote Sporttreter«, überlegte ich. »Also, die Farbe ist mir egal! Der Fuß darf nur noch nicht beengt werden«, meinte er fürsorglich. Heute merke ich gar nichts mehr von allem. Mein Dank geht an das Krankenhaus Maria Hilf.

Auf Krücken entlassen, doch ziemlich geschwächt, vermisste ich die Arbeit nicht. Ich kündigte meiner Putzhilfe mit der Begründung, dass ich nach Aufgabe des Berufes nun sparen müsse und ja auch genug Zeit hätte, meinen Dreck selber zu fegen. Das Weihnachtsgeld sei ihr sicher. Wenn sich früher für sie etwas fände, könne sie da auch gleich anfangen. Mmmh – da machte sie mir doch am nächsten Putztag den Vorschlag: »Wenn ich ab jetzt nur alle 14 Tage komme, könnten sie sich das nicht leisten? Sie sinn ja nu auch bald anne achzig, Frau Pilz. Müssen se ma bedenken!« Ich dachte gar nicht lange. Ich schlug ein. Insgesamt 17 Jahre half sie mir bis auch ihre Gesundheit nachließ. Bei mir stecken an allen Schränken die Schlüssel!

Noch nicht zum alten Eisen

Die Tage gingen dahin. Als Frau im Ruhestand ging es mir nicht schlecht, aber es schien doch etwas zu fehlen. Ich hielt die Augen offen.

Plötzlich hatte ich meinen ersten Job. Ich warf einen Brief ein an der Paterskirche und guckte so nebenbei in den Anzeigenkasten. »Frau gesucht nicht unter 40 Jahren zum spazieren fahren eines Säuglings!« Der Name war mir nicht unbekannt. Mutter und Großmutter waren gute Kundinnen gewesen. Mit Großmutter verkehrte ich auch außerberuflich. Warum eigentlich allein im Bunten Garten herumlaufen? Bewegung brauchte ich unbedingt.

Ich hatte Anfang der siebziger Jahre mal eine böse Arthrose mit anschließender Arthritis gehabt. Einen Sommer lang war ich immer nur mit Stützstrumpfhose auf den Beinen und schleppte mich mit zwei Stöcken durch die Wohnung! Jeder, dem ich die Türe öffnete, blieb erst mal stehen mit der Frage: »Können sie denn überhaupt arbeiten?« – »Sicher, die Füße brauche ich ja nicht dazu!« Glücklicherweise war Auto fahren möglich.

Mit der jungen Mutter war ich rasch handelseinig. Fünf Tage in der Woche bei gutem Wetter von 10 - 12 Uhr für 12,- DM. Auf dem Wochenmarkt konnte man dafür noch allerhand einkaufen. »Maria, weißt du denn nicht, dass Frau Pilz nächstes Jahr 80 wird?«, entsetzte sich die ältere Generation. »Nö, vom Alter haben wir gar nicht gesprochen. Nur, dass sie Säuglingspflege gelernt hat. Und sie wird Luisa ausfahren!« Es gab noch zwei Buben, Zwillinge, und ein Mädchen in der Familie. Das gleichmäßige Gehen auf weichem Boden gestützt auf den Kinderwagen hat mir so gut getan, dass ich heute nur noch selten einen Gummi-Knieschützer brauche, eine Operation oder Spritzen schon gar nicht. Kurz vor ihrem ersten Geburtstag rannte sie mir davon über den Rasen. »Haltet mir bitte das Kind auf!«, rief ich den entgegen kommenden Spaziergängern zu. Das war dann das Ende der Beziehung. Ich wollte nicht noch einmal einen Wettlauf verlieren. Die Verantwortung wurde zu groß. Ich feierte den Jubeltag von Luisa mit und sah mich zum ersten Mal auf einem Video! Sie gratulierten mir später noch alle fünf zu meinem achtzigsten. Dann verlief sich der Kontakt und neue bahnten sich an. Langweilig ist es mir in meinem ganzen Leben nicht geworden.

Eine Freundin von Frau Maria fragte an, ob ich Ihre Schwiegermutter, die im Altenheim halb gelähmt lag, mittags füttern könne? »Das kommt drauf an, ob sie bei mir freiwillig den Mund aufmacht?« Sie war 83 Jahre alt. Wir trafen uns bei ihr im zusätzlich mit Fernseher, Bildern und Blumen eingerichteten kleinen Einzelzimmer. Wir machten uns bekannt, nickten uns zu. Offensichtlich war man sich auf Anhieb sympathisch. Da wurde schon das Mittagessen hereingebracht. Ich fütterte eine Weile, wollte mich dann zurückziehen. »Bitte Frau Pilz, machen sie weiter, es ist in Ordnung!« Wahrscheinlich hatte man sich mit den Augen verständigt. Ich habe diese Frau bewundert, wie sie so stolz und klaglos ihr Leiden ertrug. Wir mochten uns. Ich möchte die Stunden mit ihr nicht missen.

Durch Vermittlung der Schwestern Bodewig habe ich als letztes einen Witwer betreut, der mit seiner Haushälterin zusammen lebte. Diese wollte einen Tag in der Woche frei haben, Sonntag von 10 - 17 Uhr. Es lagen viele bunte Pillen herum und er maß mehrmals am Tag seinen Blutdruck. Es wird schon seltsam verschieden gealtert! Mir kam eine unangenehme Zahnbehandlung dazwischen. Ich bat die Tochter für 2 - 3 mal ihren Vater zu versorgen. Ich habe ihn nicht wiedergesehen. Sein nahender Tod hat mich vorher weggeschickt.

Runde Geburtstage konnte ich immer bei bester Gesundheit fröhlich feiern. Der ausgedehnte Empfang zum Achtzigsten war jedoch ein absoluter Höhepunkt. Der Töpferkurs hatte am Abend vorher eine Party-Tafel gedeckt. Da fehlte es an nichts! Auf jedem Teller lag ein gebackener Fliegenpilz, so mit rosa Häubchen und weißen Tupfen. »Nein, was habt Ihr Euch da für Arbeit gemacht!« rief ich völlig überrumpelt aus. Ein Gedicht hat auch nicht gefehlt. Die VHS hat mir eine Kursusgebühr dediziert. Über einen kurzen Artikel mit Bild in der Presse freue ich mich heute noch. Es war doch auch eine gute Werbung für die VHS. Viel mehr Senioren sollten sich wenigstens das halbjährig erscheinende kostenlose Heft durchlesen. Es ist für jeden etwas dabei.

Doch forderte das Alter zwischendurch immer mal wieder seinen Tribut. Dann war es ein Hörsturz, später konnte Nasenbluten erst im Krankenhaus gestoppt werden. Ein ganz dummer Fall erforderte eine Handgelenkoperation. Es ging eben so auf und ab mit der Gesundheit. Ich ertrug es einigermaßen mit Fassung. Ich konnte noch in der eigenen Wohnung bleiben und bin heute noch dort! Man muss gelegentlich aufzählen, was man noch hat und kann und nicht den vergangenen Aktivitäten nachtrauern. 1991, also im Alter von immerhin schon 83 Jahren, erbte ich unversehens von einem Enkel, heute Informatiker, einen Computer. Niemand wollte ihn haben. Ich konnte ihn ruhig kaputt machen. Diese Tatsache ermutigte mich außerordentlich! Die Geräte faszinierten mich einfach! Dazu kam das Glück, dass ein Abiturient im Hause wohnte, der mir allerhand Tipps gab. Textverarbeitung - Malen - Drucken - Solitär. Letzteres erinnert an die gute alte Patience, die unsere Mütter gelegt haben. Aber man kann beim PC nicht mogeln. Geklickt ist geklickt! Und wenn man gegen die Uhr, die läuft, spielt, fördert es Konzentration und Reaktion. »Moment Frau Pilz, nun machen wir dies erst mal und das andere danach! Daniel hatte entschieden pädagogische Fähigkeiten.

Zum 85. Geburtstag erhielt ich von der Stadt Mönchengladbach einen Freiflugschein für einen Rundflug über der Stadt für mich und zwei Begleitpersonen. Zugegeben, ich hatte ein wenig nachgeholfen. Ich bin ja für mein Leben gern geflogen, selbst Hubschrauber. Nur Segelflugzeug und Ballon fehlen noch. Die Gelegenheit kann sich bis Hundert ja noch ergeben? Zum Dank für seine Geduld und Ausdauer bei meiner PC Einweisung habe ich Daniel neben meiner Haushaltshilfe zu dem Rundflug mitgenommen.

1996 wurde ich kurz vor einem Herzinfarkt für drei Wochen wieder ins Maria Hilf Krankenhaus eingeliefert. Anschließend ambulante Pflege - Badewannenlifter - Rollator - HND (Hausnotrufdienst). Beim Letzteren war ich die tausendste Teilnehmerin und gewann eine Reise. Acht Tage in die Eifel, Hotel Seemöwe in Einruhr mit Begleitperson. Der Rollator wurde mitgenommen, und ich bin durch die vielen Spaziergänge auf weichem Boden so richtig wieder auf die Beine gekommen.

Es muss in der Weihnachtszeit gewesen sein, so Mitte der neunziger Jahre, dass meine englische Austauschschülerin und ich uns ein längeres Telefongespräch gönnten. »Ach, Frau Pilz, sie können so schön erzählen. Fangen sie doch an, alles mal aufzuschreiben!« – »Och Elsie«, erwiderte ich, »habe ich schon mal versucht mit Kindermund und ähnlichem. Aber nach einer Weile liest sich das so trocken!« – »Ich habe eine Idee«, widersprach sie. »Ich schicke eine Kassette und sie besprechen diese, als sei es ein Telefon.« – »Nicht schlecht, Kassetten gibt es hier ja auch. Aber Themen bräuchte ich, was wirklich für dich von Interesse ist.« Sie hatte vier Schülerinnen in ihrer Klasse, die sie zum Abitur führen musste. Miss Elsie Addison, spätere Mrs. Peel, war in der Hauptsache für Deutsch und Geschichte zuständig. Kurze Zeit drauf erhielt ich aus Bolton die erste Kassette mit drei Themen: Die Nachkriegsjugend – Die Frauen von heute – Die deutsche Teilung. Nun konnte ich nicht kneifen. Erst musste ich mal üben, mit dem Rekorder umzugehen, dann deutlich und ruhig zu sprechen, d.h. richtig zu atmen. Elsie nahm die Kassetten mit in die Schule, und so hatten ihre Mädchen zusätzliche Infos über Deutschland von einer deutschen Frau und Mutter, die noch dazu in dem so abgeriegelten Osten des Landes gelebt hatte. Elsie hat mit ihrem Mann Brian nach Abschluss der Abiturprüfungen einen Flug nach Hamburg gebucht, und sie haben auch Berlin und allen geschichtsträchtigen Punkten einen Besuch abgestattet. Hübsche Photos erhielt ich und Grüße in deutsch geschrieben, zumal zu meinem 90. Geburtstag am 3.12.1998. Auch Elsie fing dann an, sich an die Kriegsjahre zu erinnern. Ihre Mutter hatte in der Fabrik gearbeitet und Puppen genäht und verkauft. Auch Völker, die später zu den Siegern gehören, haben erst mal unter dem Krieg zu leiden. Um meine Erinnerungen zu unterstützen, suchte ich nach Briefen, die meine Mutter aufgehoben hatte. Sie waren aus der Kriegs- und Nachkriegszeit.

Im Jahr 2000 habe ich durch die allgemeine Umstellung auf leitungsfähigere Rechner wieder einen gebrauchten PC (486er mit Windows 95) geerbt, diesmal von der Sparkasse. Es passierte durch einen Zufall bei einem lockeren Gespräch am Bankschalter. »Wie bitte? Sie beschäftigen sich mit Computern? In Ihrem Alter?« fragt mich die junge Kassiererin. »Ja, mit einem gebrauchten Word 5 von einem meiner neun Enkelkinder. Er studiert Informatik und benötigte einen neuen. Doch nun hat der alte unter meinem Klicken seinen Geist endgültig aufgegeben.« Nun, ich war eigentlich immer drauf gefasst, dass er über kurz oder lang kaputt sein würde. Es war schließlich kein neues Gerät gewesen. Meine Schwiegertochter tröstete: »Wir wundern uns schon eine ganze Weile, dass du immer noch munter am klicken bist.« Aber er fehlte mir ehrlich. Die Zeit wurde mir lang. Ich hatte je nach Jahreszeit Tannenbäume oder Osterhasen, auch Ornamente, einfach so gezeichnet und in schwarz/weiß ausgedruckt. Wenn ich sie als gelungen empfand, habe ich sie in diese fertigen Glasrahmen gesteckt und verschenkt. Sie hängen heute noch.

Weil ich keine Hoffnung mehr hatte, noch mal einen PC zu bekommen, fing ich plötzlich an, auf das verbliebene Endlospapier des Druckers mit der Hand zu schreiben. Neunzig Seiten hatte ich schon vollgeschrieben, als eines Tages ein Anruf von der Sparkasse kam: »Frau Pilz, hätten sie Interesse? Wir haben jetzt neue Rechner erhalten. Sie könnten einen von den alten bekommen. Da kann man noch allerhand mit anfangen.« – »Ja gerne, aber was soll er denn kosten?« – »Nein kosten tut er nichts, und mein Sohn hat sich bereit erklärt, ihn anzuschließen.« – »Die alte Dame mit PC muss ich mir einfach ansehen!«, hatte er altklug bemerkt.

Keine Woche später stand eine einsatzbereite Maschine in meiner Wohnung. Hatte ich bisher gut die Hälfte dieses Buch per Hand zu Papier gebracht, so setzte ich mein Werk nun am neuen PC fort. Zuerst tippte ich mein Manuskript in das Word Programm ein und habe dann Seite um Seite dieses Buch am PC vervollständigt. Man kann mit der Textverarbeitung so angenehm leicht Korrekturen machen. Jeder, der schon einmal selbst einen längeren Text geschrieben hat, weiß, wie wichtig und hilfreich das ist.

Es ist mir, als sei ich in den letzten Wagen eines Zuges, der ins neue Zeitalter hineinrast, noch aufgesprungen. Durch Zukauf eines Modems habe ich Zugang zum Internet und bin so mit der ganzen Welt verbunden. Ich emaile mit Kindern, Kindeskindern, Freunden und Bekannten. Wer hat noch Zeit einen normalen Brief zu schreiben? Ich werde versuchen, aktiv zu leben bis zum letzten Augenblick. Und meine Leser haben hoffentlich ihre Freude daran gehabt, zu erfahren, wie es war im letzten Jahrhundert.